浙江省哲学社会科学规划课题成果（19NDJC267YB）

中外族裔文学研究丛书

杜波依斯的 文学"双重意识"研究

张静静 著

On W. E. B. Du Bois's Literary
"Double Consciousness"

上海交通大学出版社
SHANGHAI JIAO TONG UNIVERSITY PRESS

U0366753

内容提要

　　本书是一部关于美国黑人作家杜波依斯的文学研究专著。全书通过对杜波依斯的长篇小说、历史剧、诗歌以及重要的文集和文论的阅读与梳理，结合相关史料以及杜波依斯的文学隐喻，分析杜波依斯从社会科学家到宣传干将的角色转换与思想嬗变，并重点分析其文学创作中"艺术与宣传"之间的矛盾与张力，从而深刻理解作为美国黑人尤其是作为美国黑人作家的"双重意识"、美国非裔文学作为"必要的文学"的价值以及杜波依斯对美国非裔文学发展的思考与贡献。本书适合对美国文学，特别是非裔美国文学感兴趣的学者使用。

图书在版编目（C I P）数据

　　杜波依斯的文学"双重意识"研究 / 张静静著. —
上海：上海交通大学出版社，2023.2
　　（中外族裔文学研究丛书）
　　ISBN 978 - 7 - 313 - 26788 - 7

　　Ⅰ.①杜… Ⅱ.①张… Ⅲ.①杜波伊斯(Du Bois,
William Edward Burghardt 1868-1963)—文学研究 Ⅳ.
①I712.065

　　中国版本图书馆 CIP 数据核字(2022)第 072593 号

杜波依斯的文学"双重意识"研究
DUBOYISI DE WENXUE "SHUANGCHONG YISHI" YANJIU

著　　者：张静静

出版发行：上海交通大学出版社　　　　地　　址：上海市番禺路 951 号
邮政编码：200030　　　　　　　　　　电　　话：021 - 64071208
印　　刷：上海文浩包装科技有限公司　经　　销：全国新华书店
开　　本：710mm×1000mm　1/16　　 印　　张：12
字　　数：200 千字
版　　次：2023 年 2 月第 1 版　　　　印　　次：2023 年 2 月第 1 次印刷
书　　号：ISBN 978 - 7 - 313 - 26788 - 7
定　　价：78.00 元

浙江省哲学社会科学规划课题成果（19NDJC267YB）

Crucified on the vast wheel of time, I flew round and round with the Zeitgeist, waving my pen and lifting faint voices to explain, expound and exhort; to see, foresee and prophesy, to the few who could or would listen. Thus very evidently to me and to others I did little to create my day or greatly change it; but I did exemplify it and thus for all time my life is significant for all lives of men.

Du Bois, *Dusk of Dawn*, 1940

被钉在时间的巨轮上,我携着时代精神飞旋,挥舞我手中的笔,抬高我原本微弱的嗓音,去辨明、阐释和规劝;去观察、预知和预言,向着那少数听得到或者愿意听的人们。显然,对我和其他人来说,我所做的微乎其微,不足以创造或者很大地改变这个时代;但是我确实是时代的典型,从这个意义上来说,我的一生对于人类而言是重要的。

杜波依斯,《黎明前的薄暮》(1940)

前　言

　　作为杰出的美国非裔学者,威廉·爱德华·伯格哈特·杜波依斯
(William Edward Burghardt Du Bois,1868—1963,又译"杜波伊斯")在20
世纪美国甚至全世界的社会、历史、政治思想和文学等领域都占有特殊的地
位。虽然他是"中国人民的老朋友",并曾两度访问中国,但是对其文学作品
和思想的研究在国内却尚不成熟。他作为黑人民权运动领袖的形象深入人
心,但他通过文学及相关作品所传达的思想却很少为人了解,值得进一步探
讨和研究。

　　通过对杜波依斯的长篇小说、历史剧、诗歌以及重要的文集和文论的阅
读与梳理,对其社会研究的观照,本书结合相关史料以及杜波依斯的文学隐
喻,分析杜波依斯从社会科学家到宣传干将的角色转换与思想嬗变,并重点
分析其文学创作中"艺术与宣传"之间的矛盾与张力,从而深刻理解作为美
国黑人尤其是作为美国黑人作家的"双重意识"、美国非裔文学作为"必要的
文学"的价值以及杜波依斯对美国非裔文学发展及种族问题的思考与贡献。

　　绪论部分介绍本研究的现实意义,国内外对杜波依斯的研究,特别是对
其文学创作研究的状况做系统的介绍,并指出杜波依斯文学研究之于美国
非裔文学研究的重要性和价值。

　　第一章探讨了杜波依斯从社会科学家到宣传干将角色转变的契机,由
此发生的思想嬗变,以及他对黑人艺术标准的讨论、探索和历史剧实践。杜
波依斯对美国黑人"双重意识"的身份阐释在美国非裔文学史上振聋发聩,
这种意识体现在美国非裔文学创作上,最为典型的表现为"艺术与宣传"之
间的张力。本章通过详细分析其文论《黑人艺术的标准》、在哈莱姆文艺复
兴时期开展的关于黑人艺术的探讨与文艺活动、他对黑人戏剧艺术的倡导

及其历史剧《埃塞俄比亚之星》的创作演出,深入探讨他在20世纪前20年对黑人艺术标准的理解与推动。这一章奠定了本研究关于"艺术与宣传"问题探讨的基调。

第二章集中探讨了杜波依斯长篇小说及其科幻短篇小说。小说的艺术特色及其承载的宣传思想得以被深入阐释。对杜波依斯而言,小说创作是实践与检验其黑人艺术标准的重要方式。根据杜波依斯自己的定义,他的第一部长篇小说为经济研究,第二部为罗曼史,最后出版的"黑色火焰三部曲"则是以小说的形式来书写历史。他的一些科幻短篇作品并未在生前公开出版,而是作为文学遗产留待后人去发现并解读。无论采用何种文学体裁,杜波依斯通过将社会科学调查的方法与结果运用到文学创作领域,采用精致同时又颇为革新的语言和形式,使得小说话语可以为其自身的审美与政治诉求服务。杜波依斯的创作一方面打破了文学体裁的传统定义,另一方面也形成了其特殊的艺术与宣传相辅相成的创作模式。小说,承载着对以美国黑人问题为代表的各类问题的思考与阐释,是对杜波依斯其他创作的补充与提炼。

第三章引入了埃塞俄比亚主义的概念,结合史料梳理埃塞俄比亚主义的发展及其对美国非裔作家的影响;并通过这一视角探讨杜波依斯对非洲文化传统的研究与弘扬,尤其是他对灵歌的独特演绎。埃塞俄比亚主义与文化文学传统的结合为杜波依斯的文学创作提供了艺术与想象的空间,同时它所承载的信条也与杜波依斯提倡的宣传不谋而合。通过结合杜波依斯的社会调查研究与文学创作,我们可以发现埃塞俄比亚主义的精神对其产生的影响,反过来,杜波依斯也通过自身的创作丰富了这一文化宗教传统。最终他选择加入加纳国籍,可谓是对埃塞俄比亚主义精神的最后实践。

第四章探讨了黑人女性在杜波依斯的艺术创作与宣传中的特殊地位。一方面,杜波依斯被称为"男性女权主义者",另一方面,他对女权的倡导也被认为是男权意识下虚无的进步。本章结合历史背景,通过杜波依斯在现实生活与工作、成长与成熟过程中与黑人女性的关系及其对她们的评价,分析其小说、文论、历史剧等创作来对杜波依斯的黑人女性观给予综合全面的梳理和探讨。同时通过对黑人女性这一意象的分析,本章探讨杜波依斯对黑人文化传统的颂扬与批判以及对他所推崇的真理的理解与实践。

第五章探讨了马克思主义经济哲学对杜波依斯思想与创作的影响、杜波依斯立足黑人种族与阶级现实以及对马克思主义哲学理论的补充与批判性接受。如果说之前杜波依斯是在自由主义的指导下进行艺术创作，那么在他学习了解马克思主义后，他的宣传则更注重对政治经济层面的剖析，他更多地将种族问题置于全球政治经济发展的大背景中，将黑人问题与反帝国主义反殖民主义结合起来。本章梳理了杜波依斯在各个阶段对马克思及其学说的态度，并结合其作品分析他在此过程中对种族问题、美国非裔及非洲未来的思考。杜波依斯对亚洲尤其是中国等社会主义国家的关注以及他对泛非与泛亚结合的推动也将是本章关注的重点。

　　杜波依斯的著述卷帙浩繁，除了公开出版的作品，他还留下了许多未出版的文字作为文学遗产留待有心的学者去发现、整理并解读。在美国马萨诸塞大学阿默斯特分校杜波依斯图书馆中，他留下的文稿持续吸引着一批批对美国非裔研究感兴趣的学者。图书馆里的杜波依斯中心每周举行一次"与杜波依斯一起早餐"（Breakfast with Du Bois）的阅读沙龙，专家学者及对杜波依斯感兴趣的读者在那里认真阅读并探讨杜波依斯业已发表或未发表的文字，我在美国访学期间也曾参与其中，受益匪浅。毋庸置疑，随着越来越多学者对杜波依斯作品进行更多更全面的分析和解读，杜波依斯的文字在当今时代必将一次次迸发出新的意义，产生新的影响。

　　在本书的撰写过程中，我受到了太多帮助、启发、建议与鼓励，有来自老师、朋友和亲人的，还有来自各位学者、尊长，其中一位年长者已然仙逝。感恩之情，无法一一表达及回报，但我将铭记于心，并用这些温暖一直激励自己砥砺前行。

张静静

2023 年 1 月

目　录

绪　论

　　杜波依斯在 20 世纪初曾预言:"二十世纪的问题是白人与有色人种间的界限问题。"①在 21 世纪的今天,种族问题的幽灵依然萦绕在美国社会以及全球化进程中的世界上空,它就如一颗隐形的不定时炸弹,随时威胁着人类社会的稳定与进步。美国黑人的历史与现状,美国社会的种族关系亦一直是人们关注的焦点。美国非裔文学则如一面忠实的镜子,反映出现实社会的方方面面。

第一节　研究背景和意义

　　2014 年 8 月 9 日,美国密苏里州的一名白人警察在圣路易斯市弗格森镇开枪打死一名黑人青年——18 岁的迈克尔·布朗(Michael Brown)。该事件引发当地民众的大规模抗议,随后演变成暴力事件。2015 年 4 月 12 日,巴尔的摩黑人青年费雷迪·格雷(Freddie Gray)受到警察查问,后被逮捕并于 19 日在当地一家医院死亡,原因是脊椎严重受伤。格雷的死亡也引发了巴尔的摩市民的大规模抗议示威活动。4 月 27 日,示威抗议活动演变成了骚乱,示威者与警方发生冲突。这场抗议活动也迅速蔓延到华盛顿、纽约等大城市。这两起事件在美国乃至全世界引起强烈反响。事情的发生牵涉方方面面,种族歧视当仁不让地成为人们关注的焦点。2020 年 5 月 25 日,美国黑人乔治·弗洛伊德(George Floyd)因遭遇警察暴力执法而不治身亡。他被警察跪压的视频一经流出,立即引起了民众的强烈愤慨,并使得

---

　　①　杜波依斯:《黑人的灵魂》,维群译,北京:人民文学出版社,1959 年,第 13 页。

美国各州迅速出现示威暴乱。

一次又一次的黑人非正常死亡事件越来越清晰地呈现了这样一个现实:尽管美国奴隶制与吉姆·克劳法(Jim Crow Laws)都已经成为历史,但它们的阴影却依然笼罩着美国黑人群体,与之裹挟着的是贫穷、犯罪、受教育水平低等一系列社会不公平和阶级不平等问题。

恩格斯曾说,巴尔扎克的作品"汇集了法国社会的全部历史,我从这里,甚至在经济细节方面所学到的东西,也要比从当时所有职业的历史学家、经济学家和统计学家那里学到的全部东西还要多"[①]。可见文学对于读者而言,并不仅仅是颐养性情,附庸风雅,它还是现实生活的写照与演绎。从这一视角来看,美国非裔文学有着重要的现实意义,其萌蘖及发展与美国黑人的生存与生活休戚相关,它忠实地记录着美国非裔在社会生活与文化艺术方面的挣扎与奋斗,甚至可以毫不夸张地说,它本身就是这种挣扎与奋斗不可分割的重要部分。那么换言之,美国非裔文学史其实也就是一部美国非裔的奋斗史,美国非裔文学的创作者便是一群以笔杆子为武器的战士。正如美国著名黑人学者布莱登·杰克森(Blyden Jackson)所指出的那样:

> 如果所有美国黑人对肤色歧视和种姓制度感到愤慨,任何群体的愤慨都比不上那些献身于美国非裔文学的美国黑人,也没有人会如他们那般感同身受……他们饱含激情,有一个共同的原因,那就是种族抗议,他们与外在的抗争世界保持一致,共同展现了他们如何自我调整以适应美国政治与社会气候的变迁,这些变迁基本决定了他们文学的形式与内容。[②]

不言而喻,美国非裔文学对于了解美国非裔的历史与现实、文化与生活,甚至美国社会而言,举足轻重。

由于天生带着政治的烙印,在"为艺术而艺术"方面,黑人艺术家和学者们必须做出退步或牺牲,也必须认识到,种族责任不容推却,每个人都需直

[①] 米海伊尔·里夫希茨:《马克思恩格斯论艺术》,曹葆华译,北京:人民文学出版社,1960年,第10页。

[②] Blyden Jackson, *A History of Afro-American Literature*, *Volume I*: *The Long Beginning*: *1746–1895*, Baton Ronge: Louisiana State University Press, 1989, pp. 8–9.

面历史使命。几乎没有一个美国非裔作家可以无视种族歧视这张大网的束缚。即便是被美国非裔批评家认为几乎将种族激进情绪排除在作品外的美国黑人女诗人菲利斯·惠特莉（Phillis Wheatley），也依然还是会不时地将种族话题作为其诗歌的主题。诚如美国非裔文学著名批评家 J. 桑德斯·瑞丁（J. Saunders Reading）所言："美国黑人文学，其动力源自想要融入美国环境的切实欲望，是'必要的文学'（literature of necessity）。这种文学的最核心处，会躺着一颗溃疡性生长的种子，这可以被称作'目的的必要性'（necessity of ends）。"①这份带着政治性的目的使得美国非裔作家有意识地借由其文学实践，擦拭横亘在黑白种族之间的肤色界限，掀开阻隔在黑白人种之间的帷幕，跨越美国社会中由于种族不同而设立的政治、经济和文化藩篱。从另一角度看，文学最基本的功能即是审美，美国非裔文学亦不能例外。学者瑞丁接着指出美国非裔文学"还有'方式的必要性'（necessity of means）。如果美国非裔作家们想要成功，就必须要满足两种不同的（相对的却不完全相反的）的观众，白人和黑人"②。所以，美国非裔文学的审美必须做到兼顾两者，使得白人和黑人都能接受并欣赏。

美国非裔作家或自觉或不自觉地，带着这样的双重任务和目的进行创作并启发读者，也不断地置身于在政治宣传与艺术审美的矛盾与张力之中。美国非裔作者创造的第一种文学形式就是奴隶叙事。奴隶叙事呈现出黑人奴隶生活的惨绝人寰以及黑人奴隶不屈不挠的抗争精神就是在呼号取消奴隶制度。奴隶叙事不可避免地是一种宣传，其目的就是通过宣传道德良知与人权信念来获得救赎。诸多 19 世纪的小说家，如威廉·威尔斯·布朗（William Wells Brown）、保罗·劳伦斯·邓巴（Paul Laurence Dunbar）等都会用各种各样的文学手段来谴责奴隶制。迄至 20 世纪 20 年代，哈莱姆文艺复兴的作家们开始希望在艺术与宣传之间找到一种调和的方式，这引发了一系列有意义的辩论和实践。之后，关于艺术与宣传的思考也一直在理查德·赖特（Richard Wright）、拉尔夫·埃里森（Ralph Ellison）和阿米里·巴拉卡（Amiri Baraka）等作家中存在。

杜波依斯作为早期的美国非裔学者，在美国非裔文学史上有着特殊的

---

① J. Saunders Redding, *To Make a Poet Black*, Ithaca：Cornell University Press，1988，p. 3.
② Ibid.

地位,在诸多或自觉或不自觉地就"是艺术还是宣传"不断思考并实践的作家中,杜波依斯作为宣传者的形象可谓深入人心。美国非裔批评家亨利·路易斯·盖茨(Henry Louis Gates, Jr)认为杜波依斯"应该是美国非裔文学传统中第一个有体系的文学与文化理论家"[①]。杜波依斯深谙美国非裔文学在政治与审美上的矛盾与张力,他提出、讨论并实践与这一主题相关的一系列命题。他关于美国非裔文学的论断最为振聋发聩也颇具争议的便是,他主张一切艺术都是宣传。在1910年,杜波依斯离开亚特兰大大学,加入新成立的全国有色人种协进会(National Association for the Advancement of Colored People),并继而成为该组织杂志《危机》(*The Crisis*)的主编。他坦言自己就此从一个社会科学研究学者转变为"宣传大师"。在哈莱姆文艺复兴时期,他曾毫不犹豫地宣称:"我作品中的任何艺术都是用来宣传的,宣传黑人民族获得爱与享受的权利。"[②]自1910年以来,杜波依斯孜孜不倦地对黑人艺术标准进行探讨和实践,从学术研究到宣传性艺术,其写作风格和思想也随之得以丰富和转变。

然而,对宣传的重要性过于直白地强调,以及鲜明大胆的艺术风格使得诸多学者批评杜波依斯刻意夸大了艺术的功用性,这也导致他的文学创作,特别是长篇小说颇具争议。他在黑人艺术创作方面的理论思考亦没有引起学者们的足够重视和深入系统的探讨与分析。

综观杜波依斯的文学作品可以发现,他有着高度的审美意识和清晰的创作理念,并努力实践自己对美国黑人艺术标准的理解。杜波依斯创作了诸多有影响力的诗歌、戏剧、小说、传记以及情理并茂的文论,其中也或多或少掺杂着他的社会学研究、哲学思考和自传性回忆。他的创作打破了文学体裁固有的框架,将历史叙述与文学想象有机融合。他大胆尝试各类形式的创作,诗歌、历史剧、科幻小说等,并不遗余力地宣传他的理念。"几乎不夸张地说,无论美国黑人作家在何时真正出现,他都站在这位作家之前,预先考虑到后来思潮中的最重要思想,又提前给出了其表达的恰当隐喻。"[③]

---

① Henry Louis Gates, Jr. "'What's Love Got to Do with It?': Critical Theory, Integrity, and the Black Idiom", *New Literary History*, Vol. 18, No. 2, 1987, pp. 345 - 362.

② W. E. B. Du Bois, *Du Bois: Writings*, New York: Library of America, 1986, p. 1000.

③ William L. Andrews, *Critical Essays on W. E. B. Du Bois*, Boston: G. K. Hall Co., 1985, p. 59.

虽然不少批评家也注意到杜波依斯从社会科学研究到宣传性创作写作风格的转向,但他们大多是传记式的陈述,对这一转变带来的影响评述得过于武断或笼统。通过对杜波依斯作品的分析和比较我们可以注意到,他的创作中不仅体现了这种转向,同时也体现了这两者之间持续的撕扯与相辅相成。同时,其宣传理念也并非一蹴而就且一成不变的,它经历了从自由主义向批判的马克思主义的过渡,实则是一个不断自我修正并完善的过程。杜波依斯在社会科学研究与文学创作中,在文学创作与宣传实践中所表现出的张力与矛盾,也正是其创作的价值体现。杜波依斯的创作,尤其是文学作品,有着鲜明的时代特色和前瞻性。对杜波依斯的文学作品和思想进行探讨,不仅是对其本人思想的一次梳理,也有助于我们对美国非裔文学理论及其实践的更好理解。

第二节　国外研究的历史和现状

1868 年 2 月 23 日,威廉·爱德华·伯格哈特·杜波依斯出生在马萨诸塞州的大巴灵顿镇,1963 年 8 月 27 日卒于非洲加纳的首都阿克拉。1896 年,他与尼娜·戈默(Nina Gomer)结婚,育有两个孩子:儿子伯格哈特(幼年时期不幸夭折)和女儿尤兰达(Yolande)。在尼娜因病去世后的第二年,也就是 1951 年,杜波依斯与雪莉·格拉汉姆(Shirley Graham)结婚。雪莉是一位剧作家,同时也是黑人民权运动者,是杜波依斯志同道合的人生伴侣,这段婚姻一直陪伴他走到人生终点。1888 年,杜波依斯获得了美国南方费斯克大学的学士学位;1890 年,获得哈佛大学哲学学士学位;1892 年,获得哈佛大学历史学硕士学位。接着,他获得斯莱特基金(Slater Fund)的资助,前赴德国的柏林大学学习,两年后由于该基金拒绝继续赞助,杜波依斯无法获得学位,于是重返哈佛大学,并于 1895 年获得哈佛大学的历史学博士学位。1894 年至 1896 年,他是韦伯福斯大学的希腊语和拉丁语教授;1896 年至 1897 年,他担任宾夕法尼亚大学的社会学助理研究员;1897 年至 1910 年,他是亚特兰大大学的经济学与历史学教授;但 1910 年,他离开亚特兰大大学,加入全国有色人种协进会,并担任该协会《危机》杂志的主编。1934 年,杜波依斯接受亚特兰大大学校长约翰·霍普(John Hope)的邀请,重新回到亚特兰大大学社会学学院担任主席。1944 年,他再次从亚特兰大大学辞职回到纽约,在全国有色人种协进会开展研究工作。此外,他是尼亚加拉运动和全国有色人种协进会的主要创始人,泛非运动的杰出领导者,同时也是诸多国际泛非会议的组织者和参与者。

杜波依斯一生笔耕不辍,卷帙浩繁。根据其学生、杰出的历史学家赫伯特·阿普塞克(Herbert Aptheker)的整理统计,所有文献目录有 1975 条之多,这也就意味着,从杜波依斯 30 岁开始直至 95 岁去世,平均每 12 天他就有新的作品面世。[①] 与很多其他黑人领袖如弗雷德里克·道格拉斯、马丁·路德·金等不同,杜波依斯并没有过人的演讲才能,事实上他的演讲风格颇为老派枯燥,可以说他是将自己"写"入了美国非裔历史的黑人领袖行列。他等身的著作涉及各类体裁,大致可以分为三个方面:报刊文章(journalism)、学术研究(academic research)和文学创作(literature)。本著述主要围绕其文学创作展开,包括:长篇小说《夺取银羊毛》(*The Quest of the Silver Fleece*,1911)、《黑公主》(*Dark Princess：A Romance*,1927)、《孟沙的考验》(*The Ordeal of Mansart*,1957)、《孟沙办学校》(*Mansart Builds a School*,1959)和《有色人种的世界》(*Worlds of Color*,1961)(后三部被称为"黑色火焰三部曲");历史剧《埃塞俄比亚之星》(*Star of Ethiopia*,1913);诗歌《亚特兰大的祈祷》(*A Litany of Atlanta*,1906)、《黑烟之歌》(*The Song of the Smoke*,1907);科幻小说《彗星》("Comet",1920),《钢铁公主》("Princess Steel",在 1908 年至 1910 年间写就,由学者安德丽安·布朗等发现整理并于 2015 年 12 月公开发表),《公元 2150 年》("A.D. 2150",1950)等,以及重要的文集《黑人的灵魂》(*The Souls of Black Folk*,1903)、《黑水：来自帷幕下的声音》(*Darkwater：Voices from Within the Veil*,1920)、《黎明前的薄暮》(*Dusk of Dawn*,1940)等。当然,在讨论杜波依斯思想的过程中,是不可绕开其社会科学著作的,以《美国黑人的重建》(*Black Reconstruction in America*,1935)为代表的学术研究和诸多发表在《危机》杂志上的文章也会是本著述重要的参考资源。

国外对杜波依斯进行正式的学术研究大致可以分为两个阶段。第一阶段是从 20 世纪 50 年代后期开始到 20 世纪 80 年代末,这一阶段的重点在于从美国非裔研究的视角分析杜波依斯在社会和政治方面的活动与思想,

---

① W. E. B. Du Bois, *The Souls of Black Folk*, New York：Random House, Inc, 2005, p. 3.

大部分的研究属于传记式的记载。第二阶段是从 20 世纪 90 年代至今的三十几年时间里，这期间对杜波依斯的研究呈现出许多新的视角，跨学科研究方法涌现，并对其学术生涯展开历时性分段式的研究，使得其生平经历和作品内涵都得到了更加深刻的挖掘。这些研究大部分都深入考察杜波依斯作为一名作家在世界性、跨学科的全球化学术领域的地位与影响。

　　总体而言，国外学界对杜波依斯的研究已经颇具规模，就已经出版的研究专著来看，大致可以分三类。一类是传记型，主要对杜波依斯的生平进行介绍和分析，大多记录下他在黑人民权运动方面所做出的努力与贡献。从20 世纪五六十年代至今，记录杜波依斯的传记作品不下十部，如弗朗西·布劳德里克（Franci L. Broderick）的《威·爱·伯·杜波依斯：危机时刻的黑人领导》（*W. E. B. Du Bois*：*Negro Leader in a Time of Crisis*，1959），莱斯立·亚历山大·莱西（Leslie Alexander Lacy）的《赞孤独的旅行者：威·爱·伯·杜波依斯的一生》（*Cheer the Lonesome Traveler*：*The Life of W. E. B. Du Bois*，1971），杜波依斯的夫人雪莉·格拉汉姆撰写的《他仍在前行：追忆威·爱·伯·杜波依斯》（*His Day Is Marching On*：*A Memoir of W. E. B. Du Bois*，1971），以及杰拉尔德·霍恩（Gerald Horne）和玛丽·杨（Mary Young）编写的《威·爱·伯·杜波依斯：一部百科全书》（*W. E. B. Du Bois*：*An Encyclopedia*，2001）等，但其中最具有影响力的当属大卫·利弗林·刘易斯（David Levering Lewis）编写的《威·爱·伯·杜波依斯：一个种族的传记（1868—1919）》（*W. E. B. Du Bois*：*Biography of a Race*，*1868 - 1919*，1993）。该书获得了 1994 年的普利策奖，可谓是关于杜波依斯前半生最重要的传记。2000 年，刘易斯又出版了《威·爱·伯·杜波依斯：为平等而战与美国世纪（1919—1963）》（*W. E. B. Du Bois*：*The Fight for Equality and the American Century*，*1919 - 1963*），作者通过上千页的文字将杜波依斯丰富的人生详尽地呈献给了读者。

　　第二类是对杜波依斯作品和思想有侧重地进行评述的专著。这类作品或者着重介绍其政治思想，或者针对其社会活动家的身份进行论述，或者深入阐释其著作《黑人的灵魂》等，探讨他与布克·华盛顿（Book T. Washington）的论战及杜波依斯的教育思想，他在尼亚加拉运动中的贡献以及他泛非运动的领导作用，他的宗教思想以及他对女权主义的态度等。这类作品结合生平展开，因此有些也会包含对杜波依斯生平事迹的介绍。

《威·爱·伯·杜波依斯的艺术及想象》(*The Art and Imagination of W. E. B. Du Bois*,1976),以下简称《杜波依斯的艺术与想象》,是一部研究杜波依斯文学与艺术的重要著作,作者阿诺德·拉波塞德(Arnold Rampersad)呈现的是杜波依斯文学语言的精练和诗化,分析其作品,尤其是小说创作的文学性。拉波塞德认为,杜波依斯的"学术、宣传、政治运动的力量归根结底都源于他本质上有着对人类经历诗化的眼光,对文字同样诗化的敬意"①。这部专著给研究杜波依斯的读者提供了一个新的视角,打开了一扇新的窗户。枯燥的政治口号、激进的语言态度和尖锐的反讽谴责,并不等于全部的杜波依斯,也并不代表全部的美国非裔作家。通过分析其文学创作我们可以发现,在冷酷灰暗的现实中,心怀仁爱的杜波依斯对世俗浪漫有着含蓄的向往。沙慕·扎米尔(Shamoon Zamir)的《黑暗的声音:威·爱·伯·杜波依斯与美国思想》(*Dark Voices:W. E. B. Du Bois and American Thought*,1995)着重关注的是杜波依斯的作品《黑人的灵魂》和《黎明前的薄暮》,他认为杜波依斯接受正统的欧美教育,因而形成了一套系统的关于历史、哲学和社会的认知理念,但是他面对的问题却是残酷糟糕的种族主义,这使得他一直在纠结与矛盾中前进。扎米尔探讨欧美教育及马克斯·韦伯、俾斯麦等人对杜波依斯的影响,但更关注杜波依斯是如何在他们的影响下,面对具体社会现实做出回应的。罗伯特·古丁·威廉姆斯(Robert Gooding Williams)的《在威·爱·伯·杜波依斯的阴影下:美国现代非洲政治思想》(*In the Shadow of Du Bois:Afro-Modern Political Thought in America*,2009)认为《黑人的灵魂》是杜波依斯对现代政治理论做出的卓越贡献,进而探讨杜波依斯政治思想在黑人政治领域的奠基性作用。同样对杜波依斯的政治思想进行探究的还有阿道夫·里德(Adolph L. Reed Jr)的《威·爱·伯·杜波依斯及美国政治思想》(*W. E. B. Du Bois and American Political Thought*,1997)等。曼宁·马拉博(Manning Marable)的《威·爱·伯·杜波依斯:激进的黑人民主主义者》(*W. E. B. Du Bois:Black Radical Democrat*,2005)则将杜波依斯的写作生涯与其生平看作一个整体,通过梳理杜波依斯一生的民主斗争,展现了作为激进民族

---

① Arnold Rampersad,*The Art and Imagination of W. E. B. Du Bois*,Cambridge:Harvard University Press,1976,p. vii.

主义者的他对黑人民族自豪感、种族平等、文化多元化的观点。爱德华·布朗姆(Edward J. Blum)的《威·爱·伯·杜波依斯:美国先知》(*W. E. B. Du Bois:American Prophet*,2007)和约翰逊·康(Jonathon S. Kahn)的《威·爱·伯·杜波依斯的宗教想象》(*The Religious Imagination of W. E. B. Du Bois*,2009)则关注宗教信仰、宗教思想对杜波依斯整体思想的影响。另外,沙恩·加比登(Shaun L. Gabbidon)的《威·爱·伯·杜波依斯对犯罪与正义的研究:为社会犯罪学奠基》(*W. E. B. Du Bois on Crime and Justice:Laying the Foundations of Sociological Criminology*,2007)通过对杜波依斯生平及其作品的梳理分析,第一次探讨杜波依斯在犯罪学及刑事审判领域做出的先驱贡献。克瓦姆·安东尼·阿皮亚(Kwame Anthony Appiah)的《承袭的支派:威·爱·伯·杜波依斯与身份的凸显》(*Lines of Descent:W. E. B. Du Bois and the Emergence of Identity*,2014)通过对杜波依斯在欧洲,特别是德国的学习生活,着重探讨欧洲以及德国的政治、经济、文化思想对杜波依斯思考种族问题、身份问题以及文学创作上的影响。

这类专著还包括一些学者主编的论文集,这些论文集集结了多位作者从不同角度呈现的对杜波依斯作品或思想的思考与探讨,每篇文章既独立成章带给读者以启迪,又相互交织服务于一个概括的主题,使得读者对杜波依斯有更为全面深入的了解。较有影响力的是伯纳德·贝尔(Bernard W. Bell)等主编的《威·爱·伯·杜波依斯论种族与文化》(*W. E. B. Du Bois on Race and Culture*,1996),亨利·刘易斯·盖茨等主编的《黑人的灵魂:原文本,背景,批评》(*The Souls of Black Folk:Authoritative Text,Context,Criticism*,1999),哈罗德·布鲁姆(Harold Bloom)主编的《威·爱·伯·杜波依斯》(*W. E. B. Du Bois*,2001),道兰·哈巴(Dolan Hubbard)主编的《黑人的灵魂:一百年之后》(*The Souls of Black Folk:One Hundred Years Later*,2003),以及沙慕·扎米尔主编的《威·爱·伯·杜波依斯剑桥指南》(*The Cambridge Companion to W. E. B. Du Bois*,2008)等。

第三类作品是对杜波依斯已有的著作进行梳理分类,并附有编者介绍性和总结性的文章。其中颇具影响力和参考价值的要数其学生赫伯特·阿普塞克主编的《威·爱·伯·杜波依斯出版作品文献注释》(*Annotated Bibliography of the Published Writing of W. E. B. Du Bois*,1973)。这是一本研究杜波依斯的宝贵工具书。它收录了杜波依斯一生所发表在报纸与杂志上的文章、所出版的论著、小册子和主编的出版物等的篇名和主要内容。他整理的杜波依斯的作品全面细致,对读者从宏观上把握杜波依斯一生的思想演变有着重要的参考价值。菲尔·朱克曼(Phil Zuckerman)主编的《威·爱·伯·杜波依斯的社会理论》(*The Social Theory of W. E. B. Du Bois*,2004)将杜波依斯关于社会理论方面的文章归类在种族意义、国际关系、女性等几个方面,从而突出其在各个方面的涉猎与贡献。比尔·姆伦(Bill V. Mullen)等主编的《威·爱·伯·杜波依斯关于亚洲:跨越世界的肤色界线》(*W. E. B. Du Bois on Asia:Crossing the World Color Line*,2005)收录了杜波依斯大部分描写亚洲状况和思考亚洲思潮的文章,还包括杜波依斯在亚洲访问时发表的讲稿,同时也梳理了亚洲思潮对杜波依斯的影响。

综合来看,随着视野的打开,对杜波依斯思想的研究越来越呈现出跨学科、多角度的趋势。但是,针对杜波依斯文学创作和思想的系统研究却并不多见。对杜波依斯小说的有限研究基本可以分为两类:小说作为背景或者补充资料来诠释杜波依斯其人与其所处的时代,如杜波依斯的传记作家大卫·刘易斯的作品等;另一类则是将小说置于非裔文学与历史传统之中分析其本身价值,最具代表性的就是文学批评家阿诺德·拉波塞德的《杜波依斯的艺术与想象》。1994 年出版的基思·拜厄曼(Keith E. Byerman)的《咬文嚼字:威·爱·伯·杜波依斯作品中的历史,艺术与自我》(*Seizing the Word:History,Art,and Self in the Work of W. E. B. Du Bois*)也是近些年这方面研究的翘楚,但是正如休斯顿·贝克(Houston A. Baker)的评价一般,它雄心过大,涵盖作品庞杂,导致分析不够深入;同时它企图将所有的分析都置于"父子"继承与反抗这一喻指之下而导致部分地方显得牵强;他忽视了对杜波依斯历史剧及科幻短篇小说的探讨。

杜波依斯的第一部长篇小说《夺取银羊毛》反响平平,销量非常一般。杜波依斯自认为该小说是有些价值的经济调查。评论界有学者将小说与弗兰克·诺里斯(Frank Norris)的"小麦史诗"相比较,认为其与"小麦史诗"第二部《交易场》(*The Pit*,1903)一样,探索当时社会的商业市场与经济问题。虽然公众的反应相对平淡,杜波依斯的传记作家大卫·刘易斯认为,这大概是因为"评论家们显然认为没有必要去特意声明杜波依斯已经跻身 20

世纪杰出的美国非裔小说家行列"①。阿诺德在《杜波依斯的艺术与想象》中，分析了小说中的人物与情节后指出小说的道德立场：社会的现实就是罪恶，每个人都被牵连其中，要想获得拯救就必须不断地进行赎罪。工作本身的意义值得赞颂，同时每个人也必须为他人而工作。美国的每个种族都面临着如沼泽地一般邪恶的与不道德的现实，走过这段泥泞之路才能发现灵魂之奥秘。阿琳·埃尔德（Arlene A. Elder）在《沼泽与种植园：威·爱·伯·杜波依斯〈夺取银羊毛〉中的象征结构》（Swamp versus Plantation：Symbolic Structure in W. E. B. Du Bois's *The Quest of the Silver Fleece*）一文中，分析了《夺取银羊毛》中的象征结构，认为沼泽地作为黑人社区的象征，尽管有邪恶和愚昧的意味，但也代表了自由与灵性。种植园作为白人社区的象征，虽然井然有序却充满了谎言与拜金主义。基思·拜厄曼虽然认为《夺取银羊毛》最后呈现的政治哲学是有问题的，但却肯定了其进步的尝试，并认为该小说挑战了美国南方的浪漫主义文本，风格可谓独树一帜。

杜波依斯本人最喜欢的《黑公主》，刚出版时受到诸多学者的批评，甚至被认为是部失败的作品。哈莱姆文艺复兴时期重要的美国非裔作家克劳德·麦凯（Claude McKay），犀利地提出杜波依斯的写作没有展现出对美学的理解。诗人、小说家兼批评家阿纳·邦当（Arna Bontemps）则认为杜波依斯因为选择接近"整洁、有教养的维多利亚式"的文风而显得很没有想象力。当时的《纽约时报》书评认为该小说"很浮夸，不可信"。但是在 1995 年再版的时候，克劳迪娅·泰特（Claudia Tate）在序言中写道："尽管《黑公主》过去拥有的读者为数不多，但却是一部重要的作品，再现了杜波依斯对黑人男性英雄主义和黑人英雄主义艺术的观点，他那为争取种族公平权利所做出的努力以及他那复杂的个性。"②近几年来，《黑公主》在政治与第三世界思潮方面的描写越来越受到学者的关注。比尔·姆伦认为杜波依斯对亚洲自由与独立的支持是其最被评论界忽视的方面，但在其政治思想发展过程中却起着重要作用。在论文《杜波依斯，〈黑公主〉和亚非国际》（Du Bois, *Dark Princess*, and the Afro-Asian International）中，比尔·姆伦认为，杜波依斯将自己在俄罗斯、德国、中国和美国等地的见闻和见识通过《黑公主》

---

① David L. Lewis, *W. E. B. Du Bois*: *Biography of a Race*, 1868 - 1919, New York: Henry Holt, 1993, p. 445.

② 杜波依斯：《黑公主》，谢江南等译，北京：中国对外翻译公司，1998 年，第 XIV 页。

呈现出来,将亚洲看作非洲的同胞兄弟,并且杜波依斯将其最有名的隐喻"双重意识"移植到了对政治问题的思考上,那就是国际共产主义与国家运行之间的碰撞。阿迈德(Dohra Ahmad)的论文《不只是罗曼史:〈黑公主〉的体裁与地理》(More than Romance:Genre and Geography in *Dark Princess*)认为《黑公主》糅合了多种文学传统,如成长小说、冒险小说、社会现实主义和弥赛亚式预言等。在该小说中,杜波依斯呈现了芝加哥和美国南方等典型的地理特点。杜波依斯更多地用现实主义展现芝加哥,用浪漫主义展现南方的黑人地带,所以地理很大程度上诠释着体裁。他认为,杜波依斯的小说本身就是一个比较文学的载体:在诠释世界不同地方的历史、地理和文化时,要采用不同的语言和框架。所以他的任务是找到既文学又历史的方式,这种方式能将泛非主义、印度国家主义以及黑人权利的民主斗争都结合起来。丽贝卡·拉特利奇·费雪(Rebecka Rutledge Fisher)的论文《象征的解剖:读杜波依斯的〈黑公主:一部罗曼史〉》(The Anatomy of a Symbol:Reading W. E. B. Du Bois's *Dark Princess*:*A Romance*)对《黑公主》中的隐喻与象征做了较为全面的剖析,并结合杜波依斯关于艺术与宣传的论断,肯定了他独特的艺术审美与社会政治诉求。

杜波依斯在生命最后几年出版的"黑色火焰三部曲",可以说是其最具雄心的创作,展现了从重建时期到20世纪50年代中期近80年的美国黑人历史。但评论界对其小说本身的评价不高,认为杜波依斯对孟沙一家经历的描写过于生硬,相对而言,其中对真实历史事件的描写,以及杜波依斯对同时代人物的评价倒更有价值。

弗雷达·斯科特·吉尔斯(Freda Scott Giles)对杜波依斯的历史剧成就,特别是《埃塞俄比亚之星》赞赏有加。他认为历史剧反映出杜波依斯在经典文学方面的造诣,以及他对寓言和隐喻的热爱。休斯顿·贝克则认为,杜波依斯通过才智与信念,将美与真融合并汇入他的道德追求里,从这点上来说,他和艾伦·洛克(Alan Locke)可以说是黑人美学现代主义的一对同盟兄弟,而相对于其他创作而言,杜波依斯的这些追求更好地体现在其历史剧中。就杜波依斯的诗歌而言,《亚特兰大的祈祷》和《黑烟之歌》最为著名,收到的褒奖也最多,但如其历史剧一样,缺乏更深一步的研究。

作为秉承"一切艺术都是宣传"信条的文学创作者,杜波依斯更多的是被以崇尚艺术自由的作家和评论家们批评和质疑。同时,杜波依斯作为社会科学家与历史学家,在种族问题与社会历史研究等方面的贡献太耀眼,在分析提及其文学作品的时候,批评家们的重点和兴趣还是或多或少会倾向于探讨杜波依斯的政治观和种族思想等,比如理查德·科斯特拉尼茨(Richard Kostelanetz)等学者会倾向于探讨杜波依斯文学创作中的政治思想。相对而言,《杜波依斯的艺术与想象力》的出现是划时代的,不仅仅因为其抓住杜波依斯矛盾复杂而又充满人文诗意的本性,对其一生的思想发展、学术造诣予以深刻阐释,还在于它赋予了杜波依斯的小说及其他文学创作新的意义,肯定了其在当时以及现在的独特价值。在阿诺德的解读下,杜波依斯的思想已然超越了种族的局限。

第三节　国内译介与研究

杜波依斯在中华人民共和国成立后两次来华,受政治语境影响,我国对其作品的译介几乎集中在 20 世纪五六十年代和 90 年代两个阶段。对其作品的研究从 50 年代末开始,但直到 90 年代才开始有质的突破。

在杜波依斯两次访问中国的五六十年代,他的作品受到了空前的关注和重视。自黄嘉德编译伐希列依夫在 1953 年 3 月刊载于《苏联文学》的《杜波依斯及其新著"在争取和平的战斗中"》(黄嘉德编译一文刊载于 1953 年第四期的《文史哲》)和方克翻译亚勃纳·贝雷的《评"争取和平的战斗"》(方克翻译一文刊载于《世界知识》1953 年第五期)以降,杜波依斯诸多重要著作被翻译成中文,包括:辛华翻译,1953 年由世界知识社出版的《为和平而战斗》(*In Battle for Peace*);维群翻译,1959 年由人民文学出版社出版的《黑人的灵魂》;贝金翻译,1959 年由三联书店出版的《约翰·布朗》(*John Brown*);1959 年 4 月号的《世界文学》上发表了移模(黄子祥)翻译的《约翰的归来》("Of the Coming of John"),1960 年由商务印书馆根据此译文出版了英汉对照版的《约翰的归来》;秦文允根据 1961 年俄文版转译的《非洲:非洲大陆及其居民的历史概述》于 1964 年由世界知识出版社出版;由蔡慧等翻译的《孟沙的考验》、徐汝椿、陈良廷翻译的《孟沙办学校》以及主万翻译的《有色人种的世界》,作为"黑色火焰三部曲"于 1966 年由作家出版社出版。

在 70 年代后期,北京微电机厂工人理论组对 1959 年贝金翻译的《约翰·布朗》进行节编。他们在当时政治思想的指导下,对译文做了一些修改,并添加了注释、插图和地图,添加"节编前言"对约翰·布朗一生的"革命业绩和革命精神"做了概括介绍,该书于 1976 年由人民出版社出版。① 在 1979 年,商务印书馆又重印了《约翰的归来》。

1993 年是杜波依斯 125 周年诞辰,中国国际友人研究会、中国人民对外友好协会、"国际科学与和平周"中国组委会联合在北京举行"中国人民的老朋友、美国非洲黑人著名学者杜波依斯博士诞辰 125 周年纪念会"。会上宣布成立了中国杜波依斯研究中心②,通过了杜波依斯研究中心章程,还明确了要对杜波依斯的作品"有重点,有计划地选两三本"③进行翻译。随后,邹得真等译的《威·爱·伯·杜波依斯自传:九旬老人回首往事的自述》(*The Autobiography of W.E.B. Du Bois: A Soliloquy on Viewing My Life from the Last Decade of Its First Century*)于 1996 年由中国大百科全书出版社出版;谢江南等译的《黑公主》于 1998 年由中国对外翻译出版公司出版。除了上述提及的完整的著作外,杜波依斯的部分优秀散文、短篇小说、精彩演讲和诗歌也被陆续介绍给中国的读者。比如,杜波依斯生前最后创作的一首诗歌《加纳在召唤》("Ghana Calls")由冰心翻译,并刊于《世界文学》1963 年 9 月号,其著名散文《亚特兰大的祈祷》由邹绛翻译,刊载于 1981 年第三期的《榕树文学丛刊》。

国内真正开始对杜波依斯作品进行研究的是屠岸的《读杜波依斯早年的著作〈黑人的灵魂〉》,该文发表于 1959 年第五期的《世界文学》。屠岸在文章中简要介绍了杜波依斯生平及其文学作品的创作,重点介绍了《黑人的灵魂》一书的结构、风格及其内容,并通过分析具体细节来展示杜波依斯对美国种族歧视现状的抨击,以及他对人道主义和民主精神的追求。同年,李敦白的《被奴役民族的灵魂——评杜波伊斯〈黑人的灵魂〉》发表在《读书》杂志的第十六期。该文认为杜波伊斯的《黑人的灵魂》实则是关于三个梦想:关于自由的旧梦,通过在资产阶级民主、教育及经济下的辛勤劳动获得自

---

① 诸如此类,将文学作品在翻译过程中进行删改,对其加注,补充序、跋等,是那一时期典型的政治影响文学的方式。

② 笔者从北京"杜波依斯研究中心"的第一任秘书长舒暲老师处了解到,由于"杜波依斯研究中心"理事成员大多为退休外交工作者,精力有限,近些年暂时没有开展具体的杜波依斯翻译与研究工作。

③ 舒暲:《纪念杜波依斯诞辰 125 周年暨中国杜波依斯研究中心在北京成立》,《西亚非洲》,1994 年第 1 期,第 3 页。

由,最后是通过美国工人阶级和全世界社会主义力量的联合来实现黑人的解放。

国内关于杜波依斯本人经历和其作品的文章,大部分为概括介绍类:介绍其生平,梳理其为黑人争取民权所参加的会议和活动,以及阐述其作品的概况。尤其在 20 世纪五六十年代,黑人民权运动风起云涌,诸多黑人领袖与中国互动频繁,国内各类报纸杂志刊载了诸多介绍杜波依斯生平以及诸多政要和文化界名人祝贺其寿辰、缅怀其业绩的文章。1996 年由商务印书馆出版的吴秉真撰写的《著名的黑人历史学家杜波依斯》(共 33 页,为传记型介绍)是目前国内出版的唯一一本专门的杜波依斯传记。从五六十年代至今,对杜波依斯研究的文章数量总体不多。绝大部分文章都集中在 20 世纪 90 年代及之后。就主题而言,现有的研究集中讨论以下几个方面:"双重意识"、杜波依斯与布克·华盛顿的分歧、泛非大会等争取民权的运动、"有才能的十分之一"(the talented tenth)及其小说和文学创作等方面。而对其作品的文学艺术主题进行分析的文章主要出现在近十年。针对其长篇小说,仅有介绍型的文章。

"双重意识"作为杜波依斯提出的最具代表性的论断也得到了国内学者的关注。大部分的研究注重"双重意识"给身份认同方面带来的焦虑与影响。比如,骆洪在《学术探索》2009 年第四期的《"双重意识"问题与美国黑人的身份建构》一文中探讨了美国黑人作家思考美国黑人文化身份问题的三种倾向,即融入思想、保持黑人性倾向以及构建美国人身份的同时保持黑人性。郭大勇发表在《云南师范大学学报》2010 年第四期的《杜波依斯与美国的种族问题》一文中讨论了杜波依斯的"双重意识"种族思想的两个方面:民族主义思想和融入主义思想,并提及其黑人精英领导思想,也即"有才能的十分之一"。探讨"双重意识"在杜波依斯自身创作及对美国非裔文学影响方面的研究不多亦不够深入,研究倾向于探讨"双重意识"带给美国黑人作家创作上的羁绊,比如郭晓洋和马艳红在《东北大学学报》2007 年第三期的《论杜波依斯的"双重意识"及其对美国黑人文学的影响》中讨论了黑人性格的两重性以及黑人作家创作时的两难选择。

目前可以检索到的主要针对杜波依斯研究的相关硕士论文共九篇,它们分别为梅倩的《职业抑或自由:布克·华盛顿与杜波依斯关于黑人高等教育的思想比较》(2022),彭阳的《教育思想家杜波伊斯个体成长史研究》

(2021),杨晓莉的《杜波依斯女权主义立场的不一致性》(2018),杨婵的《杜波依斯晚年社会活动与身份认同研究》(2017),张瑞琛的《黑人教育新思路——杜波依斯黑人教育思想研究》(2017),苏景龙的《杜波依斯的文化焦虑》(2014),叶臻的《杜波伊斯黑人教育思想研究》(2013),黄钰霞的《徘徊在十字路口——黑人领袖布克·华盛顿与 W.E.B.杜波依斯民族振兴策略之争,1895—1915》(2012)和朱兆兆的《杜波依斯泛非思想探析》(2006)。博士论文共两篇,除本文作者之外,另外一篇为张聚国的《杜波依斯对解决美国黑人问题道路的探索》(1999)。苏景龙通过杜波依斯的求学生涯、"双重意识"种族思想、"有天赋的十分之一"理想以及泛非思想体系这四个方面来阐释杜波依斯的文化焦虑。叶臻通过对杜波依斯教育思想的探讨,肯定了其作为杰出的教育家,在美国和美国非裔教育史上做出的贡献以及对当代黑人教育的影响。张聚国对博士论文进行修改编辑并在劳特利奇出版社(Routledge)出版,作品名为 *W. E. B. Du Bois*:*The Quest for the Abolition of the Color Line*。朱兆兆与张聚国的研究都属于历史学科范畴,探讨杜波依斯解决黑人问题的努力及其民权运动实践。目前尚无专门的杜波依斯中文研究专著出版,但两本美国非裔研究专著中有介绍杜波依斯生平与思想的内容。王恩铭在《美国黑人领袖及其政治思想研究》一书的第三章对杜波依斯的生平进行了梳理,对其所处的时代背景进行分析,重点对其政治思想进行了评述整合。作者认为杜波依斯的政治思想的核心是黑人民族主义和融入主义,并将其思想与布克·华盛顿、马库斯·加维(Marcus Garvey)进行比较,肯定了其对黑人进步的积极影响,也指出杜波依斯因过于自信和固执致使其与全国有色人种协进会发生内部分歧。作者从政治思想的高度梳理了杜波依斯的一生,给予了其公正客观的历史评价。2016 年出版的《美国非裔作家论》中有一章是对杜波依斯生平及思想的梳理介绍。另外,王玉括教授 2022 年出版的《非裔美国文学批评教程》一书中有一章介绍了杜波依斯的文论——《黑人艺术的标准》,强调文艺为提升黑人种族服务的重要性。

总体而言,相较于国外研究,国内的杜波依斯研究无论是在研究视角还是作品内容深度方面都尚有巨大的开拓空间。

第四节　主要研究内容

正如罗伯特·布劳纳所指出:"黑人的文化经历与其说类似于直流电,还不说类似于交流电。朝向种族划分和区别性意识的运动一直与在行动和身份上更加'美国化'的感应运动平行。"①的确,在美国社会中,美国非裔是一种特殊的存在。杜波依斯提出的"双重意识"被认为是对美国非裔尴尬身份最早也最准确的概括。身份意识的尴尬体现在艺术创作上,很大程度上表现为艺术审美与理念宣传之间的矛盾与张力。杜波依斯通过剖析黑人文化身份,进而探讨黑人艺术标准,在他的认知哲学中,"美国性"与"黑人性","艺术"与"宣传"是可以共存的,两者互为他者,却也互为镜像,两套话语可以进行良性对话。事实上,"双重意识"在带来困囿与焦虑的同时,它也创造了文学想象与历史叙述的空间,提供了一种解决问题的途径与方向。通过对关键词"艺术与宣传"的把握,本著述将对杜波依斯的文学创作做出系统梳理,并结合其自身对黑人艺术创作的理解与讨论,对其创作理念做深入探析,同时也将分析杜波依斯在多大程度上实践了自己所提出的黑人艺术的标准,这也将促进对其整体的文学政治思想更系统深入地领会。

早在1897年的《大西洋月刊》(Atlantic Monthly)上,杜波依斯就首次使用了"双重意识"这一概念。1903年,他在《黑人的灵魂》中结合美国黑人的现实与历史对此概念做出更加清晰的陈述,并将其与黑人艺术家面临的创作尴尬紧密联系起来。在《黑人的灵魂》中,杜波依斯提出,

> 在埃及人和印度人、希腊人和罗阿人、条顿人和蒙古人之后,黑人有点像是第七个儿子,他在这个美洲世界上,生来就带着一幅帷幕,并且天赋着一种透视的能力——这个世界不让他有真正的自我意识,只让他通过另一世界的启示来认识自己②。

杜波依斯直言这种双重意识使得他总是感到自己的存在是双重的——"是

---

①　转引自伯纳德·贝尔:《美国非裔黑人小说及其传统》,刘捷等译,成都:四川人民出版社,2000年,第20页。

②　杜波依斯:《黑人的灵魂》,维群译,北京:人民文学出版社,1959年,第4页。

一个美国人,又是一个黑人,两个灵魂,两种思想,两种彼此不能调和的斗争;两种并存于一个黑人身躯内的敌对意识,这个身躯只是靠了它的百折不挠的毅力,才没有分裂"①。

这其中的数字"七"与"两"虽然同样被用来定义美国黑人,却有着截然不同的内涵。"七"所代表的是一种外在的并列关系,是对平等的渴求。但是"两"指代的是内部的对抗与碰撞。"双重意识"使得黑人看起来好像懦弱无力,软弱无能。一个黑人工匠需要进行"双重目的的斗争——一方面要逃避白人对一个只会挑水劈柴的民族的蔑视,一方面又要为一群穷困的人耕耘挖掘——结果只能变成一个毫无技能的工人,因为他对两者都无心全力以赴"②。那些可以被称作博学者的黑人也同样受双重意识的困扰,"他的本族群人民所需要的知识对于他的白人邻居而言只是老生常谈,而他可以用来教导白人的知识,对于他自己的同胞又全都如同天书"③。此番困境与纠结在黑人艺术家身上体现得更为深刻而典型,"对于和谐和美的天然爱好能够使他的民族中较为粗犷的人为之歌舞"④,但是他不免会自我怀疑,"因为他从那里面所见到的美,是被他的大多数观众所鄙视的一个民族的灵魂的美,而他又不能去传达另一个民族的心音"⑤。

但是这种内在的撕扯却不能使得黑人"意志消沉",因为"这个词在他们的字典中是不存在的"⑥。美国黑人"绝不愿使美洲非洲化,因为美洲值得世界其他部分和非洲学习的东西太多了。他也不愿在白色的美洲精神的洪流中漂白黑人的灵魂,因为他知道黑人的血对世界负有使命"⑦。于是,在这般困境中滋生出了某种善果,"那就是,黑人的教育被仔细地调整得更接近真正的生活了,他对自己的社会责任有了更明确的概念,他也更清楚地认识到了进步的意义"⑧。对于黑人艺术家的创作来说,与其说"双重意识"是幽灵般的羁绊,不如说是一种视角与能力。它所承载的不仅仅是相互撕扯

---

① 杜波依斯:《黑人的灵魂》,维群译,北京:人民文学出版社,1959 年,第 4 页。
② 同上书,第 4 - 5 页。
③ 同上书,第 5 页。
④ 同上书,第 5 页。
⑤ 同上书,第 5 页。
⑥ 同上书,第 9 页。
⑦ 同上书,第 4 页。
⑧ 同上书,第 10 页。

的两种身份意识,同时也是两类常常互相竞争又互相补充的话语——科学的与文化的,社会的与心理的,物质的与隐喻的,关于历史现实的与关于精神诉求的,一种向上向前为种族平等自由的抗争与另一种向后向过去不断凝视传统,追寻种族记忆的回溯。对美国黑人的"双重意识"有着深刻认识的杜波依斯,在黑人艺术的创作上同样自省,他积极探讨黑人艺术的标准,并在实践中书写黑人历史与文化传统。在哈莱姆文艺复兴时期,美国黑人文化逐渐形成了一种时尚与风格。事实上,新黑人美学与艺术实践也在这个时期经历了重大的调适过程。《危机》杂志可以说是哈莱姆文艺复兴运动的主要推动者之一。作为杂志主编的杜波依斯通过杂志积极开展探讨黑人文艺问题、推荐支持杰出的非裔青年作家,并组织文艺竞赛等各类活动。在此过程中,他对黑人艺术的理解也变得更为清晰和完善。

"双重意识"对理解美国黑人身份意识有着独特的意义,杜波依斯的宣传性艺术可谓是其"双重意识"在文学创作上的体现,有着其自身的鲜明特色,并对理解美国非裔文学意义重大。一方面,杜波依斯的作品尽力去表现自己的观点和意识,其创作天赋很大程度上就在于其个人意识与社会责任感的厚积薄发。另一方面,杜波依斯对于什么样的文学才是真正好的黑人文学有着明确的定义,对好的黑人文学艺术有自身的衡量标准。同时,虽然杜波依斯对各种可能的文学体裁进行实践,但是其一生都未曾放下自己擅长的社会科学调查方法与认可的社会科学结论,也不曾改变过他所追求和构建的真理。所以,通过"艺术与宣传"这种文学"双重意识"的重要轴线,本著述将整体把握其文学创作所呈现出的独特张力与范式,在探讨与分析的过程中,避免对其创作做归纳总结性的简单定论,而是尽力呈现出贯穿在杜波依斯创作中的复杂元素,阐释其内在的抗争与矛盾。

杜波依斯的写作关乎黑人的历史、现实与未来。他书写历史,叩问现实,呼唤公平与正义,对黑人艺术不断思考与实践。用他自己的话来说,他一直孜孜以求的就是"真理"。作为社会科学研究学者,杜波依斯深谙"真理"的重要性,通过将这种诉求置于文学创作领域,使得作品中的情感与学理,艺术与宣传达到有机平衡,相得益彰。同时从另一方面看,他的作品亦宣传并普及了真理。在书写真理的过程中,杜波依斯通过独特的想象与叙述将其文学作品置于一系列现代主义写作的前列,他的先锋思想也通过文学形式起到了调整或者重置历史知识的作用,有着超越时代的现代性和启示性。美国杰出的历史学家内森·哈金斯(Nathan Huggins)认为,在美国的历史中详尽记录黑人的声音,那么整个故事就会改变,包括基调、意义、框架和实质。[①]尽管在历史中被隐身、被禁言,但不可否认的是,美国黑人就像温度计一般,展示着美国最为本质的特征。一代代美国黑人奋力书写自己民族的历史与现实,从某种程度上说,他们都应该感激杜波依斯,无论是他对美国非裔身份的认知,提出"双重意识"和"帷幕",还是对非洲传统的探索等,他就如亚当为伊甸园的生物命名一般,为美国非裔学者开垦出一片片艺术与想象的沃土,留下了丰富的文学与文化遗产。

综合来看,系统分析杜波依斯文学创作的研究较少,从身份的"双重意识"危机出发,以艺术与宣传的张力来探讨杜波依斯的文学创作的特色以及其中呈现的宣传思想变迁的作品更为稀少。本著述将在对其长篇小说、历史剧、诗歌以及科幻短篇小说和相关文论精读分析的基础上,结合历史与文学,通过掀开其"艺术与宣传"的"帷幕",提炼出杜波依斯笔端传递出的文化与文学思想。杜波依斯在近一个世纪的生命里,有的思想和看法经历了嬗变和修正,有的则始终秉承并不断深化,通过探讨杜波依斯对黑人艺术体系的建构与自我实践,可以更为系统地感受其坚持和变化的轨迹,其在美国非裔文学传统中的影响,同时也更好地理解美国非裔文学的发展。

---

① Genevieve Fabre, Robert O'Meally, *History and Memory in African-American Culture*, New York: Oxford University Press, 1994, p. 4.

第一章　双重意识:黑人艺术观的萌蘗

　　1893 年 2 月 23 日,那是杜波依斯 25 周岁生日。身在德国柏林求学的他,当晚在日记中写道:"这是我的计划:在自然科学界扬名,在文学界扬名,继而振兴我的种族。"[1]与其说这是生日愿望,不如说是一个成年人对自己未来事业的宏伟规划,杜波依斯此后长达 70 年为黑人民族自由与崛起而不懈奋斗的生涯为这一行日记做了华丽的注脚。在 20 世纪的第一个十年里,可以说,杜波依斯完成了从社会科学研究领域向文学宣传领域的过渡。本章第一节简要探讨杜波依斯角色转换的契机与过程。杜波依斯对自身角色的思考和选择与其在文学艺术创作上表现出来的"双重意识"有着紧密联系,他在角色转变过程中遇到的矛盾与撕扯都在后来的文学艺术创作中得以体现。第二节将通过对其文论,特别是《黑人艺术的标准》的深入分析,整体勾勒出杜波依斯在正式进入文学宣传领域后对黑人艺术创作标准的思考。第三节通过对杜波依斯在哈莱姆时期与艾伦·洛克的艺术之争,特别是他们在戏剧艺术方面的思考与实践,对杜波依斯秉承的黑人艺术观点做出更为具体且深入的探讨。同时,联系杜波依斯与华盛顿的教育观念之争,可以更明确地看到,杜波依斯所倡导的黑人艺术标准是与他对美国黑人历史境遇的思考紧密联系。在杜波依斯看来,真正的黑人艺术时代并未到来,艺术应该宣传美国黑人同胞有获得爱与享受的权利。第四节则通过对历史剧《埃塞俄比亚之星》的具体分析,探讨杜波依斯对自己提出的黑人艺术标准的实践。这一章通过对杜波依斯提出黑人艺术标准的整体背景、具体内

---

[1]　W. E. B. Du Bois, *Against Racism*:*Unpublished Essays*,*Papers*,*Addresses*,*1887 - 1961*, ed. Herbert Aptheker, Amherst:University of Massachusetts Press, 1985, p. 29.

容以及在此过程中的思辨与实践的分析阐释,整体勾勒出杜波依斯对美国非裔文学与艺术发展的思考。

第一节　从社会科学家到宣传者

杜波依斯作为在哈佛大学获得博士学位的美国黑人第一人,是无可否认的学术精英。心理学家、哲学家和实用主义大师威廉·詹姆斯(William James),哲学家乔治·桑塔亚那(George Santyanna)以及著名的历史学家阿尔伯特·布什内尔·哈特(Albert Bushnell Hart)都是杜波依斯的恩师,对其学术思想的影响不言而喻。在哈佛的岁月里,杜波依斯掌握了用科学探讨问题的研究方法,他也希望通过调查研究,给予黑人问题以客观科学的解释,并十分热爱社会学这一当时新兴的学科。无论是杜波依斯的博士论文《制止非洲奴隶贸易进入美国,1638—1870》(The Suppression of the African Slave-Trade to the United States of America,1638 - 1870)还是后来的社会学研究专著《费城黑人》(The Philadelphia Negro)以及在亚特兰大大学期间开展的各类调查研究等,都体现了杜波依斯严谨科学的学术态度和优秀的研究与实践能力。社会科学,无论是作为一种研究工具,还是学术修养,都已然成为杜波依斯文字与思想的一种烙印,这一度也被他淋漓尽致地发挥在《亚特兰大大学学刊》(Atlanta University Publications)和有色人种协进的杂志《危机》上。

1900 年,当麦克卢尔(McClure)出版社的编辑希望他能出版一些"针对大众"的散文时,杜波依斯显然也意识到自己的社会科学研究成果所触及的读者大多数是学者,或者是社会科学专业的学生。于是,他对自己之前的一些社会科学研究论文做了些许修改,并集结部分新的文章,于 1903 年出版了其最负盛名的文集《黑人的灵魂》。通过该文集,诸多学者也注意到杜波依斯写作风格的明显转变。批评家阿诺德·拉波塞德认为杜波依斯"寻求艺术的力量是因为越来越意识到实用社会科学以及历史研究的局限性"[1]。到 1903 年,"他的方法不那么学术化,更添了政治性和想象力"[2]。普莱斯

---

① 　William L. Andrews, *Critical Essays on W. E. B. Du Bois*, Boston: G. K. Hall, 1985, pp. 61 - 62.
② 　Ibid.

拉·沃德(Priscilla Wald)也认为杜波依斯在《黑人的灵魂》中采用了革命性的写作手法而不再是之前那样学术化的历史和社会研究。[①] 可以说,这部文集展现出的风格转变是一个有力的征兆,到1910年,杜波依斯离开亚特兰大大学,加入全国有色人种协进会时,他真正完成了角色与思想的转变。苏珊·吉尔曼(Susan Gillman)认为1910年杜波依斯在亚特兰大的研究工作结束后,他真正从一名社会科学家(social scientist)转变为诗意的文坛斗士(poetic activist)。[②] 杜波依斯的传记作家大卫·利弗林·刘易斯(David Levering Lewis)认为从亚特兰大大学到纽约的编辑办公桌,杜波依斯完成了从科学到宣传(from science to propaganda)的转换。[③]

杜波依斯本人对这样的转变显然是有自省意识的,他在自传中给出了时间和事件线索。在早期的学术生涯中,杜波依斯做了大量的社会调查和科学研究并坦言:"从1894年秋到1910年春,在这16年中,我既当社会科学教师,又当社会科学学生。"[④]在这十几年间,社会迅速发展且情况多变,除了经济扩张、政治上的霸权主义和种族不平等,偶发事件也层出不穷。在他开始用科学方法从事社会调查的时候,杜波依斯对统治这个世界的殖民主义意味着什么,并无明确的理解。他其实是抱着"改革和提升的功利主义目的进行调查的"[⑤]。但是,对种族问题的关注逐渐擦亮了杜波依斯的眼睛。在19世纪末,杜波依斯已经开始认识到社会科学对解决黑人问题的局限。1899年,山姆·豪斯(Sam Hose)遭遇私刑,那时正是杜波依斯的社会科学研究最为成功的时期。但是,私刑犹如"一道红光(red ray)"将他原本打算开展的计划一刀切断。数年后他坦言:"那天有些东西在我心里死去了。"[⑥]他在深思熟虑之后得出了两个结论:"一,在黑人遭受私刑、谋杀和饥

① Priscilla Wald, *Constituting Americans: Cultural Anxiety and Narrative Form*, Durham: Duke University Press, 1995.

② Susan Gillman, *Blood Talk: American Race Melodrama and the Culture of the Occult*, Chicago: The University of Chicago Press, 2003, p.149.

③ David Levering Lewis, *W. E. B. Du Bois: Biography of a Race 1868 - 1919*, New York: Henry Holt and Company, Inc. 1993, p. 40.

④ 杜波依斯:《威·爱·伯·杜波依斯自传》,邹得真等译,北京:中国大百科全书出版社,1996年,第180页。

⑤ 同上书,第181页。

⑥ W. E. B. Du Bois, "My Evolving Program for Negro Freedom", *Clinical Sociology Review*, Vol. 8, Issue 1, 1990, p. 44.

饿而死亡的情况下,没有人可以安心做一个沉着、冷酷、超然的科学家;二,社会上对我正在做的科学工作并没有明确的需求,我曾自信地认为这样的需求很快就会到来。"①这样的思考和矛盾不断地占据杜波依斯的心灵,他逐渐开始认识到"社会科学中的事实"其实是"难以捉摸的事情",相反,"情感,爱与恨,是实实在在的"②。于是,杜波依斯开始反省自己一直追寻的科学法则,并反观自己从威廉·詹姆斯和马克思·韦伯等学者身上所收获到的思想。不言而喻,他相信人类活动中存在自然法则的规律和力量,但是他认为人类历史的发展还有其"节奏和趋势;巧合和几率",他认为这些可以被统称为"机会"(chance)③。这些因素很难用科学的数据和事实来衡量和证实,但却非常关键,无法忽略,有时候甚至决定着历史的进程。这样的想法直到他晚年时期也依然没有改变。1948 年 10 月 3 日,一位古巴的牧师皮纳·莫雷诺先生(Mr. E. Pina Moreno)曾写信给杜波依斯,询问了一个直白的问题:"我想知道您是上帝的信徒吗? 您对基督怎么看?"④杜波依斯的回答同样直白:

> 如果您所谓的上帝的信徒,是指相信有一个超能力者,他能用意念控制整个宇宙来造福人类,那我的答案是否定的;我无法证伪这个命题,但无论在历史中还是我的个人经验里,显然都看不到有任何证据可以证实这样的信仰。但是,如果您所说的上帝是指一种神秘的力量,它以我们不了解的方式,掌控着所有的生命和变化,那么我认同。我见识过这样的力量,如果您想把它称之为上帝。我并不反对。⑤

与此同时,杜波依斯与当时杰出的黑人领袖布克·华盛顿在黑人选举权与教育问题上意见相左,发生论辩,分歧也日渐凸显。在杜波依斯看来,

---

① W. E. B. Du Bois, *Du Bois: Writings*, New York: Library of America, 1986, p. 603.

② W. E. B. Du Bois, "My Evolving Program for Negro Freedom", *Clinical Sociology Review*, Vol. 8, Issue 1, 1990.

③ Ibid.

④ W. E. B. Du Bois, *The Correspondence of W. E. B. Du Bois*. Vol. 3, Selections, 1944－1963, ed. Herbert Aptheker, Amherst: University of Massachusetts Press, 1978, p. 213.

⑤ Ibid., p. 223.

布克·华盛顿先生所领导的"塔斯克基机器(Tuskegee Machine)"①注重的是金钱和组织机构所形成的权利。由于华盛顿获得了巨大的社会影响力,"不仅美国总统要请教华盛顿,州长和国会议员也是如此,慈善家有事要找他商量,学者们有事要写信问他,'塔斯克基机器'成了一个庞大的情报局兼咨询中心"②。杜波依斯认为,这样的情况愈演愈烈,权力集中到一定程度,就形成了垄断。"当黑人抱怨或主张某一行动方针时,只用一句话就堵住了他们的嘴:华盛顿先生不同意这样做。"③在杜波依斯看来,这样的情况是令人不安的。尽管,他并非绝对反对华盛顿所鼓吹的一切想法,但他极力主张要公开严肃地反对邪恶势力,尤其"对几乎收买了所有黑人报纸和扼杀在黑人和白人报刊上发表反对华盛顿先生的即使是温和且合理的意见,表示愤慨"④。杜波依斯认为争论和抗议"并不完全是反对华盛顿先生思想的,它已经成为其他黑人能否坚持拥有和表达自己思想权利的问题"⑤。

在杜波依斯公开反对华盛顿之前,哈佛大学毕业生威廉·门罗·特罗特(William Monroe Trotter)和阿默斯特学院毕业生乔治·福布斯(George Forbes)于 1901 年联合在波士顿出版的《卫报》(Guardian)上就已经公开批评并反对华盛顿。1903 年 7 月,华盛顿在波士顿一所教堂发表演讲时,特罗特和福布斯也在观众席中。特罗特一度打断了华盛顿的演讲,原本他计划诘问华盛顿关于他对黑人选举与教育的态度。但是,由于华盛顿的律师已然提前告知了警察,于是特罗特被捕,并因为这种"扰乱公共秩序"的行为被关押在监狱 30 天。特罗特的这次遭遇使得不少学者感到气愤和不公,作为其哈佛大学同学的杜波依斯同样也颇为愤慨,认为这是暴力行为。这也促使杜波依斯从一名谨慎的批评者转变为富有战斗力的行动者。1905 年 7 月,来自美国 14 个州的 29 名黑人,包括杜波依斯和特罗特在内,聚集在加拿大共同商议成立第一个挑战华盛顿权力的黑人组织。1906 年 1 月 31 日,"尼亚加拉运动"在哥伦比亚特区诞生。该组织的第一条目标就是

---

① 华盛顿创办的学校为塔斯克基学院,他曾利用自己的团体打击镇压反对其思想的声音,因此杜波依斯称之为塔斯克基机器。

② 杜波依斯:《威·爱·伯·杜波依斯自传》,邹得真等译,北京:中国大百科全书出版社,1996年,第 212 页。

③ 同上书,第 214 页。

④ 同上书,第 215 页。

⑤ 同上书,第 214 页。

要实现言论和批判的自由。也正是 1906 年,杜波依斯正在阿拉巴马做关于黑人社区问题的调研时,亚特兰大发生暴乱,黑白种族发生激烈冲突。据官方报道,至少有 25 名黑人和 2 名白人遇难,大量黑人社区遭到破坏甚至摧毁。杜波依斯匆忙赶回亚特兰大与家人团聚。

除了外界林林总总的刺激之外,杜波依斯在亚特兰大大学开展的研究由于资金方面得不到支持,面临重重困难。加上由于杜波依斯公开反对华盛顿,他在黑人问题上的科学研究受到了"塔斯克基机器"的干预和阻挠。为了得到赞助,杜波依斯只能根据要求,开展被指定的调研工作。1906 年,尽管他克服重重困难,努力争取对"黑人地带"的黑人社区进行调研,也获得美国劳工部部长的授权,但最终调研报告却被告知因为"涉及政治问题"不予发表,甚至原稿也被销毁。他不得不相信仅仅通过科学调查来解决黑人问题的方法是错误的,并且自己的言论与思想还影响着亚特兰大大学的利益。于是在 1910 年,杜波依斯辞去了在亚特兰大大学的工作,参与到全国有色人种协进会的创建与发展工作中去。他坦言:"我以科学方法解决黑人问题的理想消失了……我作为科学家的身份已经被我作为宣传者的角色代替,尽管这并非完全是我所爱。"①

第二节 黑人艺术标准的提出

杜波依斯在 20 世纪的前 10 年,实现了从社会科学家到宣传者的角色转变。在有意识地进行角色转变后,根据学者阿诺德·拉波塞德的总结,杜波依斯在黑人文学艺术领域的表现堪称先锋。他的《亚特兰大的祈祷》是第一首由美国黑人创作的自由诗。《黑烟之歌》中第一次出现颂扬黑色之美的主题,《黑人女性的负担》(后改名为《斯芬克斯之谜》,*The Riddle of the Sphinx*)第一次表达了对白色破坏性的愤怒,特别是谴责其破坏了黑人文化中的婚姻与母性。他率先抵制诗歌是用以逃离政治和社会现实这种概念。虽然理查德·赖特的《土生子》作为黑人抗议文学的代表,被认为是改变了美国文学的作品,杜波依斯作品中的约翰·琼斯(John Jones)和马修·汤斯(Matthew Towns)早在别格·托马斯之前就已经反抗了美国白人。《夺

---

① W. E. B. Du Bois, *Du Bois: Writings*, New York: Library of America, 1986, p. 622.

取银羊毛》是首部考虑美国文化中经济问题的黑人小说,是首部黑人成长小说,也是首次出现以纯正黑人女性为主角的黑人小说。《黑公主》则是第一部讨论和传播第三世界思想的小说。

杜波依斯对美国黑人文学艺术的贡献不仅仅体现在他的创作实践,也在于他孜孜不倦地对黑人文学进行定义,对黑人艺术标准进行探讨。杜波依斯在其第一部长篇小说《夺取银羊毛》的扉页就阐释了自己对创作的看法:"讲故事者必须遵循三大准则:讲得好,讲得美,讲真话。"①如果说,这是杜波依斯在最初进行艺术实践的心得体会的话,那么在哈莱姆文艺复兴时期,在经过与诸多艺术家的探讨与辩论后,他对黑人艺术的创作方式逐渐有了更为成熟和清晰的定位。在杜波依斯看来,黑人的艺术应该为"宣传"而存在,这种"宣传"是将白人所不了解的黑人及其所代表的黑人文化展现出来,将优秀积极的黑人形象用艺术呈现出来,这种"艺术与宣传"建立在真理的基石之上,它应该宣传黑人有同样的权利去爱、去享受。同时,黑人群体应该树立自己的评价标准,避免亦步亦趋地追随白人文学与艺术的口味,从而不断形成独立合理的黑人艺术评价体系。

一、黑人艺术家的困境

哈莱姆文艺复兴时期,美国非裔黑人艺术界一直在公开持续地开展关于黑人应该创作怎样的艺术的讨论。杜波依斯主编的《危机》杂志无疑是一块重要的讨论阵地。杜波依斯首先注意到的是艺术的真实与客观问题。在他看来,美国黑人的"双重意识"造成身份认同上的危机与尴尬,也使黑人艺术家面临着一个两难的抉择。一方面,如果黑人艺术家遵从内心来创作艺术,那么不可避免地要呈现出黑人日常生活中切实存在的消极面,然而,这种消极面的传播会使得黑人在美国社会的处境更为艰难。另一方面,如果黑人艺术家为了达到积极的影响效应而刻意回避这种消极面,那么其艺术创作就难免缺乏真实与自然的秉性。1921 年,在《黑人艺术》("Negro Art")一文中,杜波依斯直白犀利地指出了黑人艺术创作者的尴尬处境。黑人艺术家"不敢描述真理,他们担心若批评自己,到头来会因此而被批

---

①　W. E. B. Du Bois, *The Quest of Silver Fleece*, A Penn State Electronic Classics Series Publication, 2007, p. 5.

评"①。由于多年来的扭曲刻画和刻板印象,美国非裔作家会担心,在他们身上的罪恶会被认为是黑人种族所共有的普遍现象,而如果罪恶发生在其他人种身上则会被认为是个体行为。白人艺术家,由于很少会面临这样的政治话语与思想限制,在自由的前提下,如果他们能同时做到客观公正的话,"可以比美国非裔人更敢于真实地看待美、悲剧以及喜剧"②。也正因为这样,杜波依斯担心白人艺术家很可能创作出比黑人艺术家更好的作品,因为黑人艺术家的顾虑会使得他们的创作缺乏真实与自然。两年以后,美国非裔学者艾伦·洛克和杰西·福赛特(Jessie Fauset)也开始注意到白人写作中的变化。1923年,在《危机》上,他们共同发表文章认为白人开始严肃对待黑人,黑人在白人作家笔下不再仅仅是滑稽得不具有艺术性的形象。文章写道:"我们不应该抱怨说我们没有被严肃对待。"③但是他们也担心,这种"过于严肃"的对待也是一种危险,因为这会使得白人创作者总是用同情心与程式化的角度来审视黑人的悲剧。在黑人问题上,白人现在看得比他们以前看得深刻,这固然是好事。然而,在洛克和福赛特看来,关于美国非裔族群的真理"只有由自己看见,自己说出来,才会足够充分"④。

同时,杜波依斯意识到新黑人的艺术运动没有发挥出其为黑人群体争取民权的责任感与效力。1926年3月,在《危机》杂志上,这一关于黑人艺术的问题以研讨会的形式进行了公开的书面问答。杜波依斯以《艺术中的黑人:他该如何被呈现?》("Negro in Art: How Shall He Be Portrayed?")为题,提出了七大问题:

1. 无论是黑人还是白人,当一名艺术家在描绘黑人角色的时候,他对要描绘哪一种角色有义务或者限制吗?

2. 作者能因为创作了群体中的最好或者最坏的角色而被批评吗?

3. 出版社如果拒绝出版那些描写受过教育的有成就的黑人

---

① W. E. B. Du Bois, "Negro Art", *The Crisis* 25, June 1921, pp. 55 - 56.

② Ibid.

③ Alain LeRoy Locke and Jessie Fauset, "Notes on the New Books", *The Crisis* 25, February 1923, p. 162.

④ Ibid.

的小说,就因为这些角色与白人没有区别,也并不有趣,他们可以因此受到批评吗?

4. 当黑人不断地以最坏的形象被描写出来,并且公众以那些形象来看待他们,黑人应该怎么办?

5. 在美国,受过教育、经历过悲怆与羞辱的黑人,可以被描写得具有艺术性吗,至少如《波吉》①那样得到真诚对待与同情?

6. 难道不是因为对固执、愚蠢和犯罪黑人的一再描写,才使得世界相信,这些,也只有这些才是黑人的真正本质吗?这使得白人艺术家无法知道其他种类的黑人,也使得黑人艺术家不敢描写其他种类,不是吗?

7. 难道这不是一个真实的危险吗,年轻的有色人种的作家会追寻这种潮流,来描绘底层的黑人角色,而不会试着去探寻他们自己以及所处社会阶层的真理?②

这次书面的研讨会得到了诸多文学工作者的积极参与,他们有作家、有出版商、有黑人也有白人,卡尔·范·维克顿(Carl Van Vechten)、杜布斯·海沃德(DuBose Heyward)、兰斯顿·休斯等人都对各个问题发表了自己的看法。兰斯顿·休斯作为年轻一代的艺术家,提倡的是创作的自由。他认为真正的文学艺术家在创作的时候,不会也不应该在意外界的观点,而是会去写他自己选择的东西。无论其描写的是智慧的黑人还是愚蠢的黑人都是对的,无论其描写的对象是什么都是值得阅读的,因为,“需要改变的是人们看待事情的方式,而不是人们看待的东西”③。但是,同样也有学者,如斯宾嘉恩(J. E. Spingarn)则认为,艺术,特别是文学应该跟运动结合起来。詹姆斯·约翰逊(James Johnson)对抗议的辩护的文学深有同感,也表示理解,但是他相信,最终,黑人艺术家和黑人艺术都会超越宣传与种族,开始创

---

①　杜博斯·海沃德(Dubose Heyward)创作的小说《波吉》(*Porgy*,1925),这是一部讲述南卡罗来纳州查尔斯顿鲶鱼区黑人的小说。

②　W. E. B. Du Bois, "Negro in Art: How Shall He Be Portrayed?" *The Crisis* 31, March 1926, p. 219.

③　Ibid., p. 278.

造艺术,并追寻宇宙之中的真理与美。① 值得一提的是,在 60 多年后的 1987 年,学者亨利·路易斯·盖茨认为,杜波依斯的这七个问题依旧具有价值,人们值得再度思考这些问题及其所牵涉的事宜,也许还可以在此基础上提出一些新的问题。诸多著名文学工作者,包括芭芭拉·史密斯 (Barbara Smith)、布莱登·杰克逊(Blyden Jackson)、杰瑞·沃德(Jerry Ward)等参与了新一轮的书面探讨,针对这些问题发表了自己的看法。

二、艺术的终极理想

在杜波依斯诸多关于黑人文学的观点中,最引人注目亦最具代表性的是他于 1926 年发表在《危机》杂志的《黑人艺术的标准》("Criteria of Negro Art")。这篇文稿原本是杜波依斯在全国有色人种协进会的芝加哥会议上的致辞,由于反响热烈,许多听众向杜波依斯要发言稿的全文,也许这是后来文章得以出版的原因。②这其实也可以看作他对自己在当年 3 月提出的七个问题的回答。

在文章的开始,杜波依斯把艺术与政治联系在一起,更具体地说是把艺术与黑人权利联系起来,但是他这么做并不是为了解释艺术的政治性,而是为了说明艺术是阐释人类理想的一种方式。艺术可以用来阐释理想,而这也正是美国黑人政治民权斗争一直奋斗的目标。民主权利之于人类而言,是一种实现理想的方式而不是理想本身。如果没有了黑人艺术所阐释出来的价值,那么黑人同胞即使在美国社会获得了平等的权利和认可,也是毫无意义的。

假如今晚你突然变成了完完全全的美国人,如果你的深肤色褪去,或者肤色界限在芝加哥突然奇迹般地被遗忘,假如与此同时你变得富裕而强大——你想要的是什么呢? 你马上要寻求的是什么呢? 你会买最强劲的汽车在库克县飞驰吗? 你会在北海岸购买最雅致的房产吗? 你会加入扶轮社或者狮子会,或者其他类似的

---

① James W. Johnson, "The Dilemma of the Negro Artist", *American Mercury*, December 1928; "Negro Authors and White Publishers", *The Crisis*, July 1929, pp. 228 – 229.

② Khaled Aljenfawi, "Art as Propaganda: Didacticism and Lived Experience", *Afro-Americans in New York Life and History*, 29, Jan. 2005, pp. 55 – 80.

顶尖协会吗? 你会穿着最奢华的衣服,摆设最丰盛的宴席,买下最长的新闻版面吗?①

显然,杜波依斯所给出的这些奢华的物质选择都不是他认为真正值得渴望的。他相信,正是因为黑人曾经历过经济、政治和社会权利的不平等,所以黑人比白人更能理解美国主流社会里深层的物欲横流的俗气。因而,通过政治民权斗争,当美国黑人取得了与白人完全平等的社会经济地位后,必将展现出比白人更为崇高的道德和审美观念。他们将会对遍布四周的神圣的美有着敏锐的感知,并会追求、保护、创造美。接着杜波依斯列举了四种他所理解的美或者说美的事物:

> 今晚,我想起四件美丽的事物:科隆大教堂,如石头砌成的森林,变幻迷离的光影,与阳光和圣歌交相呼应;西非维斯部落(The Veys)的一个村庄,一个小地方,带着深浅不一的紫色,静静而满足地躺在阳光下,闪耀着;在一个黑色的铺着天鹅绒的房间里,在一个王位上,那古老发黄的大理石雕像,是米罗的维纳斯那残缺的曲线;最南部的一支音乐——纯粹的旋律,萦绕心头,引人入胜,在月色下,骤然飘至,永不消逝。②

值得注意的是,杜波依斯提及的这四样事物有静态的也有动态的,这些事物却并非纯自然的,它们都有人类活动的参与,也显然存在于某一或某一段历史时刻。但是,在呈现出来的那一刻却让人注意不到人类的存在,它们是超越历史的,同样的,它们似乎也跨越了文化与种族的界限。它们或者给人以视觉的愉悦,或者是听觉的享受,有着无限可能的形式,带来通感的美。无论是非洲的美还是西方文明的美,在这一刻,在观赏者的眼里,它们是平等的。这种美让人更多地注意其本身而不是其创造者。

写到这里,杜波依斯笔锋一转。尽管在诸多艺术家看来这种永恒的、无瑕的美是存在的,杜波依斯也相信:"有时候,在有些情况下,永恒与无瑕的

---

① W. E. B. Du Bois, *Du Bois*: *Writings*, New York: Library of America, 1986, p. 994.
② Ibid., p. 995.

美是在我考虑的真理与正义之上的,但是此时此地,在我工作的世界里,它们于我而言是不可分割也是无法分离的。"①

因而,在杜波依斯看来,美总是与真理与正义不可分割。他相信美,也追求美,但它必须与真理与正义相关,所以,这一定是与人类现实相关的美。而美一旦被置于人类现实之中,那么它也是历史的一部分,于是它就和政治、经济、种族甚至意识形态等因素有着密切联系。这样一来,黑人艺术在呈现美的时候,就是要呈现出黑人所经历的各种历史与现实,奴隶贸易、混血儿问题、被白人社会排挤甚至私刑等,这些不仅不应该成为黑人艺术审美的障碍,相反,而应该成为其重要的文学素材,与真理与正义结合,最终实现美。也正因如此,杜波依斯认为黑人艺术家们应该从卡特·戈德温·伍德森(Carter Godwin Woodson)身上获得领悟。伍德森被认为是"黑人历史之父",他认为美国黑人只有了解过去才能更好地参与到现在的社会事务中去。

美与历史不可分割,与真理和正义密切联系。那么接下去的问题就在于如何呈现这样的历史经历,使其能真正展现出美。换句话说,黑人艺术的创作素材与来源已经得到了解决,现在的问题在于该如何展现这些黑人素材。杜波依斯认为,美国黑人的历史与非洲的历史中有太多积极的故事与事实,但是由于白人社会掌控着艺术的评价标准,所以黑人作家们写出的故事只要牵涉黑人积极的方面,就不会被接受,只有按照白人的建议创作,迎合白人的口味,他们的艺术作品才得以出版问世。于是潜移默化地,在诸多黑人艺术家看来,必须得到白人社会的认可才是成功的出路。而经过白人"建议"修改过后的版本,可想而知,是不会有积极的黑人形象的。这样的状况一旦持续下去,对于黑人艺术而言,显然是没有未来的。那么黑人艺术家究竟应该怎么样去呈现美、保护美呢?杜波依斯提出了自己的看法。

> 过去,艺术家们的工具是什么呢?首先,他们使用真理——不是作为目的,不是像科学家那样去寻求真理,对他们而言,真理就如想象的高级女仆一般永远陪在身边,是了解世界的伟大工具。艺术家们还会利用善——善的各个方面如正义、荣誉和公正——

---

① W. E. B. Du Bois, *Du Bois: Writings*, New York: Library of America, 1986, p. 995.

不是为了伦理约束，而是作为一种培养同情心与人类兴趣的正确方法。

美的使者于是变成了真理与正义的使者，这并非随机，而是源于内在和外在的约束。使者的肉身尽管自由，但其思想的自由总是受到真理与正义的约束；如果他被剥夺讲述真理或者认识正义理想的权利，那么奴役便如影随形。①

在这里，关于真理、善与美的问题很容易让人联想到杜波依斯在1893年的那篇生日日记。对时间极为敏感的杜波依斯有意识地将自己25岁的生日仪式化了，这一天也可以说奠定了其一生的基调。生日当天杜波依斯为自己做了一份详细有序的"计划"（program），设定了一系列的仪式，诸如缅怀父母、唱歌、哭泣、将自己的图书馆献给母亲、写信、祈祷等。最后他写下纪念日记，记录自己对人生价值的思考。更重要的是，一生都强调真与美的杜波依斯，在这篇日记中，对这一问题进行了最初的探讨。

除却活着，生命究竟是什么。它的尽头就是最伟大、最充分的自我的结束——这个尽头就是善。美是其标志，是其灵魂，至于真，则是它的存在方式。它们不是三个可以度量的事物，它们是一个立方体中的三维。也许上帝是第四维，正是因为这样，他将是不可思议的。最伟大最充分的生活，那就是美的——美如一位黑色充满激情的妇女，美如一位有着金色心灵的女学生，美如一位头发灰白的英雄。那便是宽度。真是什么，冷酷而无可争议：那便是高度。现在我明白了，拯救我的灵魂吧，将宽与高相乘，美与真相乘，然后善和力量就会将他们聚合成一个坚固的整体。理由是什么？我现在还不知道。也许还有无尽的其他维度。这只是一个微不足道的设想，但是它粗略地代表着我对世界的态度。②

他下定决心，秉承牺牲自我的精神，探求真与美："不管真理是什么，我

---

① W. E. B. Du Bois, *Du Bois*: *Writings*, New York: Library of America, 1986, p. 1000.

② W. E. B. Du Bois, *Against Racism*: *Unpublished Essays*, *Papers*, *Addresses*, *1887 - 1961*, ed. Herbert Aptheker, Amherst: University of Massaehusetts Press, 1985, p. 28.

都会去探索,就单纯地假想它值得探求,无论是天堂、地狱、上帝、魔鬼,都不能使我远离我的目标,直到我死。"①他也看到自己的追求与世界的发展格格不入:"我非常肯定自身的最好发展并不是与世界的最好发展一致的,我愿意牺牲,这种牺牲便是为美的多元化工作。"②杜波依斯为自己的追求找到了寄托:"我于是承担了未知者交付在我手上的工作,为黑人的崛起而奋斗,并坚定地认为他们的最好发展就是世界的最好发展。"③

这篇日记某种意义上开启了他的创作生涯,不仅仅展现出了杜波依斯对未来的畅想与雄心,更在于其潜在的设定与想象为其一生的奋斗奠定了基调。杜波依斯奉献自我,投身民族事业,综合每个时代的哲学或者他称作时代精神(Zeitgeist)并为其所用,将科学、道义与叙述联系起来,去探求他视为生命最尽头的真善美。而在《黑人艺术的标准》中,真善美问题在这里得到进一步的具体阐释,并被他运用于对当时黑人艺术发展的探讨上。黑人艺术家需要通过采用真与善来实现美。真与善,作为必要的艺术工具,就如最高尚的道义和准则为艺术家的想象力与创作保驾护航。

三、宣传的重要性

紧接着对真善美的讨论,杜波依斯提出了他最负盛名同时也最具争议的一段话:

> 所以,无论纯粹主义者如何呼号,所有的艺术都是宣传而且必须一直如此。我一点也不觉羞耻地说,我作品中的任何艺术都是用来宣传的,宣传黑人民族获得爱与享受的权利。我一点也不关心那些不是用作宣传的艺术。但是我关心宣传是否总倾向于一方,而另一方是空白无声的。④

杜波依斯此番论断"与正在兴起的马克思主义美学观相一致,因为其对

---

① W. E. B. Du Bois, *Against Racism*: *Unpublished Essays*, *Papers*, *Addresses*, *1887 - 1961*, ed. Herbert Aptheker, Amherst: University of Massachusetts Press, 1985, p. 28.
② Ibid.
③ Ibid., p. 29.
④ W. E. B. Du Bois, *Du Bois*: *Writings*, New York: Library of America, 1986, p. 1000.

艺术具有意识形态特质的认识为在 20 世纪 60 年代的黑人艺术运动做了前锋"①。通过对宣传这种手段的强调,杜波依斯实则追求的是宣传的目的,那就是个人获得爱与享受的权利。此番论断表明了杜波依斯对艺术,特别是黑人艺术的观点,那就是黑人艺术一定是与现实中的科学与道德紧密联系的,它不可能作为一个特殊门类单独存在。但是,他直截了当地给予宣传赞美和肯定,引来不少学者的争议,甚至引发了哈莱姆文艺复兴时期关于"是艺术还是宣传"的广泛讨论。而迄今为止,这一观点也最常被用于质疑杜波依斯的文学成就。其中重要的原因,显然是"宣传"二字在当时甚至现今社会所具有的特殊敏感性。

古希腊文明时期,"宣传"一词代表着传播哲学、政治和宗教等思想的行为。雅典的学者们清楚地知道自己支持哪一个派别,不同的政治与宗教观点使得宣传与反宣传得以产生。虽然当时还没有报纸、收音机等设备,但是人们通过其他手段,比如剧院、集会、游戏、宗教仪式和口头演说等来传播自己的态度和观点。"宣传"这一词在欧洲得以普遍运用,源于罗马天主教的传教活动。1622 年,罗马天主教教皇格雷格利十五世(Pope Gregory XV)在罗马创立了信仰宣传集会(The Congregation for the Propaganda of Faith)。该集会旨在向异教的领域传播信仰,管理教堂事务。1627 年,在教皇乌尔班八世的领导下,宣传学校(College of Propaganda)得以成立,该学校专门向异教地区的年轻教徒们传递信仰,从而使他们回到家乡便可向当地的群众传播正确的天主教义与信仰。

因为最初与希腊哲学思想,以及后来与罗马天主教教义联系在一起,宣传最初作为一个古老的词,有着让人敬重的含义。但是在第一次世界大战以后,在现代文明的社会里,宣传被广泛地与战争、党派、阶级等复杂的社会因素联系起来,它也因此开始频繁地与自私、不诚实、颠覆性等负面意义联系在一起。事实上,它越来越多地开始被看作一个颇具负面意义的词。所以哈莱姆文艺复兴时期的诸多黑人艺术家和学者对于杜波依斯大胆提倡宣传的说法持有相当大的反对意见,而其中最具代表性的就有学者艾伦·洛克。关于他们之于艺术与宣传之间的辩论,本著述将在下一节单独加以

---

① Keith E. Byerman, *Seizing the Word*, *History*, *Art and Self in the Works of W. E. B. Du Bois*, Athens: The University of Georgia Press, 1994, p. 101.

阐释。

这一段关于"艺术就是宣传"的主张看似突兀,但是只要理解宣传一词的本初意义,再联系本节中上一段文本和紧接着这句论断的文字就会发现,杜波依斯所谓的宣传,并不是简单刻意的思想煽动和意识形态的传播;它显然是作者在整篇文章所阐释的精髓所在——"是美、是真理与正义",是黑人种族"爱与享受"的权利,这是作为一个生命体最基本的情感诉求。杜波依斯紧接着给出了更为明确的解释,并认为"我反对的并不是人们积极的宣传,他们认为白人拥有神圣的血统,绝对正确圣洁。我反对的是那些否认黑人拥有同样的宣传权利,去宣传黑人的血统同样人性化、可爱,有着关于世界的新思想和灵感"[①]。对于白人来说,只有将黑人说成是堕落的族群才是真实的表达。白人的标准禁锢了黑人艺术家的灵魂,他们自卑尴尬,会对自己身为黑人而感到羞愧难当,因为黑人最不堪的一面被无情地强调,甚至刻意抹黑夸大。其他一切认为黑人积极进取,有着与白人同样天赋的描述则会被看作"宣传"。在黑人眼里的真理与正义,爱与美,在白人看来就会是"宣传"。

杜波依斯这里采用"宣传"一词,从一定程度上看,也是就其定义向白人社会挑战。白人与黑人有着不一样的审美标准,对真理和正义的体察也全然不同。白人认为的宣传是歪曲事实、摒弃真理,而对杜波依斯而言宣传是宣传黑人有着同样的权利去爱、去享受,是呈现黑人积极、富有创造力与想象力、智慧博爱等一切美好的精神。很显然,在白人看来,宣传是一种夸张的手段,但对黑人而言,这是争取幸福与自由,发出自己声音的正当方式。通过提倡"宣传",杜波依斯对白人社会掌控一切事物的评价标准,对一切事物进行命名的挑战;同样宣传也是对黑人艺术家的呼吁,呼吁他们去发现黑人历史与现实中的美好积极面,更多地呈现黑人体面的形象。

1986 年,传播学教授加斯·乔威特(Garth Jowett)和维多利亚·奥唐奈尔(Victoria O'Donnell)合著了《宣传与劝导》(*Propaganda and Persuasion*)一书,书中对"宣传"简明通俗的概括与杜波依斯的观点非常契合。

---

① W. E. B. Du Bois, *Du Bois：Writings*, New York：Library of America, 1986, p. 1000.

宣传本身,是复杂的交流媒介发展的自然产物;它时时刻刻,以各种形式,出现在我们身边,我们作为个人,可以依据自己的喜好拒绝或者接受它。我们不应该害怕宣传,在自由的社会中,有时候出于某些原因,总会有不一样的信息体系出现。只要人们留意着,宣传的力量就会得到控制;如果我们放弃自由言论的权利,无论是出于什么原因,那我们就是向那些控制宣传体系的人缴械投降了。总而言之,在一个自由开放的社会,言论自由对宣传的滥用有着最强大的威慑力。①

对杜波依斯来说,毋庸置疑,黑人同胞缺少的是在美国社会中的"自由的言论"。语言即权力,谁掌握了话语权,谁就掌握了衡量一切事物的标准。也正因如此,美国黑人需要向掌握着言论的主流白人缴械投降,无论是艺术创造还是生活准则,美国黑人都必须生活在白人的言论权威之下,以白人的准则和标准为准绳。白人贬低黑人,黑人则无法正视自我,甚至开始自我怀疑、挣扎和否定。正因如此,杜波依斯认为,宣传就被滥用了,世界的真理被歪曲了。这也可以理解,为什么后来杜波依斯对尼拉·拉辛(Nella Larsen)的《流沙》(Quicksand)大加赞赏,认为其做了一项"优秀的、有思想的、鼓舞人心"的工作,因为拉辛在书中描绘了一个具有抗争意识的积极的女主人公形象;但对克劳德·麦凯的《哈莱姆之家》(Home to Harlem,1928)一书加以批评:"《哈莱姆之家》……大部分地方让我感到恶心,读完更为污秽的部分后,我确实感觉想要洗个澡。"②因为麦凯的书里将底层黑人生活的不堪呈现得淋漓尽致。文学史上,尤其是白人创作的作品中,已经有太多负面的黑人形象。这显然就是杜波依斯所谓的,宣传总倾向于一方,而另一方却是空白无声的。著名美国非裔教育家和女权主义者安娜·朱莉娅·库伯(Anna Julia Cooper)就曾尖锐地批评美国现实主义文学奠基人威廉·迪恩·豪威尔斯(William Dean Howells)在1891年出版的小说《一项紧急的任务》(An Imperative Duty)中对黑人形象的讽刺刻画以及对他们的生活

---

① Garth Jowett and Victoria O'Donnell, *Propaganda and Persuasion*, Newbury Park: Sage Publications, 1986, p. 217.

② Henry Louis Gates Jr., and Nellie Y. McKay, eds, *The Norton Anthology of African American Literature*, New York: W.W. Norton & Company, Inc.1997, p. 759.

与奋斗的简单嘲弄。库伯认为,豪威尔斯"没有必要涉足一个他几乎不了解或者,他根本不关心的主题",并且"根据浅薄匮乏的信息就出版任何类似这种对一个种族的普遍化概括,这是对人性的侮辱,在上帝面前是一种罪过。"①所以杜波依斯呼吁,黑人应该有独立的阅读与欣赏的能力,形成自己对黑人艺术的评价体系。

> 我们必须拥有这样的空间,当一项艺术出现的时候,它能被我们自己阅读,受到无所拘束的自由喝彩。只有当我们拥有自由的思想,为自我骄傲以及有一颗对全人类公正的心,我们才会有真实的、有价值的和永恒的判断。②

黑人作家描写黑人堕落的形象,大抵都是因为白人出版社和读者喜欢这样的故事。杜波依斯则认为,黑人应该有自己的阅读空间和思想,自由地为黑人的优秀作品喝彩,秉承这样的准则,黑人的艺术才会有自由独立的精神,也才能得到认可。当艺术得到认可,艺术家也会得到认可。这个时候人们不会注意到,该艺术家是美国黑人还是美国白人,他会是一个纯粹的美国人,一个完完全全的美国人!

这是杜波依斯在哈莱姆文艺复兴鼎盛时期提出的对黑人文学艺术的标准,1933年,当他反观这场文艺复兴时,依然为这样的标准没有得以确立和延续而深感惋惜。

> 为什么十年前在黑人中开始的文学复兴并没有造就真正持久的根基? 因为这是一种移植的外来的东西。这是为了白人利益,根据白人读者要求,默默地从白色视角创作的文学。它从不曾有过真正的黑人支持者,并不是从最深刻直接的黑人经验里生长出来的。在这样做作的基础上,是不会有真正的文学产生的。③

---

① Anna Julia Cooper, *Voice from the South*. Xenia: The Aldine Printing House, 1892, p. 203.
② W. E. B. Du Bois, *Du Bois: Writings*, New York: Library of America, 1986, p. 1001.
③ David Levering Lewis, ed., *W. E. B. Du Bois: A Reader*, New York: Henry Holt and Company, LLC, 1995, pp. 71-72.

第三节　杜波依斯与洛克的论战及戏剧实践

杜波依斯对艺术的定义因为与宣传紧密联系而引来争议，这在哈莱姆文艺复兴时期引起了关于艺术与宣传的广泛讨论。杜波依斯与艾伦·洛克的论战可谓最具影响力。这场讨论不仅在当时刺激了黑人艺术家们对黑人艺术的思考与创作，对后来的黑人美学、黑人权利运动以及黑人文学理论的发展都产生了深远的影响。黑人艺术的使命究竟何在，这依然是一代代黑人艺术家们在不同的历史阶段都会思考的问题。

与杜波依斯一样，在哈莱姆文艺复兴时期，艾伦·洛克可以说是美国非裔文学与艺术的导师，他发现、支持并培养了一批优秀的美国黑人艺术家，如兰斯顿·休斯、佐拉·尼尔·赫斯顿、阿伦·道格拉斯、康蒂·卡伦等。他给予那些离开南方来到北方，寻找新的发展机会的黑人以"新黑人"的称号。洛克认为当下他们面临的问题已经不仅仅是或者说不再是南方黑人的问题，大迁徙使大家面对的是适应城市生活的新问题。大迁徙给黑人带来了文化与知识的革命，使得他们必须通过社会、艺术与政治活动来重新审视种族主义。作为曾经的哈佛大学教师，接受过西方高等教育的洛克与杜波依斯在诸多方面的看法一致，比如他同样认为黑人"有才能的十分之一"精英一定要冲破种族的压迫成为美国合法平等的公民，享受真正的公民的权利，所以他更多地关注支持那些杰出的有为青年，如哈莱姆时期的优秀艺术家。同样，他也提倡黑人艺术家应该从黑人既有的历史与传统中去发现美、创造美。

但是，在杜波依斯提出"艺术就是宣传"的命题后，洛克公开表示反对。在《艺术还是宣传》（"Art or Propaganda"）一文中，他写道：

> 我对宣传最主要的反对在于，除了它总是有着单调和不妥的弊端外，它还使得族群的低人一等感一直挥之不去，尽管它尽力地要呼吁反抗这种低人一等。因为它总是在有主宰性的大多数人的阴影下谈论问题，与之辩论，同时哄骗、威胁或者恳求他们。它总是对外的，因而无法自省、自尊和自爱。最好的艺术肯定是根植于自我阐释，无论其自身是天真的还是世故的。我们的精神天赋与

才能必须要越来越多地进行集体性表达，或者有些时候我们要自由地进行个人化的阐释——总之，我们要选择艺术，搁置宣传。①

面对洛克的质疑，杜波依斯也做出了回击。在他看来，洛克主编的《新黑人》(*The New Negro*，1925)一书就充满了宣传，只是这种宣传做得小心谨慎也颇具审美价值。杜波依斯表示，如果一味地强调美，

　　将会导致这场黑人文艺复兴的颓废，因为是对生存与自由的奋斗催生了黑人文学与艺术，如果忽视或者转变这种奋斗，年轻黑人仅追求美或者追求那些白人批评家与出版者对他们不切实际的一时着迷，那么他会发现他扼杀了艺术中美的灵魂。②

可见，洛克与杜波依斯在对艺术的创作动机上看法不一，或者说他们对艺术与美的接受对象有着不同的考量。杜波依斯总是会考虑到去说服、挑战白人读者，他总是希望通过黑人艺术家的努力，使黑人艺术能够得到主流社会的认可，历史上关于黑人的负面的刻板印象能得以瓦解。所以他认为那些杰出的黑人艺术家有责任和义务深入黑人群体中去，教导那些还没有成为有才能的十分之一的人，甚至还应该到白人群体中去，让大家了解优秀的黑人文化。从一定程度上说，杜波依斯的观点与安娜·库伯颇为一致，库伯在其《来自南方的声音》(*A Voice from the South*)中提出："真正展现黑人作为自由的美国公民，真正的人，既是审美的又是真实的——而非如《汤姆叔叔的小屋》里那般谦卑的奴隶——虽然在逆境中被残酷地压迫，却依然胸怀大志并且有着非凡的奋斗精神，这样的文字还未出现。"③洛克则更多地提倡黑人艺术家能更为纯粹，去关注黑人艺术和文化本身，去认识发现自己文化既有的美。但在黑人艺术家应该采用怎样的体裁、经验和方法进行创造上，他们的看法显然是一致的。洛克鼓励黑人用"原始的"艺术才能，在既有的黑人的素材中创作出美，而不是采用白人的手法。洛克坚持认为，由于

---

① Alain Locke, "Art or Propaganda", *Harlem*, Vol. 1, No. 1, 1928, pp. 12 - 13.

② W. E. B. Du Bois, "Our Book Shelf", *The Crisis* 31, 1926, p. 141.

③ Anna Julia Cooper, *Voice from the South*, Xenia：The Aldine Printing House, 1892, pp. 222 - 223.

奴隶制的关系,美国黑人的文化遭到破坏和毁灭,如果黑人想要创作他们自己的文化,那么他们必须要发现祖先的文化根基,只有回到黑人文化的根基中,这些艺术家才可以找到与非洲文化的联系,从而在黑人文化传统上创造出新形式的美。尽管对艺术是艺术还是宣传方面意见相左,杜波依斯和洛克等人对非洲文化的根基认识上还是颇为一致。洛克、詹姆斯·约翰逊和杜波依斯等人,作为哈莱姆文艺复兴时期的重要干将,都认为"黑人文化的重要根基从农民身上,尤其是从南方农业工人身上而来"[1]。

杜波依斯和洛克都认为,通过艺术这种手段可以让美国黑人跳出种族歧视的桎梏。不同的是,杜波依斯认为要通过宣传性的艺术去让那些不是"有才能的十分之一"的黑人接触传统文化的精髓提升自我,也可以让白人了解黑人的文化。但是洛克则认为美国黑人要使用的不是宣传的艺术,而是要从民间文化中去寻找黑人的传统,用艺术呈现出黑人文化最根基、最原初的状态。可以说,杜波依斯的态度是积极主动地去为黑人艺术赢得与白人平等的阵地,洛克则更倾向于创作优秀纯粹的黑人艺术,自然地去获得社会的认可。

杜波依斯与洛克的辩论很容易让人联想起他与布克·华盛顿的那场辩论,后者在民权与教育领域的影响可以说更为巨大深远,但杜波依斯在这两场论战中体现出的思想与观点却互为补充。杰克逊曾援引历史学家雷福德·洛根(Rayford Logan)的说法,将1895年到1920年的这段时间,定义为美国非裔文学的低谷时期。在这一时期,美国非裔文学是相对"萎缩"的。文学上的情形与社会背景也极为吻合。1895年2月20日,著名废奴主义者弗雷德里克·道格拉斯去世,领袖的逝世也预示着他所代表的那个废奴文学时代的终结。数月之后,在1895年9月18日,布克·华盛顿应邀在亚特兰大博览会上向白人听众发表精彩演说,这次演讲使得华盛顿一举成名,成为全国性的黑人领袖,也开始了他20多年的"华盛顿时代"。但是华盛顿作为新的黑人领袖,在处理黑人问题上,有着与道格拉斯不一样的哲学与策略,他倾向于在民权问题上暂时妥协以培养黑人群体的手工技术和基本生存与生活素养等。但杜波依斯在黑人问题上却越来越倾向于采取强硬的态

---

① James Edward Smethurst, *The New Red Negro: The Literary Left and African American Poetry*, *1930-1946*, New York: Oxford University Press, 1999, p. 25.

度,他强调黑人民权与精英教育。1901 年,杜波依斯完成了对华盛顿自传《力争上游——布克尔·华盛顿自传》的书评,大卫·刘易斯认为这是"塔斯克基机器与'有才能的十分之一'之间战争的开始"①。在书评中,杜波依斯肯定了华盛顿的成绩,但是认为他对技能教育的提倡以及对公民权利的暂时搁置不议,会导致两拨黑人的反对。一类是传统的提倡革命的反抗的黑人,另一类则是以保罗·邓巴、查尔斯·切斯耐特(Charles Chesnutt)以及亨利·特纳(Henry O. Tanner)为代表的黑人艺术家,他们通过优秀的黑人艺术实现了自我,尽管他们会在一定程度上尊重塔斯克基学院的教育,但他们更看到这还远远不够,并会支持像费斯克大学和亚特兰大大学这样的高等教育。② 杜波依斯对黑人高等教育的坚持,对"有才能的十分之一"的提倡以及对黑人艺术标准的讨论其实是一以贯之的。他将高等教育的提倡与黑人杰出人才的培养联系起来,那么黑人杰出人才获得的成就也是黑人文明与文化成就的彰显。1902 年,杜波依斯认为美国非裔中已经出现了一批"杰出的人士——族群的领袖",这些人例如

> 道格拉斯、科伦米尔、特纳、华盛顿、邓巴以及切斯耐特,从任何标准来看,都是杰出的划时代的人物。黑人种族不再是无声的,无论人们对其整体的能力和命运如何评价,很明显其已经拥有了能媲美最高等现代文明标准的人士③。

但是随着对种族问题越来越深入的了解,杜波依斯对提倡高等教育、培养黑人杰出人才、争取公民权利以及发展黑人艺术的看法越来越犀利而明确。在 1903 年出版的《黑人的灵魂》第三章《布克·华盛顿先生和其他人》中,他公开明确地反对了华盛顿的思想,认为他使得黑人在现阶段放弃了政治权利、各种公民权利、让青年一代黑人接受更高等教育的权利,他代表的

---

① David L. Lewis, *W. E. B. Du Bois*: *Biography of a Race*, *1868 - 1919*, New York: Henry Holt, 1993, p. 178.

② W. E. B. Du Bois, "The Evolution of Negro Leadership", in Cary D. Wintz, ed., *African American Political Thought*, *1890 - 1930*: *Washington*, *DuBois*, *Garvey*, *and Randolph*, New York: M. E. Sharpe, Inc, 1996, p. 94.

③ W. E. B. Du Bois, "Hopeful Signs for the Negro," *Advance*, Vol. 44, No.1925, 1902, pp. 327 - 328.

黑人思想是适应和屈服的旧态度。杜波依斯认为所有人都是生来平等的,黑人应该享有选举的权利和责任,有接受高等教育的权利,这是最根本也是基础性的问题。1913 年,杜波依斯在《文学与艺术中的黑人》("The Negro in Literature and Art")一文中明确提出:"黑人文学的发展时期还没有到来。经济压力太过巨大,种族压迫太过残酷,以至于文学所需要的闲暇与宁静根本没法实现。"①至此,不难发现,杜波依斯提出"艺术就是宣传"的良苦用心:因为黑人尚未获得最基本的真正适合的艺术环境,现阶段的艺术必须要为获得黑人基本权利而服务。在 1925 年末,杜波依斯在《美国黑人艺术的社会源头》一文中指出,并非所有的黑人创作的艺术都可以被叫作黑人艺术。比如,"我们伟大的黑人画家亨利·特纳并没有为美国黑人艺术做出任何贡献",切斯耐特和威廉·斯坦利·布莱斯维特(William Stanley Braithwaite)虽然"在小说和诗歌方面写出了好的艺术作品(fine artistic work)",但是"却无法将他们归类,因为他们的作品不属于任何一类族群的真实表达"②。

在世纪之交,杜波依斯曾对邓巴等这些艺术家们的成就大加赞赏,尽管他们迎合了欧美文学艺术体裁的欣赏标准。但是 20 年以后,杜波依斯则认为他们不足以帮助建立美国非裔艺术的传统。在这一阶段,对种族问题有了更深度认识的杜波依斯,不再简单地提倡杰出的艺术代表,美国非裔艺术家不能仅限于追求白人艺术家设定的成功标准。他希望艺术家通过运用自己本土文化中的素材和体裁来发现黑人民族本真的艺术美。如果再联系杜波依斯对克劳德·麦凯和尼拉·拉辛作品的评价就可以发现,杜波依斯关心的是艺术是否积极描写杰出的黑人人才为种族平等与自由而做出的努力。

杜波依斯有着这样的艺术观点与其对种族问题的思考分不开。无论提倡怎样的艺术形式,他与洛克都坚持,要挖掘出黑人种族内在的美。作为当时的戏剧倡导者,杜波依斯与洛克的艺术观点典型地体现在他们在黑人戏

---

① W. E. B. Du Bois, "The Negro in Literature and Art" in "The Negro's Progress in Fifty Years", *Annals of the American Academy of Political and Social Science*, Vol. 49, Sep., 1913, pp. 233 – 237.

② W. E. B. Du Bois, "The Social Origins of American Negro Art", November 1925, W. E. B. Du Bois Papers (MS 312). Special Collections and University Archives, University of Massachusetts Amherst Libraries.

剧方面的努力。

回溯黑人戏剧的发展历史,其实也是一部黑人奋斗史。我们不难注意到,无论是黑人演员、导演还是戏剧创作者都尽力地想要摆脱杜波依斯指出的黑人身上的"帷幕",或者说要改变白人强加在黑人身上的刻板印象和标签。但同时,绝大多数的黑人戏剧演员和创作者却又总是不得不迎合白人观众的口味。可以说,直到 20 世纪 60 年代,当由著名黑人诗人勒洛伊·琼斯(后改名阿米里·巴拉卡)和当过黑豹党文化部部长的黑人戏剧家艾德·布林斯(Ed Bullins)为主将的黑人革命戏剧(Black Revolutionary Theatre)得以发展后,这样的情况才得以改变。

1828 年,在纽约城市剧院,白人演员托马斯·达特茅斯·莱斯(Thomas Dartmouth Rice)涂上黑脸,穿着破烂的衣服,上演了一场歌舞表演。他创作的角色是基于黑人民间捣蛋鬼形象吉姆·克劳的演绎。他还改编了一首传统黑人歌曲《跳吧,吉姆·克劳》("Jump Jim Crow"),并使之颇为流行,从此开启了黑人滑稽剧(minstrel show)的时代。他甚至被认为是"黑人滑稽剧之父"。但其实滑稽剧在 18 世纪末,在南方种植园中的黑人群体中就已经存在,当时的黑人用表演来取悦种植园主人。研究美国戏剧的历史学家们认为这种滑稽剧是最早的(也可能是唯一的)由美国土壤滋养出来的戏剧。

最初由黑人演出的滑稽剧就像灵歌一样,有着意指的功能,同样的表演在白人奴隶主与黑人奴隶眼里有着不一样的意义。奴隶主听到他们唱歌,会感受到宗教的意味,但是对于奴隶而言,那些歌曲和话语是反抗的号召,是逃亡的信号,甚至有时候还隐含具体的逃亡信息。但是很快,白人开始模仿这些滑稽剧,他们将脸涂黑来扮演黑人,并破坏了最初滑稽剧里黑人的舞蹈、歌曲和演讲传统,于是滑稽剧渐渐变成一项白人用来娱乐的盈利性的商业活动。直到美国内战以后,黑人演员才被允许出现在这类滑稽剧的舞台上。但是他们却必须用烧焦的软木涂黑自己的前额脸,还得加厚他们的嘴唇,也就是说,他们不得不模仿他们的模仿者来保持这种滑稽剧的表演传统。一方面,这样的滑稽剧给黑人演员提供了表演练习的机会以及工作机会,但是另一方面,这种滑稽剧在美国白人的意识中塑造了可谓根深蒂固的黑人刻板形象。没有节俭意识、笨拙、懒惰、嗓门大、穿着土气等,这些负面特质就像一张张强力标签贴在了黑人群体的身上。

19 世纪 80 年代后,这种黑人滑稽剧开始萧条。黑人戏剧的先驱开始尝试打破滑稽剧给黑人形象带来的桎梏。世纪之交,拉格泰姆的流行切分音节奏对新兴音乐剧产生了强烈影响,也为优秀的美国黑人提供了桥梁。1898 年,鲍布·库勒(Bob Cole)的音乐剧《黑镇之旅》(*A Trip to Coontown*)在纽约上演,这是由黑人自编自导自演的第一部黑人音乐戏剧。虽然难免还是有一些老套,但是它几乎彻底打破了滑稽剧的传统。美国人第一次看到舞台上的黑人演员不用涂抹黑炭,可以摒弃粗俗的方言,甚至可以穿上正常的服装了。1914 年,阿尼塔·布什(Anita Bush)建立了阿尼塔·布什股份公司(Anita Bush Stock Company),后来改名为拉菲耶演员团体(Lafayette Players),这里聚集了诸多黑人明星,该团体在 1932 年关闭前,上演了超过两百部作品。但是在 1915 年,格里菲斯(D. W. Griffith)的电影《国家的诞生》(*Birth of Nation*)取得了成功,黑人形象在其中遭到无情抹黑,这几乎将种族矛盾推上了一个新的高度。全国有色人种协进会决定以戏剧《瑞秋》(*Rachel*)作为反击,黑人戏剧的发展由此可见一斑。

但是,尽管黑人戏剧在 19 世纪末 20 世纪初有了突破和成绩,依然有许多黑人演员还继续停留在小丑的角色中,他们内心深处还是希望能得到白人观众的欢心。白人喜欢看他们扮演小丑的样子,并通过贬低嘲笑他们来获得乐趣。在哈莱姆的酒吧里,布鲁斯音乐弥漫,这个时期戏剧也特别繁荣,白人争相来看黑人的杂耍小丑演员。为了经济收入,黑人总是迫不及待地演出那些白人想要看的东西。虽然这个时候,黑人演员是被接受的,黑人剧院也是合法的,但是黑人戏剧对于美国戏剧的影响却是微乎其微。

1910 年,在成为《危机》杂志的编辑之后,杜波依斯很快就变成了早期黑人戏剧的导师。他的角色类似于剧作家和批评家。戏剧并不依赖文字获得观众、影响观众,它是一种视觉艺术,因而在杜波依斯看来,它在呈现黑人历史和启蒙教育黑人群体方面有着更加强大的力量。他指出

> 真正的黑人戏剧必须是:①关于我们。它们必须展示黑人的生活。②由我们来做。它们必须由黑人作者创作,由那些从出生开始就一直了解黑人生活的人创作。③为我们而做。戏剧必须符合黑人观众的兴趣,并得到他们的支持和赞赏。④在我们身边。

剧院要在黑人社区中,在寻常黑人百姓的身边。①

杜波依斯也积极鼓励出版黑人优秀创作者创作的戏剧。他曾担任《布朗尼之书》(*The Brownie's Book*,1920—1922)的编辑,这也是由全国有色人种协进会出版的杂志,由杰西·福赛特担任主编。兰斯顿·休斯的第一部戏剧《金片:一部可能真实的戏剧》("The Gold Piece: A Play That Might Be True",1921)以及威尔斯·理查逊(Wills Richardson)的戏剧都曾在这份月刊上得以刊出。杜波依斯还组织成立了克雷格瓦黑人小剧院(The Krigwa Players,在1925—1927年由杜波依斯负责),这个组织的名字 Krigwa 是根据"危机作家与艺术家协会"(The Crisis Guild of Writers and Artists)的首字母缩写改编而来。

杜波依斯与洛克在艺术与宣传上的观点也同样体现在他们对黑人戏剧的创作与发展上。正如洛克强调黑人艺术应该回归黑人的文化根基,在戏剧上同样也是如此。洛克鼓励兰斯顿·休斯和佐拉·尼尔·赫斯顿等青年黑人艺术家去根据平常黑人的经历来创作。在他的影响下,他所领导的哈佛戏剧团创作的戏剧大多准确描述黑人具有代表性的日常生活。从某种程度上说,洛克的这种强调似乎为黑人艺术家的"双重意识"找到了一条新的出路,因为白人观众也想看看黑人的日常生活是怎么样的,而黑人观众正好也希望在舞台上看到日常生活的真实反映。但细细一想便可以发现,洛克的倡导是预先规避了"双重意识"带给美国黑人艺术家的困惑与纠结。但是,深刻感受到双重意识撕扯的杜波依斯,在强调戏剧的审美艺术功能外,必定兼顾其所传达的积极信念。

洛克希望当时的黑人戏剧艺术家可以从黑人的根基中去寻找灵感来创作,但并不是提倡艺术家采用以前的那种黑人滑稽剧的表现手法,他希望的是黑人艺术家可以注重黑人过去的记忆,对传统的记忆,在此基础上创作出一种新的黑人戏剧。他认为"我们应该要越来越有勇气来创新,去打破既成的各种戏剧传统。要有勇气来发展黑人戏剧自身的法则,将它发展成一种

---

① W. E. B. Du Bois, "Krigwa Players Little Negro Theatre: The Story of a Little Theatre Movement", *The Crisis* 32, July 1926.

新的模型，总之，要有实验性。"①也许是因为洛克对带有宣传性和抗争性的戏剧艺术的不提倡，把太多的精力放在支持黑人民间文化本身上，在那个时期诸多的黑人领袖都给洛克贴上了"汤姆叔叔"的标签。但显然洛克希望的是黑人艺术家能从民间艺术中发现黑人传统的积极方面。他希望把黑人从负面形象的桎梏中解放出来。也许是因为这一主张，洛克受到了较多的批评，但是杜波依斯显然越来越被重视。所幸，洛克支持的作家，那些竭力反映黑人民间文化的作家，比如兰斯顿·休斯、佐拉·尼尔·赫斯顿等，虽然在当时不那么有名，但最后在美国非裔文学史上都得到了认可和推崇。同时可喜的是，公众的批评并没有使得洛克放弃他的各类艺术创作和活动，他继续为城市联盟（Urban League）的杂志《机会》（Opportunity）写稿。

　　杜波依斯与洛克作为哈莱姆时期重要杂志的编辑和撰稿人，几乎一度控制了美国黑人的戏剧出版，这也是为什么一些年轻的艺术家想要有新的解放。对于年轻的艺术家兰斯顿·休斯、佐拉·尼尔·赫斯顿及康蒂·卡伦来说，"文艺复兴的本质就在自由——自由地创作他们认为合适的东西，不用理会政治"②。在1926年，兰斯顿·休斯、赫斯顿及阿伦·道格拉斯等年轻的艺术家们联合创办了一份新的杂志，叫作《火》（Fire）。杜波依斯极度不支持这个新的杂志。兰斯顿·休斯这样描述外界对这份新兴杂志的态度：老派的黑人学者几乎没有一个参与到《火》中，杜波依斯博士在《危机》上抨击了它。③

第四节　历史剧《埃塞俄比亚之星》

　　杜波依斯的历史剧《埃塞俄比亚之星》可以说是其对自己提出的黑人艺术标准的成功实践。《埃塞俄比亚之星》从内容上来看，颂扬了黑人辉煌灿烂的历史文化，记录了中间航道带给黑人种族的苦难，也展现了黑人后裔逐渐和谐融入美洲大地新生活的历程。从形式上看，参与该历史剧的演员和

---

①　Alain Locke，"The Negro and the American Stage"，in *The Works of Alain Locke*，ed. Charles Molesworth，New York：Oxford University Press，2012，p. 120.

②　Gates，Henry Louis，Jr.，and Nellie Y. McKay，eds，*The Norton Anthology of African American Literature*，New York：W. W. Norton & Company，Inc.1997，p. 934.

③　转引自：Cary D. Wintz，*Remembering the Harlem Renaissance*，London：Taylor & Francis，1996，p. 394.

观众数目十分庞大,它在纽约、华盛顿等的数场演出带来了轰动的社会影响。可以说,通过历史剧的演出,杜波依斯所提倡的艺术与宣传实现了和谐统一。

20世纪初,美国黑人戏剧极力希望摆脱之前黑人滑稽剧的桎梏,而美国戏剧则希望能不再模仿英国戏剧传统,从而创造具有美国本土风格的戏剧。于是,历史剧(pageantry)在20世纪的前十几年极其地流行,在某种程度上,它被视为美国国家戏剧的先驱。1905年,为纪念美国杰出的雕塑家奥古斯塔斯·圣高登斯(Augustus Saint-Gaudens),第一部历史剧在新罕布什尔州的康沃尔公开上演。从那之后到第一次世界大战期间,美国社会充斥着对各种各样历史剧狂热的喜爱。在1913年,对历史剧的兴趣在美国社会达到了顶峰,美国历史剧协会(American Pageant Association)得以成立。托马斯·迪金森(Thomas H. Dickenson)在他的《美国戏剧事件》(*Case of American Drama*,1915)中写道:"在过去十年里,在社会变迁方面,没有什么能比历史剧的迅速发展更重要了。"①

杜波依斯非常敏感地注意到了这一社会现象,他开始积极提倡并创作历史剧。在《美国黑人的重建》中,杜波依斯就指出,自黑奴解放以来,在白人诋毁黑人的各类宣传中,美国黑人"面临着世界最强大的诋毁人类的力量之一,这股力量遍及大学教育、历史、科学、社会生活和宗教"②。作为哈佛大学历史学专业的毕业生,杜波依斯一直致力于展现黑人流散的历史,阐释非裔族群对非洲历史的共同记忆,并对认为非洲没有历史的宣传给予猛烈抨击。他意在将美国非裔的历史文化与非洲大陆的文化相联系,进而指出,非洲大陆的文明并不比盎格鲁—撒克逊文明逊色,相反其历史更为悠久,其积淀更为深厚。在杜波依斯看来,历史剧作为一种新的艺术形式,可以用来呈现黑人历史与文化,并使得黑人的历史和文化通过戏剧的形式得以广泛传播。在1916年8月的《危机》杂志上,他写道:"我认为这是可行的……让人们对这种黑人戏剧的发展感兴趣,从而一方面使有色人种了解到他们的历

---

① Thomas H. Dickinson, *Case of American Drama*, Boston: Houghton Mifflin Co., 1915, p. 147.

② W. E. B. Du Bois, *Black Reconstruction in America*, New York: The Free Press, A Division of Simon & Schuster Inc., 1992, p. 727.

史以及丰富情感生活的意义,另一方面让白人世界了解黑人亦是有情感的人类。"①可以说,杜波依斯充分认识到历史剧可以使他所倡导的艺术审美与宣传得到和谐统一,那便是通过黑人的文化与艺术展现黑人的传统与历史,从而使黑人对过去感到自豪,对未来充满积极的希望,使白人尊重黑人的历史与现在,肯定黑人的才华与潜力。

　　1913 年 10 月,纪念林肯宣布奴隶解放 50 周年的全国解放博览会(National Emancipation Exposition)在纽约举行。博览会的庆祝从 10 月 22 日开始到 31 日结束,共持续 10 天,地点选择在曼哈顿的第十二步兵团军械库(Twelfth Regiment Armory)。作为此次博览会的组委会成员之一,杜波依斯意识到这是将其于 1911 年开始起草的历史剧《埃塞俄比亚之星》搬上舞台的绝佳机会。历史剧的排演需要巨大的人力、物力和财力支持,在此之前,杜波依斯曾将稿件呈给同事,希望得到全国有色人种协进会的资金支撑。但是全国有色人种协进会的董事会却决定不予支持。于是这次,为了将这出历史剧搬上舞台,杜波依斯必须自筹经费。经过不懈努力,最终该历史剧由杜波依斯曾经的学生查理斯·伯勒斯(Charles Burroughs)导演,分别于 23 日、25 日、28 日和 30 日在博览会期间成功上演。杜波依斯报道总结了这四次演出的盛况,350 名演员以及音乐家参与演出,超过 14000 名观众观看了这部历史剧。

　　1915 年,该剧在华盛顿于 10 月 11 日、13 日和 15 日上演三场,超过 1000 人参与了这次演出,其中包括了 200 名合唱团歌手。虽然从经济效益来说,这次演出是失败的,不仅没有盈利,反而亏损大约 1226 美元。但是,该剧却在艺术与批评界赢得了轰动。当时的一份黑人报纸《华盛顿蜂聚》(*The Washington Bee*)认为该历史剧是有色美国历史上最伟大的事件。杜波依斯当时希望将这部历史剧再演出至少十次,但是最终只上演了两次。1916 年的 5 月 16 日、18 日和 20 日,该历史剧得以在费城演出,有约 1000 名参与者。1925 年 6 月 15 日和 18 日,该历史剧在洛杉矶演出,有约 300 名参与者。

　　从起草到最后演出,这部历史剧一直经历着大大小小的修改。最初起

---

　　① W. E. B. Du Bois, "The Drama Among Black Folk," *The Crisis* 12, August 1916, pp. 169, 171 - 172.

草的时候,杜波依斯写下的题目是《埃塞俄比亚之珠:面具共场》("The Jewel of Ethiopia:A Masque in-Episodes")。事实上,他在一开始设置了六场。在1913年纽约演出结束后,杜波依斯将题目改成《人中之人以及他们给人类的礼物》("The People of Peoples and Their Gifts to Men"),并发表在《危机》杂志上。① 直到1915年在华盛顿再次上演的时候,这部历史剧才被改名为我们现在所知道的《埃塞俄比亚之星》,之后杜波依斯也在《危机》杂志上发表了以《埃塞俄比亚之星》为名的文章,讲述筹备演出这出历史剧的情况。② 剧本的情节也经过不少修改,剧本最初以约鲁巴神话中的雷神(Shango)形象开始,雷神将自由瑰宝(Jewel of Freedom)交给埃塞俄比亚来交换自己的灵魂。自由瑰宝在经历了数次失而复得之后,最终到达美国。在那里放置着一尊由劳力、财富、正义、美、教育与正义铸就的基石,基石上是光明柱(Pillar of Light),而自由瑰宝最终就在这光明柱上得以保存,最终是全场庆祝。整部剧中有十几位主要的角色,包括示巴女王(Queen of Sheba)、纳特·特纳(Nat Turner)、杜桑·卢维图尔(Toussaint-Louverture)和阿斯基亚·穆罕穆德(Askia Mohammed)等。在后来的草稿中,自由瑰宝变成了信念之星(Star of Faith),一些重要的历史事件也得以加入其中。

《埃塞俄比亚之星》由序言和六幕组成。每一幕会介绍一份黑人带给世界的礼物。第一份礼物是钢铁之礼(Gift of Iron)。在古老的非洲,在强烈的风暴中,部落中的男男女女老老少少都在歌唱、舞蹈,他们在向自己的守护神祈祷。此时,一个戴着面纱的女人出现了,她左手拿铁,右手拿火,风暴由此被鼓声和音乐声代替。于是,整个舞台呈现出一派艺术繁荣的景象,茅屋得以建起,动物也加入了狂欢,仿佛黑色文明在宴会与舞蹈中发展起来了。第二份礼物是尼罗河之礼(Gift of the Nile),即文明,讲述的是闪米特人与黑人一起创造了世界最早的埃及文明。一支队伍欢欣鼓舞,他们高举着法老拉(Ra)的宝座,不久,示巴女王与埃塞俄比亚的坎迪斯(Candace of Ethiopia,Queen Mother of Ethiopia)也加入了队伍之中。坎迪斯被认为是埃塞俄比亚的女王母亲。第三份礼物是信念之礼(Gift of Faith)。这一

---

① Du Bois, "The People of Peoples and Their Gifts to Men(The National Emancipation Exposition)," *The Crisis* 7, November 1913, pp. 339 – 341.

② Du Bois, "The Star of Ethiopia," *The Crisis* 11, December 1915, p. 90.

部分讲述的是黑人种族如何将穆罕默德的信仰传播到大半个世界。桑海王国的战士与穆斯林人打仗,穆斯林人赢得了战争,他们兴奋地高呼穆罕默德为上帝。其中一些穆斯林人将俘虏作为奴隶。另外还有一支队伍,曼萨·穆萨(Mansa Musa)骑马带队,穆斯林信徒与学者跟随其后。他们随着前一支穆斯林和桑海王国的队伍走了,舞台上只留下一些穆斯林信徒和奴隶。第四份礼物是羞辱之礼(Gift of Humiliation),展示的是人们如何在仿若地狱一般的奴隶制下忍受煎熬。穆斯林人和一些非洲黑人联合将奴隶卖给欧洲人,尽管基督传教士来到了非洲大陆,但是奴隶贸易却依然在增加。虽然黑奴开始抗议,但却没有任何用处。接下去便是一片寂静,然后哀号四起。渐渐地哀号声变成了灵歌,"我所经历的悲伤无人知晓(No Body Knows the Trouble I've Seen)"。奴隶们跳起了死亡与痛苦之舞(Dance of Death and Pain)。接着舞台清场,开始上演海洋之舞(Dance of the Ocean),这代表着中间航道(The Middle Passage)。第五份礼物指的是朝自由奋斗(Gift of Struggle Toward Freedom)。新时代的黑人历史在这里得以展现,这部分由阿隆索(Alonzo)和哥伦布(Columbus)的航海以及他们向印第安人做介绍开始。随后呈现的是史蒂芬·多兰特斯(Stephen Dorantes)发现新墨西哥,以及纳特·特纳等英雄人物和事迹。接着讲述的是法国与西班牙管制下的奴隶制,高潮便是逃亡的黑奴(逃亡的非洲奴隶也被称为放逐者Maroons,这是个西班牙单词)和杜桑·卢维图尔领导的为海地的自由而进行反抗,英国与美国也加入战斗中。突然棉花国王(King Cotton)到来了,他带来了贪婪、恶行、奢靡与残忍。纳特·特纳想要奋起反抗,却遭迫害,于是奴隶们陷入绝望,阴郁无比,却也无可奈何,只能默默工作。

最后一幕也是最长的一幕,讲述的是自由之礼(Gift of Freedom),展示的是黑人奴隶的自由意味着整个世界的自由。当奴隶们开始逃跑时,那个戴着面纱的女人再次出现。废奴主义者来了,约翰·布朗、弗雷德里克·道格拉斯、索裘纳·特鲁斯(Sojourner Truth),联合军队也来了。然后来到舞台的是孩子们,接着是劳动者、工匠、男仆、商人、发明家、音乐家、演员、老师、律师、医生、内阁。那个戴着面纱的女人此刻被称为万物之母(All-Mother),她扛着林肯的半身像,报幕者重述了黑人带给世界的礼物——钢铁、信念、羞辱之痛及痛之悲歌,自由与欢笑以及潜藏的希望,于是,整个剧结束。

剧本的名称直到 1915 年才在《危机》杂志上确定改为《埃塞俄比亚之星》。杜波依斯在文章的前一页附上三位黑人女神形象,中间的一位是埃塞俄比亚女神坎迪斯,她手中握着五角星使得埃塞俄比亚之星的形象得以深化。埃塞俄比亚之星在第一次演出的文本中并没有被直接提及,但是根据留存下来的历史剧草稿的平面图来看,在美之圣殿(Temple of Beauty)前的自由之宫(Court of Freedom)是一个五角星的形状。在后来的创作中,该星直接被提及,并且它的象征意义也得到清晰地阐释:

> 听呀,听呀,那些来了解真理的人,不要忘记最谦卑最聪明的种族,他们的脸是黑色的!永远记住埃塞俄比亚之星,记住它给予人们的礼物:铁、信念、羞辱之痛、痛之悲歌、自由及星星之下永恒的自由。[纽约、华盛顿、费城和洛杉矶]的孩子们:站起来走吧。剧已落幕!剧已落幕!①

在费城的那次演出是为了纪念非洲人美以美会教友大会(General Conference of African Methodist Episcopal Church)成立 100 周年。由于这次的演出耗尽了所有的资金,杜波依斯以为这会是最后一次演出。他在《危机》中对这部历史剧做了总结,虽然他认为这次演出不如纽约那次那么令人新奇,也不如华盛顿那次那么华丽而令人难忘,但无疑费城的这次是顺利的,也是最好的。同时他认为:"黑人本质上就是戏剧的。他们给世界最伟大的礼物就是也必将是艺术,是对美的欣赏与实现……"②他甚至觉得,历史剧与戏剧的仪式与黑人在教堂里的"呼唤(shout)"十分接近,可以说那就是最纯粹的戏剧。杜波依斯显然对自己的历史剧非常自豪也充满了期待:"事实已经证明,有色人种创作历史剧不仅是可能的,而且在很大程度上来看有着无法超越的美,这可以作为一种寻求进步和教育的方式,亦可作为民间戏剧的开始。"③

20 世纪的前 20 年,可以被称为是美国的"进步时代(Progressive

---

① W. E. B. Du Bois, "The Pageant of the Angels", *The Crisis* 30, September 1925, p. 217.

② W. E. B. Du Bois, "The Drama Among Black Folk," *The Crisis* 12, August 1916, pp. 169, 171-172.

③ Ibid.

Era)"。美国社会的方方面面都进行着都市化改革和社会改良运动,想要全面地改善由于资本主义迅猛发展所带来的各种弊端。中产阶层在此过程中逐渐变成了社会的中流砥柱,成了社会的优越阶层,也成了具有代表性的美国人。人们似乎也相信通过改革,一些居民是可以走向中产,并且被训练成有修养的"美国人"。可以说进步时代最理想的美国居民,便是白人中产阶级。白人主流社会在那一时期,对古典的希腊罗马文化非常着迷,美国白人倾向于将欧洲文化奉为经典。但是美国黑人在美国社会找不到文化的根基,非洲被看作没有历史的大陆。再加上重建时期种族主义的历史学家将自由黑人塑造成穷困潦倒、懒惰并且贪图享受的形象;黑人女性则是不洁身自好,也不能够承担起家庭的抚养责任。《埃塞俄比亚之星》在这样的背景下应运而生。它用恢宏的气势呈现了非洲文明,从约鲁巴神话到圣经历史再到埃及神话,它所传达出的信条就是:非洲灿烂的文化显然是可以与欧洲古希腊古罗马文化媲美。作为古老文明继承者的美国黑人通过中间航道来到美国大陆,通过辛勤工作获得一席之地,其中也出现了如弗雷德里克·道格拉斯一般的杰出人才。最后,各行各业的美国黑人出现在舞台上,诸如医生、律师、各类工匠等,这也体现了杜波依斯对美国黑人进入社会中产阶层,跻身主流社会的美好愿景和信心。

杜波依斯还创作了一些没有演出的历史剧,他还将其中之一于1932年发表在《危机》上,叫作《乔治·华盛顿与黑人》("George Washington and Black Folk"),它纪念了华盛顿跨世纪的一生,通过华盛顿的信件和一些文件,按时间顺序展现了他在不同的人生阶段和事业状态下对黑人的态度。整个文本贯穿了一位黑人女预言家的巫术,颇具想象力和趣味。① 就如《埃塞俄比亚之星》一般,这些历史剧在阐释其宣传理念的同时,反映了杜波依斯对于经典文学的渊博知识以及他对寓言的热爱。

可以说,历史剧特有的舞台戏剧效果、视觉印象以及它所能承载的历史与记忆与杜波依斯提倡的"宣传艺术"十分契合。对杜波依斯来说,黑人的历史对于美国非裔人的文化与社会来说非常重要,这不仅仅只是简单的数据或者文字,而是一种精神,是文化和身份意识的传承。黑人艺术应该是从

---

① W. E. B. Du Bois, "Gorge Washington and Black Folk: A Pageant for Bicentenary, 1732 - 1932," *The Crisis* 39, April 1932, pp. 121 - 124.

黑人的历史文化传统中迸发出的灵感。历史剧本身呈现的就是非洲历史、黑人流散的经历与美国黑人的奋斗史,同时它又能通过其特有的形式营造出视觉与听觉上的特殊氛围,引起观众的共鸣。就其造成的影响而言,历史剧能够让美国黑人体会到作为非裔后代的文化身份认同,体会到精神上的集体感和归属感,还能使得白人观众直观地感受黑人文化与历史的悠久与恢宏。它很大程度地展现了杜波依斯所提倡的艺术的美、真实与正义,也大大地宣传了黑人的积极文化,提升了种族自豪感。

第二章 作为宣传的艺术：
小说中的社会科学演绎

在其扛鼎之作《黑人的灵魂》中，杜波依斯就已经指出，美国南部在全世界范围来说，是适合研究种族接触现象的地方。要回答"南方白人与黑人之间的关系究竟如何"这个问题，需要的"不是辩解，不是吹毛求疵，而是一个简单明晰、未加粉饰的故事"①。这个故事是《约翰的归来》，亦是《夺取银羊毛》。杜波依斯在正式成为宣传者后出版的第一部作品是其第一部长篇小说《夺取银羊毛》，他在生命最后几年完成的作品是历史小说"黑色火焰三部曲"。通过小说创作，杜波依斯将其对黑人艺术的理解和对黑人历史与现实的宣传融为一体。杜波依斯在《黎明前的薄暮》的最后坦言："我喜欢好的小说。"②他将自己未来的人生比作一本尚未打开的小说，在健康的岁月里，总能有有趣的故事和无穷的乐趣。这似乎也是杜波依斯与布克·华盛顿不一样的地方，华盛顿曾在自己的传记中写道："我不大喜欢读小说。我常常差不多要强迫自己读一本脍炙人口的小说。"③无论是长篇小说、短篇小说、科幻小说、罗曼史还是历史剧，杜波依斯都大胆热情地进行尝试。

如果单就小说的创作技巧来说，按传统的评价体系，杜波依斯不少小说，特别是长篇小说的确算不上出色，因而也最容易被忽视。但是杜波依斯的小说有其自身的特色，他实则是借由小说的形式来书写美国黑人的历史，畅想美国黑人的未来，宣传其自身的理念，从最初的经济研究到罗曼史、科

① 杜波依斯：《黑人的灵魂》，维群译，北京：人民文学出版社，1959年，第142页。
② W. E. B. Du Bois, *Dusk of Dawn: An Essay Toward an Autobiography of a Race Concept*, New York: Harcourt Brace, 1940, p. 326.
③ 华盛顿：《力争上游——布克尔·华盛顿自传》，思果译，沈阳：辽宁教育出版社，1997年，第134页。

幻小说再到最后的历史小说,其小说中的历史书写成分越来越清晰,对黑人的未来显然也越来越有信心。他的批判与期待,矛盾与憧憬始终真挚而热烈。形形色色的美国黑人形象在其小说中被置身于不同的历史境遇之中,通过一个不变的主题——难以逾越的肤色界限,历史的连续性得以实现。本著述选择单独通过这一章对杜波依斯的长篇小说和有代表性的科幻短篇进行集中分析,有以下三方面原因。首先,杜波依斯创作小说的初衷便是希望其理念得到更广泛地普及,可以更多地触及底层的美国黑人群体。因而,对小说的集中阐释可以对杜波依斯所秉承的种族、文化、政治等各方面理念有更为系统的认识。其次,小说作为一种艺术形式,同时作为杜波依斯宣传理念的载体,可以说最充分地表现出其文学的"双重意识"。通过小说,也可以看到杜波依斯在何种程度上实践了自己所提出的黑人艺术标准。最后,在呈现其思想的过程中,杜波依斯的小说创作与其非小说创作相辅相成。本著述在接下去的三章,在通过不同的主题剖析杜波依斯的宣传理念及其转变的过程中,不可避免地参照引用到其小说内容,在本章对小说做集中的阐释,也为后续的分析研究做好铺垫。

尽管经历了近一个世纪的风云变幻,足迹跨越亚洲、欧洲、非洲和美洲,大巴灵顿镇上勤勉自律的传统却一直是杜波依斯的信条。正如他相信上帝、黑人种族、和平和自由一样,杜波依斯也崇尚虔诚的效劳,他认为工作是天堂,懒惰是地狱。他总是孜孜不倦地书写着黑人的历史和现实。杜波依斯大部分关于黑人现实状况与历史变迁的著作都是以实地调查和充足资料为基础写就。他的博士论文《制止非洲奴隶贸易进入美国,1638—1870》就是基于对大量原始资料的精细考辨和利用写就的。1896年,杜波依斯加入了著名的赫尔大厦①,他与杰出的白人女性一起,记录下19世纪末黑人女性在费城市区受到的不公正待遇。他们在社区中开展了许多社会实践,调查吉姆·克劳法笼罩下社会的种种不公正,为去除社会的黑暗面而努力。《费城黑人》一书是杜波依斯作为宾夕法尼亚大学调查员时,用约一年时间完成的对费城黑人社区状况的深入调查,它经受住了后来长达60年的评估。他还创作了《美国黑人的重建》《黑人的过去和现在》(*Black Folk*,

---

① 霍尔大厦(Hull House)是由诺贝尔奖获得者、美国杰出女性珍妮·亚当斯(Laura Jane Addams)创立的北美第一个社会改良组织。因其纲领具有广泛性,它也成为当时世界上很有影响的社会改良主义团体。

Then and Now, 1939)、《黑人百科全书》(The Encyclopedia of the Negro, 1946)等大量反映黑人现实的作品。

杜波依斯的智慧与思想很大一部分是通过报纸和杂志得以传达的。他曾主编过《月亮画报周刊》(Moon Illustrated Weekly)(1905 年创刊,1906 年停刊)和《视野》(Horizon)(1907 年创刊,1910 年停刊)等期刊。1910 年杜波依斯参与组建全国有色人种协进会,创办了该杂志的喉舌杂志《危机》并连续担任该杂志主编长达 24 年之久。这使得杜波依斯长期站在黑人民权运动和思想的最前沿,他通过该杂志发表了大量体裁不一的文章。在其主持与管理下,《危机》杂志也成为当时最重要的美国黑人期刊之一,并成为哈莱姆文艺复兴运动的重要阵地。

社会科学的研究方法以及对真理的诉求对于杜波依斯而言,已经与他在 25 岁生日时对真善美问题的思考融为一体,成为杜波依斯认识世界、分析问题的一种内在哲学思想。1958 年,杜波依斯在读完其学生赫伯特·阿普塞克的《历史与现实》(History and Reality, 1956)后,给他回复了一封长长的信,信中对阿普塞克所做的工作表示赞赏,并回忆道:"有两年的时间里,我在威廉·詹姆斯的实用主义、桑塔亚那和他那吸引人的神秘论、乔西亚·罗伊斯以及他的黑格尔唯心论的指导下学习。也就在那时候,我找到并形成了指导我至今的一套哲学;从那以后,我开始转到历史学研究,现在变成了社会学。"[1]从哲学到历史学再到社会科学,用杜波依斯的话来说,其实他只是转换了追寻真理的方式。他坦言:

> 我放弃了探索"绝对"真理,并非怀疑真实的存在,而是因为我相信我们有限的知识和笨拙的研究方法导致现在还不可能完全理解真理。尽管如此,我还是坚信人类思想与绝对可证实的真理会逐渐接近彼此,就像双曲线与他的渐近线一般,无限接近彼此却不会完全重合。[2]

杜波依斯的信件一方面吐露了他当时遇到的挫折,他因为看到了客观知识

---

① W. E. B. Du Bois, The Correspondence of W. E. B. Du Bois. Vol. 3, Selections, 1944–1963, ed. Herbert Aptheker, Amherst: University of Massachusetts Press, pp. 394–395.

② Ibid., p. 395.

与方法的局限,所以选择了采用科学的设想与假定来探讨问题。另一方面,在追求真理的过程中,杜波依斯开始深刻意识到自然科学问题同时也是社会问题,任何一项事物都处于复杂的社会关系运转之中,真理也会戴上这样或者那样的面具。他接着解释道:

> 我假设科学真理的存在……我假设我们只知晓部分真理而最终将知晓大部分真理,虽然还有小部分是永远不可知的。科学包含着两部分:一些已知的事以及认知者的假设……我还必须假设原因(cause)与变化(change)。带着这些公认的未知假设,我开始对人类活动做科学分析,我的假设基于人类活动事实、原因关系以及由法则和机会造成的连锁反应。社会科学是衡量人类活动中机会成分的维度。①

明确来说,杜波依斯是逐渐从直接发现探讨真理过渡到了宣传演绎真理的阶段。

由此可见,杜波依斯从社会科学到宣传干将的转变并非一种干脆利落的非此即彼的选择,更不是他自己所认为的后者对前者的"代替",而是一种风格上的丰富和多元。他所谓的宣传是在基于社会科学研究结果与逻辑思维推理下的变通与演绎。杜波依斯一直在用这样独特的哲学探讨黑人问题。也正是因为如此,尽管他的风格尖锐犀利、直白刻薄,却总是内化的、充满说理性与逻辑。杜波依斯假定人类也许可以调整发展方向以求可以更有利于全人类的发展,但是他知道这是由环境、遗产、自然规律等来影响的,而这一切很大程度上是由"机会"而非"法则"造成。但又似乎没有一种可以名状的神灵能单独掌握这样的"机会"来影响人类活动和自然法则,因而最终杜波依斯相信的是人的力量可以改变世界,使人类可以朝着更好的方向发展,因为他看到了"人类决定性行为的证据"②。因为这番对真理与"人为"力量的深刻领悟,也可以理解杜波依斯缘何如此强调宣传,宣传避免了一边倒的言论,帮助建立真理的基石。

---

① W. E. B. Du Bois, *The Correspondence of W. E. B. Du Bois*. Vol. 3, Selections, 1944 - 1963, ed. Herbert Aptheker, Amherst: University of Massachusetts Press, p. 395.

② Ibid., p. 396.

因而,这种通过科学假设来探索真理的哲学与其宣传艺术理念十分契合。可以说小说为杜波依斯打开了另外一扇认识世界的窗户,那就是基于部分客观真理上的科学想象、对"机会"的想象、对人类决定性力量的想象。无论身处何种现实泥淖之中,杜波依斯笔下的主人公总是心怀希望并寄情天下,他们的力量对改变时局和命运或大或小、或有或无,但主人公却以飞蛾扑火的热情在现实的洪流之中奋力搏击。通过杜波依斯的小说可以更好地了解杜波依斯探求的"真理",为此做出的"科学假设",以及在这个过程中的"宣传"。

第一节 《夺取银羊毛》:经济与教育

《夺取银羊毛》是杜波依斯的第一部长篇小说。虽然杜波依斯自己认为这是一项经济研究,小说揭示了北方商业巨头与南方种植园主通过阴谋合作操控棉花市场交易,剥削黑人劳动力,但整个故事显然亦是一部罗曼史。小说围绕着女主人公黑人女孩佐拉(Zora)和男主人公布莱斯(Bles)之间简单美好的爱情故事展开。无论是生理还是心理方面,小说的男女主人公都从开始的天真幼稚发展到最后的成熟智慧,这也是一部黑人成长小说。

故事发生在奴隶制刚结束不久,背景包括南方亚拉巴马州的一个乡村、华盛顿以及纽约的华尔街。佐拉和她母亲伊丽莎白(Elspeth)一起生活在亚拉巴马州的一个乡村的沼泽地里。她的母亲是非洲异教徒的后代,一个无知而怪异的巫师。充满异教思想的她使得那片沼泽地成了白人男性享受酒精并寻欢作乐的乐园,天真的佐拉也在她的诱导与鼓励下成了白人男性寻欢作乐的牺牲品,变成了后来被布莱斯"嫌弃"的"不纯洁"的少女。佐拉初识布莱斯,便对这个朴实善良的男孩产生了好感。因为对知识的热爱,也因为布莱斯的劝导,她进入了莎拉·史密斯(Sarah Smith)办的黑人学校。莎拉·史密斯是从新英格兰地区来到南方帮助黑人接受教育的白人老师,她对佐拉的人生起到了重要的引导作用。布莱斯一开始也爱上了佐拉,但是后来当他得知佐拉并不纯洁的时候,他毅然去了北方,踏入了政坛,并开始渐渐卷入一个又一个政治漩涡。佐拉后来在莎拉·史密斯的介绍下,也去到了北方,给一个富裕的纽约女士范德普太太(Mrs. Vanderpool)做女佣。由于自身的好学和天赋使然,加上阅历的逐渐丰富,佐拉开始培养出自主独立的思考能力。她甚至还经常匿名默默帮助布莱斯。但是,在听到布莱斯订婚的消息后,她黯然神伤,带着赚到的钱回到了南方。她选择帮助莎拉·史密斯使这所服务黑人学生的学校运作下去,还组织当地的黑人团体为自由平等做斗争。最后,布莱斯不愿意与政坛的黑暗和虚伪同流合污,又重新回到了南方,并且他认识到佐拉的心灵是"纯洁的",她是世界上最好的女人,最终他们两人走到了一起。佐拉在沼泽地种下的棉花也可以丰收了,一切充满了希望与美好。

这个故事很容易让人想起杜波依斯文集《黑人的灵魂》中的第八章——《夺取金羊毛》。两者都是通过对南方棉花市场的描述来展现南方种植园主和北方商人的虚伪与狡黠,以及黑人农民每况愈下的贫困生活。尽管小说的名字选择了"银",这更加接近棉花的纯白,但与《夺取金羊毛》一样,都借由"伊阿宋夺取金羊毛"这一古希腊神话隐喻来讽刺白人商人的巧取豪夺。如果说在《夺取金羊毛》中,杜波依斯用科学的调查数据来说明黑人农民的窘迫境况,那么在《夺取银羊毛》中,通过小说人物的活动,则更生动地呈现了图姆斯县(Tooms County)的克雷斯威尔(Creswell)白人家族的封建垄断,北方商人约翰·泰勒(John Taylor)的唯利是图与不择手段,以及北方商人与南方种植园主的勾结谋私。杜波依斯深知:"身为一个穷人是够苦的,但在一个只讲金钱的国土上作为一个贫穷的种族那更是苦不堪言的事。"[1]虽然,黑人农民每年含辛茹苦地劳作,却因为贫穷无知,每年签订不平等条约,只能不断吃"哑巴亏"。于是,最终收获的棉花不仅没有给他们的生活带来改善,反而使他们背上了沉重的债务,对黑人农民而言,"在土地上劳作就意味着无尽的劳累,这是一道径直通向死亡的光景"[2]。

尽管在 1911 年才得以出版,但《夺取银羊毛》的草稿早在 1905 年就已经完成。这部小说也完全有着 19 世纪末 20 世纪初"黑幕揭发运动(Muckraking Movement)"[3]的传统,它揭示了南方种植园、棉花市场及华

---

① 杜波依斯:《黑人的灵魂》,维群译,北京:人民文学出版社,1959 年,第 8 页。

② W. E. B. Du Bois, *The Quest of Silver Fleece*, A Penn State Electronic Classics Series Publication, 2007, p. 164.

③ "黑幕揭发运动"是在 19 世纪末 20 世纪初美国社会问题成堆的历史环境下,由一批新闻记者和文学家等知识分子发动的专门以揭露社会弊端为主旨的运动。关于这场运动的详情可见上海三联文化传播有限公司于 2007 年出版的肖华锋所著的《美国黑幕揭发运动研究》一书。杜波依斯的这部小说显然也是加入了这样的运动之中。

盛顿政治圈的"黑幕"。当时同样探讨市场经济的小说极为风靡，比如弗兰克·诺里斯的"小麦三部曲"；探讨用社会主义的方式来实现经济合作与发展的小说还有厄普顿·辛克莱（Upton Sinclair）的《屠场》（*The Jungle*，1906）。尽管《夺取银羊毛》并未获得如《黑人的灵魂》一样的关注和好评，但它作为一项"经济研究"却反映出杜波依斯对社会资源所有权与使用权的思考，颇有社会主义思想的影子，尽管他当时并未对社会主义思想有深入的认识和理解。

在《夺取银羊毛》中，玛丽·泰勒与佐拉的对话堪称社会主义思想与观点的经典。在泰勒老师发现佐拉拿了自己放在桌上的胸针后，她对佐拉说：

> "你知道这个胸针是我的。"
>
> "我看过你戴它。"佐拉平静地承认。
>
> "那么你偷了，你就是小偷。"
>
> 佐拉依然没有认识到自己行为的罪恶。
>
> "那个别针是你制作的吗?"她问道。
>
> "没有，但这是我的。"
>
> "为什么这是你的?"
>
> "因为这是别人给我的。"
>
> "但是你并不需要它，你已经有另外四个很漂亮的胸针了——我数过。"
>
> "那也没有什么区别。"
>
> "当然有——人们没有权利拥有他们不需要的东西。"
>
> "没有区别，佐拉，你知道的。这个别针是我的，你偷了它。如果你想要胸针并且问我要，我也许会给你的——"
>
> 佐拉愤怒了。
>
> "我不需要你的旧礼物，"她几乎咬牙切齿，"你不能占有也不能使用那些你不需要的东西，上帝拥有它，我要把它还给上帝。"①

---

① W. E. B. Du Bois, *The Quest of Silver Fleece*，A Penn State Electronic Classics Series Publication，2007，p. 59.

佐拉最后将胸针丢到了沼泽地。显然玛丽·泰勒所持有的是传统的财产拥有权观点,无论在法律上还是道德上她都拥有这枚胸针。但是佐拉却对胸针的价值和其归属做了新的定夺。她的观点与社会主义所宣扬的关于财产价值的定义极为相似,那就是人类文化创造的财富必须是对社会有用的;它们应该根据需要来分配;如果财产具有所有人的话,那么它们属于真正创造它们的人。也正是由于秉承这样的思想,后来佐拉又偷了克雷斯威尔家的骡子来为自己工作了两天。在佐拉的眼里,这样的做法显然是合理的。

通过小说,杜波依斯也把黑人和白人工人无法联合的问题呈现出来。作为白人资本家的约翰·泰勒唯利是图,拒绝给工人加工资,也不缩短他们的工作时间,面对工人们加工资的请求,他便威胁说会有大批其他黑人和白人等着竞争这样的工作。于是,"结果很诡异。两方面,种植园主及白人劳工,又恢复了对黑人的压迫"[①]。白人工人会将矛头指向黑人工人,他们认为正是因为有了黑人的参与,才使得他们的工资如此低廉。当有人希望通过罢工来改善自己的境遇时,新的长官克尔顿(Colton)并不赞成,他说:

> 伙计们,我告诉你们问题在哪里:在于黑鬼。他们不需要任何生活成本,却占用各类待遇,他们使得工资如此低廉。如果你们罢工,他们就会接替你们的工作,肯定的。我们必须先逆来顺受一阵子,但是抓住一切机会报复黑鬼吧。只要一有机会我就会把他们关进牢房。[②]

由于种族歧视的存在,黑人与白人工人们根本无法联合。这个观点在杜波依斯后来的《美国黑人的重建》中更为深刻地通过阶级与种族的探讨得以深化,并对马克思主义的阶级理论做了补充。

长期的贫困可谓是愚昧无知的孪生兄弟。作为美国大地上的黑人,不仅仅能切肤地感受到贫穷带来的苦难,也会"感受到愚昧无知对他的压

---

① W. E. B. Du Bois, *The Quest of Silver Fleece*, A Penn State Electronic Classics Series Publication, 2007, p. 302.

② Ibid.

力，——不仅是对书本无知，而且是对生活、对事务、对人性全然无知；几十年、几百年来逐渐养成的怠惰、躲闪和笨拙，把他的手脚束缚住了"①。于是，黑人的教育问题就显得尤为重要。通过小说文本，杜波依斯也对布克·华盛顿在教育问题上的态度做了一次反击，他们争论的焦点也在玛丽·泰勒（来自新英格兰地区的老师，约翰·泰勒的妹妹）与范德普太太在一次晚宴上的对话里得以呈现：

> "我的意思是，克雷斯威尔家会赞成教育黑人吗？"
>
> "哦，'教育'！这个词隐含的意思很多。现在，我想克雷斯威尔家族会反对教他们法语、餐宴礼仪、着装等，事实上，我也会反对。但可以教他们如何掌握锄头，如何针织，如何做饭。我有理由相信像克雷斯威尔家那样的人会很高兴这么做的。"
>
> "会为那些老师感到高兴？"
>
> "为什么不呢？——假如，当然，他们——很绅士，善于交际。"
>
> "但是老师也得和他的学生交际。"
>
> "哦，当然，当然，就像人们必须和自己的女仆、司机和裁缝交流——虽然热情友好，但是却还是保持尊卑。"
>
> "但是——但是，亲爱的范德普夫人，你不会希望你的孩子受那样的教育，是吗？"
>
> "当然不，我亲爱的。但是那些不是我的孩子，他们是黑人的孩子，我们不能忘记这一点，是吧？"②

若是对待自己的孩子，范德普夫人一定会希望他能多学文法知识，接受有关艺术、哲学、理学等的高等教育，但是却希望黑人学生停留在对基本的服务技能的掌握上。杜波依斯通过这般讽刺的对话指出，若仅仅发展华盛顿所提倡的技能教育而忽视黑人高等教育，那么黑人会一直被禁锢在社会的底层。

在《黑人的灵魂》中，杜波依斯在《黑人的教育》一章中赞扬过新英格兰

---

① 杜波依斯：《黑人的灵魂》，维群译，北京：人民文学出版社，1959年，第8页。
② W. E. B. Du Bois, *The Quest of Silver Fleece*, A Penn State Electronic Classics Series Publication, 2007, p. 44.

老师的伟大,他们给予黑人学生的不是同情而是一种友谊,给予了他们发扬个性的机会,塑造了他们的灵魂。在小说中,他同样塑造了一位来自新英格兰的教师史密斯小姐。史密斯小姐显然是杜波依斯宣传的替身。她说服一个想要因为农活放弃学习却颇具天赋的孩子。

> 罗伯特,农业是崇高的事业。······但是,农业需要的智慧并不比其他事情来得低;它要求的更多。······没有智慧、教育和资金,若想要带领黑人摆脱奴隶制的阴影,简直是最荒唐的空想······我给你的建议是——完成学业,发展你的天赋,成为一个全面发展的男人去工作生活,而不是一个无知的男孩。①

杜波依斯明显注意到教育对于黑人经济发展的重要性,没有了教育,不会计算,即使年复一年地在土地上劳作,但最后依然会入不敷出。在他看来,无论从事哪一行业,教育能带给美国黑人的不仅仅是技能上的改善,而是思想认识上的启蒙与开拓。杜波依斯总是倾向于将教育与政治结合起来,教育使得主人公们有机会进入政治权力的圈子中去,也让他们可以领导黑人走出奴隶制带来的阴影。在《夺取银羊毛》中,布莱斯总是劝诫佐拉:"等你受了教育,你就不会想要住在沼泽地里了。"②当佐拉认为自己比白人懂得多的时候,布莱斯认为,也许在有些地方的确如此,但是白人"他们知道的知识给了他们权利和财富,使得他们可以管理"③。

但杜波依斯更倾向于自由的教育与历练带来的心智成熟,比如佐拉,她在广泛阅读、勇敢闯荡大城市回来后,不仅见识广博,也变得理智成熟,人们也开始愿意听取她的意见。但是所有的收获都需要通过艰辛的工作来换取,佐拉和布莱斯辛勤地在沼泽地种下棉花,期待通过棉花的丰收来换取佐拉求学的学费,而后来,佐拉则需要通过为范德普夫人做女仆来获得阅读的学习机会。

当然,无论是《夺取银羊毛》还是后来的《黑公主》都阐释了这样的理念:

---

① W. E. B. Du Bois, *The Quest of Silver Fleece*, A Penn State Electronic Classics Series Publication, 2007, p. 103.

② Ibid., p. 37.

③ Ibid., p. 37.

仅仅依靠教育并不能使他们解决种族问题。在布莱斯那里，政治上的尔虞我诈需要他充分发挥新英格兰式的道德与正义感，否则，就会像聪明能干的卡洛琳·怀恩（Carolyn Wynn）那样因为追逐名利而迷失自我。在《黑公主》中，马修通过在善与恶之间的痛苦挣扎与抉择，最后成长成熟，并拥有了诗性的力量，因为他一直谨记在弗吉尼亚乡村的母亲的教诲。现代教育的力量需要与内心的道德修为或者说古老非洲传统中的优秀理念结合才能真正达到和谐与平衡，从而促进个人价值的实现以及种族地位的提升。

杜波依斯在 1913 年曾谈到，适合黑人文学发展的时期还未到来，在《历史的宣传中》他也指出，在孩子们学会如何判断真理之前，历史就不应该存在。可见，《夺取银羊毛》亦不是他认为的真正意义上的黑人文学。杜波依斯选择通过小说的形式来阐释现实的残酷与虚伪，如今的经济模式显然是不公平也不合理的，黑人社群的涓涓汗水换来的是贫困与死亡，黑人工人因为肤色的原因还要同时遭到白人工人的排挤与敌视。通过小说创作，杜波依斯铸就他认为的真理，那就是黑人只有接受教育，不仅仅是技能教育，还包括高等教育，同时付出辛劳的工作，坚守心中的道义，才能获得经济上的改善，从而过上更好的日子。

第二节　《黑公主》：种族政治与个人爱欲

《黑公主》是杜波依斯的第二部长篇小说，出版于 1928 年。那时候正是哈莱姆文艺复兴的高潮时期。这部小说的主人公是一位来自印度布旺德普帮王国（Kingdom of Bwodpur）的考蒂利亚（Kautilya）公主，她领导的国际性组织有着来自中国、日本、印度、阿拉伯和埃及等世界各地的有色人种参与者。很明显，杜波依斯在这部小说上倾注了很多的心血和感情，其浪漫主义精神和务实精神都在这部小说中得到体现。但是，当时的批评家们，无论是白人还是黑人，却普遍认为这是一部失败之作。艾伦·洛克虽然公开表示感谢"这位有天赋的作家……为这部描写黑人知识分子和世界激进主义的问题小说的摩天大楼破土奠基"，然而，他感到遗憾的是该小说"并非完全成功"，他认为"此书情调非常浪漫，风格矫揉造作，其中沉积了大量的纯社会学内容"①。尽管在公开场合,他们认可杜波依斯的小说创作成果,但是在私下里,他们似乎却把《黑公主》看成是一位老人粗俗的幻想,根本就不应该出版。而对于颇具现代主义悲观主义观念的白人书评者而言,这部有关黑人救世解放的过分乐观的小说显得难以置信并且不合逻辑。西方的现代主义时期排斥《黑公主》所传达的"英雄主义、理想主义和民族主义"。尽管,在过去,《黑公主》并未获得杜波依斯所期待的关注与成功,但作为一部融合了文学想象与社会学研究的小说,它所体现的第三世界政治与后殖民问题也越来越吸引学者们的兴趣。

杜波依斯在 1940 年出版的《黎明前的薄暮》中坦言,《黑公主》是他最喜欢的一本书。② 杜波依斯的这番感悟颇值得推敲,因为那时,他已然是公认的美国黑人领袖,其卓越丰富的著作为他赢得了来自社会学、历史学、教育学等诸多领域的注目。但是在诸多的作品中,他最爱《黑公主》,而非其扛鼎之作《黑人的灵魂》或其他作品,足见其对《黑公主》的特殊感情。阿诺德·拉波塞德认为,《黑公主》之所以是杜波依斯的最爱,是因为"它讲述了诸多他认为本质和真理的东西,在那一时期杜波依斯作为美国黑人政治与文化领袖的影响力第一次遭到严重威胁"③。应该说,《黑公主》创作出版的 20世纪 20 年代,对于杜波依斯来说的确并不那么顺利和成功。他的观点和领导地位越来越受到来自左派和右派的共同挑战。一方面,对于美国社会新兴的社会主义和共产主义左派,或者对于那些蜂拥支持黑人民族主义者马库斯·加维的泛非主义者来说,他远离了以布尔什维克革命和共产主义为代表的激进社会主义,还不够激进;但是另一方面,对于越来越传统保守的全国有色人种协进会的领导人来说,他的诸多看法却显得太过激进了。《黑公主》在其领导地位受到挑战的时期出版,他意欲通过该书传达的信息亦可见一斑。

《黑公主》,正如其副标题所暗示的,是"一部罗曼史",讲述的是美国黑人马修·汤斯和印度公主考蒂利亚之间的爱情故事。马修出生于美国的弗

---

① 转引自杜波依斯:《黑公主》,谢江南等译,北京:中国对外翻译公司,1998 年,第 XII - XIII 页。

② 参见 W. E. B. Du Bois, *Dusk of Dawn：An Essay Toward an Autobiography of a Race Concept*. New York：Harcourt Brace, 1940, p. 270.

③ Arnold Rampersad, *The Art and Imagination of W. E. B. Du Bois*, Cambridge：Harvard University Press, 1976, p. 204.

吉尼亚州,在汉普顿的一所寄宿学校完成学业后却面临着只能当农夫的窘境。于是他来到了北方继续就读城市学院,主攻医学预科课程,还通过自己的努力,进入了曼哈顿大学的医学院,但却因为肤色的关系,最终被强迫退学,因为没有一个白人妇女愿意接受一个黑人医生为自己接生。1923 年,25 岁的马修满怀愤懑地来到了德国。在柏林,马修遇到了来自印度布旺德普帮王国的 23 岁的考蒂利亚公主,她同时也是一个深肤色人种委员会的领导者。她有着金棕色的皮肤,"它比阳光和金色深,比棕色浅,比棕色鲜艳,是一种笼罩在棕色肤色下的鲜艳的绯红"①。黑公主精致温柔、聪慧勇敢、美丽大方,有着宏大的政治抱负与理想。听了马修的遭遇后,她决心要为黑人的解放而奋斗,马修立即爱上了这位公主并全心为她的组织工作,他重新回到美国开始考察美国黑人的社会情况。根据掌握的信息,于是马修和一位名叫佩里格(Perigua)的黑人见了面。佩里格想要在美国的私刑地带制造一起爆炸事件,并说服了马修协助炸毁一辆载着三 K 党成员的火车,马修答应了。但是就在快要执行任务的时候,他突然发现黑公主也在这辆火车上,于是为了拯救考蒂利亚公主,马修破坏了炸车计划,泄露了机密,也因此被判处十年的刑期。马修的政治理想主义却吸引了莎拉·安德鲁斯(Sara Andrews)的注意。莎拉是芝加哥黑人政治家萨米·司各特(Sammy Scott)的秘书。莎拉说服萨米在下一次竞选中可以以此作为政治诱饵,于是萨米·司各特和莎拉开始斡旋,花费了很大力气把马修从监狱中救出来。马修于是开始为萨米工作,并和莎拉开始了一段政治婚姻。而与此同时,黑公主数次被他人求婚,但是由于对马修的爱以及对家族血统的重视,她拒绝了所有的求婚者。进入芝加哥政治圈的马修开始卷入一场场黑暗的政治漩涡。就在他被提名竞选国会议员的那晚,考蒂利亚公主又来到他身边。他们终于对彼此袒露心声,并最终有情人成为眷属。与此同时,他们也意识到应该回到原本的追求种族解放与平等的事业中去。考蒂利亚离开了,马修以为她回到了印度,他则与莎拉离婚,并找了一份苦力活,为新线地铁挖掘坑道,希望通过艰苦的劳动使自己的心灵得到救赎。故事的最后,马修在公主的召唤下回到了自己的家乡——弗吉尼亚。原来黑公主并没有回到印度,而是去了马修的老家,拜访了马修的母亲,并在那里生下了她与马修的

---

① 杜波依斯:《黑公主》,谢江南等译,北京:中国对外翻译公司,1998 年,第 6 页。

爱情结晶。而他也将成为布旺德普和辛德拉巴德的邦主,也被寄予了厚望——是一切有色人种的使者和救世主。

在杜波依斯的小说中,事实是他进行科学假设和演绎的基础,因此虚构与真实的界限常常是模糊的,在诸多主人公身上都可以看到现实历史中的人物影子,而他对社会与人物的态度也体现在其叙述之中。在《黑公主》中,佩里格显然就是杜波依斯要批评的一个对象。哈莱姆的第五大道,那是一个"嘈杂混乱,被贫困和罪恶困扰的地方"①。马修便是在这里见到了佩里格。"他是个黄种人,很瘦,中等个子,两眼炯炯有神。他总在忙着,说着,做着手势,抽着烟。"②马修第一次见到他时,就暗自评价:"这人不适合做领导,他太爱夸张了。"③确实,佩里格计划对三K党进行报复,在私刑地带实施恐怖袭击,他异想天开,不负责任,又盲目冲动。这样的描述很容易让人想起杜波依斯曾经的同事沃特·怀特(Walter White),他在 1929 至 1955 年间担任全国有色人种协进会的首席秘书。在自传中,杜波依斯认为沃特·怀特是一个身材矮小的人,同时他描写道:

> 他是我见过最自私的人,他极端以自我为中心和自高自大,而他几乎意识不到这点,他似乎真的相信,他个人的利益和他的种族、团体的利益是一致的。这样就使得事情出奇地复杂化,因为为了达到他的目的,他往往是绝对不择手段的。④

杜波依斯对沃特·怀特担任全国有色人种协进会的领导人并不满意,他对其为人和政治思想并不信任,甚至认为他私下与三K党合作来达到自己个人的目的。

杜波依斯与马库斯·加维在现实生活中同样持有不一样的观点,并有公开的冲突。在小说中,佩里格的住处和工作场所在哈莱姆的第五大道。事实上,马库斯·加维创立的全球黑人进步协会(Universal Negro

---

① 杜波依斯:《黑公主》,谢江南等译,北京:中国对外翻译公司,1998 年,第 42 页。

② 同上书,第 44 页。

③ 同上书,第 45 页。

④ 杜波依斯:《威·爱·伯·杜波依斯自传》,邹得真等译,北京:中国大百科全书出版社,1996 年,第 264 页。

Improvement Association)就在哈莱姆的中心。

有学者认为，"在柏林发生的故事——受压抑者的反殖民聚会——是以1911年6月由英国道义文化运动在伦敦组织召开的世界种族大会为原型的"①。主人公黑公主是一位"有着布尔什维克倾向和世界主义思想的现代主义者，同时她也是一位反对帝国主义的有色人种委员会的领袖"②。对于她的原型，也有学者做了研究。根据杜波依斯的同事玛丽·怀特·欧文顿（Mary White Ovington）的回忆，确有这样一位印度公主的存在：

> 我想，在1911年，在伦敦第一次全球种族大会的最后一次会议上，当她走下舞场的阶梯时，我见到了这位黑色印度公主。在公主的旁边，是这次会议最尊贵的人物之一，伯格哈特·杜波依斯。他们认真地讨论着种族问题。这位印度公主是否停留在了这位美国黑人的记忆中，并最终成为其仲夏夜之梦中的仙后呢？③

学者霍米·巴巴则认为黑公主的原型很可能是来自印度孟买的伯黑喀姬·卡玛夫人（Madame Bhikaji Cama），她出生在富有的印度祆教徒家庭，是个激进的印度独立事业革命者，从1902年就流亡到欧洲，最终在巴黎安顿下来。1907年的夏天，杜波依斯曾在英国和欧洲短暂逗留。当年8月，伯黑喀姬·卡玛夫人参加了在斯图加特举办的国际社会主义者会议。霍米·巴巴认为杜波依斯很有可能通过报纸或者好友听说过这位魅力非凡的印度夫人。④　不难发现，学者们都倾向于将杜波依斯小说中的元素与现实生活中的事件、人物联系起来加以分析。正如杜波依斯在《黑人艺术的标准》中提出的那样，罗曼史就是在真实与令人激动的事件中产生的，他善于在现实素材中提炼出可以承载其宣传艺术的元素。

诚然，《黑公主》是"奇妙的组合，夹杂着直白的宣传与阿拉伯地区的故

---

①　霍米·巴巴：《黑人学者与印度公主》，生安锋译，《文学评论》，2002年第5期，第173页。

②　同上。

③　Mary White Ovington, "Review of *Dark Princess*", *Chicago Bee*, August 4, 1928; quoted in Arnold Rmapersad, "Du Bois's Passage to India: Dark Princess," in *W. E. B. Du Bois on Race and Culture: Philosophy, Politics, and Poetics*, ed. Bernard W. Bell, Emily Grosholz, and James B. Stewart, New York: Routledge, 1996, p. 165.

④　参见霍米·巴巴：《黑人学者与印度公主》，生安锋译，《文学评论》，2002年第5期，第173页。

事,社会现实主义与离奇的罗曼史,对于漫不经心的读者来说是一个挑战"①。但对于有心的学者而言,其中却包罗万象。与其说这是一部罗曼史,不如说这是以罗曼史为载体,阐释杜波依斯对泛非主义、种族内部关系、世界格局等问题的探究与分析。自 1915 年开始,印度民族运动领导人拉拉·拉杰帕特·赖(Lala Lajpat Rai,1865—1928)开始了在美国长达五年的政治逃亡,"他相信,被殖民的印度人民必须接受最优秀的印度经典思想与文化的教育,从而为印度的政治独立做好准备"②。他后来成了杜波依斯可信任的朋友,并成为杜波依斯在印度政治问题上的导师。根据学者拉波塞德的研究,在《黑公主》出版前,杜波依斯把全稿寄给了拉杰过目。《黑公主》独特的政治性与宣传性,从这件事情上便可见一斑。

值得注意的是,在《黑公主》中杜波依斯的批评矛头,除了对准来自白人的压迫,也指向了帷幕之内有着不同政见与想法的黑人,即种族界限中的种族界限。作为奴隶后代的马修在黑公主所属的充满贵族的组织中,其实也受到了歧视。在一开始进入考蒂利亚所在的组织时,马修"突然感到,隐隐约约,在有色人种内部也有肤色的界限,这是偏见中的偏见,他和他的民族又一次成了牺牲品"③。种族界限内部除了歧视之外,还有唯利是图的野心与犯罪。白人的腐败在黑人身上产生了很大的影响,他们中的一部分人以金钱为追求目标,变得唯利是图,比如芝加哥政客萨米和莎拉。杜波依斯描述这样的黑暗面其实也是希望做出更好的对比,黑人群体想要崛起,必须要付出艰辛的劳动,还需要有个人牺牲精神,就如马修与黑公主所做的那样。

也许扎实的社会科学研究能力给了杜波依斯令人惊叹的预知能力,在小说的最后,公主写信召唤马修回到弗吉尼亚,并预言:"我深信……,到 1952 年,这个黑暗的世界必将挣脱枷锁,走向光明。"④众所周知,1955 年万隆会议召开,亚非国家和地区联合起来,商讨共同抵制帝国主义与殖民主义,这是一项被认为预示着后殖民时刻到来的重要的世界性大事。遗憾的是,杜波依斯虽然几乎预言了这光明时刻,但那时候他却因为被美国政府扣

---

① Arnold Rampersad, *The Art and Imagination of W.E.B. Du Bois*, Cambridge: Harvard University Press, 1976, p. 204.

② 霍米·巴巴:《黑人学者与印度公主》,生安锋译,《文学评论》,2002 年第 5 期,第 171 页。

③ 杜波依斯:《黑公主》,谢江南等译,北京:中国对外翻译公司,1998 年,第 21 页。

④ 同上书,第 313 页。

押护照而无法参加万隆会议。正如学者斯皮瓦克（Gayatri Spivak）所言，《黑公主》的时间背景是 20 世纪 20 年代，杜波依斯创作的时期是"作为殖民地世界的一员在展望后殖民时刻"[①]。事实上，他不仅仅在展望后殖民以及非殖民化的时刻，他更认为黑人种族、有色人种是推动这一时刻的重要力量。

　　这部作品最大的特点也是其颇受诟病的原因所在，那就是它将种族平等带来的普遍满足感与个人的性爱欢愉结合在一起，黑公主与马修的情爱描写使批评家们颇有微词。但是，从更深一层来看，这使种族政治与个人欲望有了紧密的联系。《黑公主》可以说是对杜波依斯提出的黑人艺术标准的典型实践，充分阐释了主人公特别是马修如何通过参与种族政治"获得爱与享受的权利"。马修对黑公主的爱慕并不仅仅是一种感官与肉体层面的青睐，他为其高贵的灵魂和品格折服，对其能力和智慧无比崇拜。马修从一开始来到德国就是因为"不能也不愿再忍受在美国的生活了"[②]。但是，对黑公主的崇拜与热爱使得他勇敢地返回美国，并投身到种族解放的事业中去。对这位社会地位远高于他的女人一见倾心，使马修激起了"对战斗的向往，对广博胸怀的艳羡，对帮助的渴望，对伟大的建设性行为的慕求"[③]。这种渴求颇具英雄主义情怀，同时又有浓厚的罗曼史色彩，仿佛中世纪的一位将军带着骑士般的热情与勇气虔诚地为高贵纯洁的公主奉献自我。最后马修虽然没有通过自己的智慧和能力解决黑人种族面临的各种问题，但是他获得了黑公主的爱，并有了爱情的结晶，他们的孩子也将成为全世界有色人种的希望。在整个过程中，种族奋斗的事业与马修个人的爱情生活紧密交织在一起。

　　杜波依斯在提出黑人的艺术标准时就认为政治诉求只是手段，最终的目的是个人爱欲的实现。将情感诉求归置到艺术与宣传之中，这使得杜波依斯的作品总会充满激情与浪漫。这也似乎映照出杜波依斯本人的生命哲学，他通过在自然科学界和文学界扬名，继而振兴整个黑人种族，来获得自身的价值实现和满足。因而，在这个过程中，人们总能感受到他对事业的忠贞热爱以及鞠躬尽瘁的献身精神，那本质上是对实现自我价值的不懈努力。

[①]　Gayatri Spivak, *Death of a Discipline*, New York: Columbia University Press, 2003, p. 98.

[②]　杜波依斯：《黑公主》，谢江南等译，北京：中国对外翻译公司，1998 年，第 3 页。

[③]　同上书，第 41 页。

综观杜波依斯的长篇小说,几乎都会涉及种族政治与个人爱欲的紧密联系。无论是佐拉与布莱斯,黑公主与马修还是"黑色火焰三部曲"中的琴·杜比侬与曼努埃尔,杜波依斯倾向于以男女主人公的婚姻与爱情的结合作为对种族问题的调和。一方面,这体现了杜波依斯对个人爱欲权利的重视,体现了他强调的宣传的目的,即实现"爱与享受"的信条。另一方面,这也体现了杜波依斯的基本创作构思。他笔下的女性主人公真诚、善良且美丽,与男性配角相比,她们既传统又革新,具有强大的人格魅力和吸引力。这样的黑人女性形象很容易与黑人文化联系起来(第四章将对这样的联系做详细说明)。杜波依斯倾向于将黑人文化的活力与特色付诸黑人女主人公身上,以婚姻或者爱情作为象征,通过完美的黑人女性与作为配角的男性结合来隐喻黑人英雄主义精神,这种精神是推动世界文化发展的重要因素。这种创作构思在《黑公主》中得到了最大程度的发挥,在小说的结尾甚至出现了弥赛亚式的救世主情节。黑公主与马修的孩子,作为有色人种结合的结晶,作为亚洲与非洲文化的传承者,被颂扬为"佛陀之子的化身""一切有色人种的使者和救世主"①。

第三节　黑色火焰三部曲:历史与真理

当前两部小说出版的时候,杜波依斯希望通过小说使自己的思想为更多的读者所了解。虽然两者的销量使杜波依斯颇为失望,但杜波依斯依然没有停止写更多小说的设想与尝试。20 世纪 30 年代,他曾计划写一部关于黑人教堂的小说,讲述其历史、问题、领导者以及追随者。1935 年,也就是《美国黑人的重建》得以出版那年,杜波依斯在写给埃德温·恩布里(Edwin R. Embree)②先生的信件中透露,自己准备写一部新的小说,背景将会是亚特兰大。③ 在杜波依斯看来,亚特兰大在内战之后有重大的发展,黑人获得投票权使其有了政治上的发展机遇,那些在战后利用南方不稳定

---

① 杜波依斯:《黑公主》,谢江南等译,北京:中国对外翻译公司,1998 年,第 329 页。

② 罗森瓦德基金(Rosenwald Fund)的主席,该基金也曾资助杜波依斯开展非洲百科全书的编撰计划。

③ W. E. B. Du Bois, *The Correspondence of W. E. B. Du Bois*, Vol. 2, Selections, 1934 - 1944, ed. Herbert Aptheker, Amherst:University of Massachusetts Press, 1976, p. 73.

局势谋利的人(统称 Carpetbaggers)与穷白人的联合又使城市在经济上有了新发展。它已经成为美国最大的经济剥削中心之一。杜波依斯认为可能需要一个三部曲才可以将他设想的内容涵盖。在 1943 年,杜波依斯在写给弗兰克·泰勒(Frank E. Taylor)的信中坦言,他正在写一本小说,"着重阐释的是黑人大学的领导者"①。1944 年,杜波依斯离开了亚特兰大大学,而这本关于黑人大学领导者的小说也没有完成。这些未完成的设想最后都在黑色火焰三部曲中得以体现,可以说,三部曲虽然在其生命最后的几年里写就,实则却经历了数十年的酝酿。用杜波依斯自己的话说,这是"采用历史小说的方式",将他"花了半世纪工夫进行思索、研究和活动的一段时期的史实从头到尾叙述一番"②。

黑色火焰三部曲是杜波依斯分别于 1957 年、1959 年和 1961 年刊出的三部小说:《孟沙的考验》《孟沙办学校》《有色人种的世界》。以孟沙家族为缩影,三部曲展现了从 1876 年到 1954 年,也即重建之后,美国黑人的历史境遇。三部曲以小说形式面世,却集历史、想象、社会评论、政治批评,甚至自传于一身。这可以说是杜波依斯最后一次深刻思考美国黑人问题,也是他对毕生所诉求的真理的最终总结。黑色火焰三部曲描述了黑人曼努埃尔·孟沙(Manuel Mansart,1876—1954)从出生到死亡,以及他家祖孙四代的经历。1876 年,曼努埃尔·孟沙出生在南卡罗来纳州的查尔斯顿,就在他出生的那晚,父亲汤姆·孟沙因为保护一名白人上校夫人而招来杀身之祸,被白人暴徒枪杀在自己家门口。外祖母蓓茜为刚出生的他取名曼努埃尔,寓意"黑色的火焰"。③

重建后期的南方,三 K 党势力日益猖狂,种族歧视的法则层出不穷,"前南方政府要员的重新出山,若断若续的农业萧条,地主和商人的欺侮以至凌虐,繁华都市和其他地方谋生有道的风闻,这种种都刺激黑人大批离开

---

① W. E. B. Du Bois, *The Correspondence of W. E. B. Du Bois*, Vol. 2, Selections, 1934 - 1944, ed. Herbert Aptheker, Amherst: University of Massachusetts Press, 1976, p. 361.

② 杜波依斯:《孟沙的考验》,蔡慧等译,上海:作家出版社上海编辑所,1966,第 403 页。

③ 在《圣经》中,Manuel 是 Emmanuel 的简称,也就是"上帝与我同在"的意思。学者克里斯蒂安(June Cara Christian)在文章《理解黑色火焰以及多代教育创伤》("Understanding the Black Flame and Multigenerational Education Trauma")中提出,杜波依斯写作三部曲的时候,他们家曾雇用了一位名叫 Manuel Giovanni 的花匠,但是在 1955 年的时候,她死于白血病。杜波依斯一家与其关系甚好,杜波依斯的继子甚至曾为其献血,克里斯蒂安认为也许杜波依斯亦是为了纪念她,才将 Manuel 作为小说主角的名字。

南方农村"①。从 1879 年开始,成千上万的黑人开始了大迁徙,去寻求自由的土地和货币工资。因为著名的废奴主义者和反奴隶制的领袖约翰·布朗曾在堪萨斯进行的自由斗争,使曼努埃尔的外祖母蓓茜相信,那是"黄金般的西部"。重要的是,亚特兰大也在西行的路上,曼努埃尔可以在那里读书。曼努埃尔刚学会走路的时候,他的母亲就带他来到了奥古斯塔,在鲍尔温(Sophocles Thrasymachus Baldwin)博士家的后院住下。过了一年,他的外祖母也来了。在曼努埃尔 6 岁的时候,他们一家又搬离奥古斯塔,他的前 10 年就在奥古斯塔和雅典度过。在他 12 岁的时候,外祖母蓓茜去世了。曼努埃尔 14 岁就进了"大学",这其实是黑人的高级中学加上大学预科。然后曼努埃尔进入亚特兰大大学学习,并在佐治亚的一个小镇当上了教师。他的个人发展与佐治亚地区的发展也联系在一起,他逐渐成为当地黑人教育系统的领袖。1903 年,他成了佐治亚州黑人农业技术学校的校长。这样的位置也使他迅速与当地的白人产生了矛盾。孟沙不断地被种族问题困扰,他同时又对佐治亚以外的世界充满了好奇,事实上甚至是对美国以外的世界充满了好奇。欧洲文明的伟大一方面吸引着他,另一方面又似乎让他感到害怕。1936 年,孟沙在 60 岁的时候,在其事业上的好帮手(后来也成了其第二任妻子)琴·杜比侬的帮助下实现了去国外游历学习的梦想,他先后去了英国、法国、德国、苏联、中国和日本。

孟沙成年后娶了一位女孩苏珊,她也有着非常卑微的出身。他们的个性、爱好有着诸多不同,他们的婚姻虽然有着难言的无奈,却也幸福地维系着。他们的四个孩子,逐渐长大并开始拥抱各自的命运。大儿子道格拉斯对工作干劲十足,对于未来和自己的职责有着明确的想法,他厌恶南方的吉姆·克劳社会,一心奔向北方芝加哥,在那里的保险公司任过职,参加了政治俱乐部、出席会议,最后他成了芝加哥民主党派的一位政客。二儿子勒弗尔斯(Revels)是按密西西比州第一个黑人参议员取的名,他为人沉着,很有自己的想法,却不轻易表达,后来他与一名白人女性玛丽结婚了。婚后的日子却并不顺利,因为无论是在黑人群体还是白人社区,他们都不受欢迎。生活的艰辛使得他们最终分开了。从此,勒弗尔斯开始发奋学习,获得学士学位后,他又继续攻读法学。后来他成了一名律师,和别人合伙开了律师事务

---

① 杜波依斯:《孟沙的考验》,蔡慧等译,上海:作家出版社上海编辑所,1966 年,第 133 页。

所。他又与一位市立学校的黑人女教师结了婚,但却苦于无法生育。1930年,这位黑人女教师从外面领回来一个五岁左右的男孩子,他们此后的日子过得辛苦却也幸福。但最后,领养的儿子在第二次世界大战中自杀而亡。第三个儿子布鲁斯(Bruce),英俊潇洒却生性古怪,他起先是学校的足球明星,但因为在街上与一位白人发生冲突,被关进了监狱并招来一顿暴打,从那以后,他的性情大变,也患上了头痛病。出狱后,他一心要去西部,在经历了工作、杀人、越狱、流浪、赌博等一系列困境后,最终在堪萨斯被处以绞刑。女儿索裘娜(Sojourner)是在亚特兰大暴乱后才出生的,娇小玲珑,特别害羞,一开始长得也确实不太好看,总是喜欢默默独处。她与父亲有许多志同道合的地方,尤其是他们都钟爱音乐,特别是黑人民歌。她曾跟着马克斯·罗森非尔斯先生学习小提琴,后来和一位事业蒸蒸日上的牧师罗斯福·威尔逊结婚了,威尔逊最后成为得克萨斯州的主教。随着岁月的流逝,索裘娜也逐渐变得美丽迷人。

　　除了孟沙一家,杜波依斯也塑造了其他几个白人家庭,他们分别代表着商人、贵族、教育家和劳动者家庭,比如布雷坚立治上校(Colonel Breckinridge)一家、鲍尔温博士一家、穷白人史克洛格斯(Scroggs)一家等。他们几个家庭又因为种种关系,联系在一起。曼努埃尔的父亲汤姆·孟沙因为保护布雷坚立治上校夫人而被白人暴徒枪杀。曼努埃尔在事业与家庭上的最大帮助来自第二任夫人琴·杜比依。她是一个有着一部分黑人血统的白皮肤女人。她对黑人有着天生的亲近感,所以她选择违背家庭的意愿,在公众场合宣称自己是黑人,她与布雷坚立治上校夫人来自同一家族。阿诺德·瓜贝尔(Arnold Coypel)的女儿佐伊,嫁给了亚伯·史克洛格斯(Abe Scroggs),也是由于佐伊,孟沙的三儿子布鲁斯进了监狱,最终被送上了绞刑台。富裕的约翰·鲍尔温是老鲍尔温博士的儿子,他是孟沙学校的理事(托管人),在学校的运转方面,对孟沙而言他有时是帮手,有时却是障碍。约翰·庞尔斯(John Pierce)和约翰·鲍尔温是商业上的两个巨头,几乎控制了佐治亚的经济和政治。他们的决定不但会影响到孟沙学校的运作,还会影响到黑人群体的日常生活,比如就业和工资。

一、书写历史——真实与虚构

　　杜波依斯曾在1925年的时候,发表过一篇短文《有色人种的世界》

("Worlds of Color"),后来这篇文章经过修改重新发表在洛克的文集《新黑人》中,并重新命名为《黑人思想延伸》("The Negro Mind Reaches Out")。黑色火焰三部曲中探讨的帝国主义、殖民主义与黑人劳动者问题的确都与之呼应。除此之外,在《黑人思想延伸》这篇散文中,杜波依斯认为,白人劳动者对有色人种的态度很大程度上是源于长期持续的宣传与流言蜚语。宣传使得种族歧视变得名正言顺,也因此愈演愈烈。"诗人与小说家的宣传,罗曼史的怪诞拼凑,科学家们的一知半解,政治家的伪科学——所有这些,与大多数人虚构出来的诸多劣势联合起来已经铸就了一道几个世纪都难以推倒的高墙。"①杜波依斯将生命最后创作的作品以《有色人种的世界》命名,从某种程度上说,是对自己一直秉承的创作思想的一次回溯与提炼。黑色火焰三部曲是要肃清资本主义与种族问题之间方方面面复杂的联系,通过反种族歧视的宣传小说来将横亘在黑白种族间的这堵无理蛮横的高墙推翻。这可以说是杜波依斯对"一切艺术都是宣传"标准的最后实践。

在原稿草稿中,杜波依斯给黑色火焰三部曲写了一个副标题:美国黑人历史的罗曼史(A Romance of the History of the American Negro)。②联系杜波依斯在《黑人艺术的标准》中提出的看法,就不难看出他对罗曼史的偏爱。在回顾了德属东非战役后,他指出:"罗曼史就是从这些真实而令人激动的事件中产生的,从这些事件中人们迸发激情,他们开始牢记这些素材是属于他们的,他们自身的活力在召唤他们前行。"③他认为:"世界的罗曼史没有消失,没有被遗忘尘封于中世纪;如果你希望罗曼史与你有关,那么你必须在此时此刻拥有、把握它。"④在杜波依斯看来,罗曼史充满着为正义奋斗与牺牲的精神,这就是杜波依斯一生的追求与写照。杜波依斯最钟爱的《黑公主》就是一部罗曼史,《夺取银羊毛》亦有着罗曼史的倾向。就黑色火焰三部曲的故事情节而言,这的确又是一部一般意义上的罗曼史,孟沙与琴·杜比侬最终走到了一起,并结婚了。

---

① Du Bois, "Worlds of Color," *Foreign Affairs* 3, No. 3, 1925, pp. 423–444; Du Bois, "The Negro Mind Reaches Out," in *The New Negro*, ed. Alain Locke,1925; reprint New York: Atheneum, 1989, pp. 385–414.

② W. E. B. Du Bois, "The Black Flame, fragments and notes", Du Bois Papers, University of Massachusetts-Amherst, Series: Novels, Reel 87.

③ W. E. B. Du Bois, *Du Bois: Writings*, New York: Library of America, 1986, p. 997.

④ Ibid., p. 996.

　　杜波依斯最终没有用罗曼史来做三部曲的副标题，也许正如他自己在后记里提到的，他尽力做到的是事实多于猜想。他希望读者更多地关注历史与事实以及它们所展现出来的真理。这本书的确也展现了杜波依斯本人最伟大的品质之一，那就是令人惊叹的坦诚。杜波依斯展现的大多是其亲身经历的历史事实，无论是对华盛顿的辛辣描写还是对全国有色人种协进会工作的点评，又比如对 1900 年亚特兰大城市大火的描写。1900 年 5 月22 日的《纽约时报》也报道了这次大火，那时候，杜波依斯一家正住在亚特兰大。从某种程度上说，也许黑色火焰三部曲算不上是一部好的历史小说，但却不失为一部重要的作品，因为杜波依斯对美国种族关系混乱历史中最关键的一段时期做了较为客观的描述，给出了他的看法。

　　大卫·布莱特（David Blight）认为，杜波依斯的历史书写"不仅仅是谴责历史学家们把黑人置身于美国历史之外。他实则是努力修复自己种族的历史，同时，他坚信这将丰富美国的历史"①。著名历史学家赫伯特·阿普赛克也认为："相较于历史学家（historian）来说，杜波依斯博士更多的是一个历史书写者（history maker）。这两者相互交织，但是，成为历史书写者的激情决定了他的书写，而他的书写又反过来缔造了历史。"②的确，作为宣传者的杜波依斯是竭力将黑人文化与历史中隐身的或者很少为人所知的一面呈献给读者。黑色火焰三部曲很容易让人与其前面的创作联系起来，杜波依斯选择从 1876 年开始讲述故事，显然是希望与《美国黑人的重建》承接起来。但这一次杜波依斯并未采用实证主义的方式，而是赋予了三部曲历史小说的形式，它又比纯粹的历史调查多一份深意。

　　历史小说作为一种文学体裁，是在 18 世纪早期，随着英国作家司各特（Walter Scott）的作品得以流行。乔治·卢卡奇在《历史小说》（*The Historical Novel*，1963）中阐释了历史小说的标准和价值。他认为主角必须是一个普通人，因为"只有平凡人的日常生活——快乐与忧愁，哭泣与迷茫——才能展现出宏大且多面的时代存在"③。当读者看到"一部分人类的

<hr />

①　David W. Blight，"W. E. B. Du Bois and the Struggle for American Historical Memory" in Genevieve Fabre edited，*History and Memory in African-American Culture*，Oxford University Press，1994，p. 46.

②　Herbert Aptheker，*Afro-American History：The Modern Era*，New Jersey：Citadel Press，1971，p. 47.

③　Lukacs Gyorgy，*The Historical Novel*，Boston：Beacon Press，1963，p. 36.

个人命运正好与历史危机的决定性情境吻合或者交织的时候,历史危机就不再抽象"①。卢卡奇通过对司各特小说的分析重估了这种小说题材的价值,因为它使读者重新体验一次那些让他们去思考、感知与行动的社会环境与人类动机,就像他们真的身临其境一般。黑色火焰三部曲很大程度上遵循了卢卡奇提出的历史小说应该遵循的"文学化描述准则"②,一些看似不重要的社会关系、事件实则比宏大叙事更加具有说服力,应该启用小的人物关系来展现社会与人类行为的动机。在三部曲中,杜波依斯将几个家庭的人物经历娓娓道来,他们在历史中挣扎,同时也为历史加上独特的注脚。

历史小说讲述的是过去发生的事情,但是没有人知道所有事情完完整整的真实面貌,即使当时的对话有档案记录,人们也无法知道其中说话者的真实语调和脸部表情等。历史小说的任务就是重建事件发生的情景、过程以及参与者,使得它得以在现在存在。但是对历史事实的抉择权在于历史小说的作者本身。无论是事实多于虚构还是虚构多于事实,最终都是历史小说的作者通过对文字和材料的选取,来表达自己的思想。除了记录在历史视域下的人物与事件外,杜波依斯也呈现了不同的阶级、种族在全球政治与社会变革下的经历,所以在小说中也呈现了那些现实中不确定、未发生或者尚未发生的事件和思想,正是从这个意义上来说,杜波依斯书写了历史。正如杜波依斯自己所说,因为时间不多,采用历史小说的方式可以使一切想要阐释的事件得到较为完整的呈现。如果这种方式使杜波依斯可以填补因为历史研究得不够或者无法深入而造成的断裂,那么他通过不断地在宏观历史与个人经历间的循环往复、交织叙述,也使历史小说本身得以丰富。

在黑色火焰三部曲中,杜波依斯"科学假定"了不同社会阶层和背景的人物,这显然有利于他全面地呈现黑人在美国社会生活中的方方面面。可以说,杜波依斯运用万花筒一般的视角,通过一些可以在其生命中找到原型的角色以及他对黑人问题的思考来回溯黑人历史以及经历。故事情节实则是作为一条引线,将在不同时间段发生的真实历史事件与虚构的人物联系起来,比如:1892年,孟沙16岁,他在那年开始注意萨巴斯兴·道义尔的活动。道义尔是佐治亚东南部镇上的一名传教士,与当时激进派议员汤姆·

---

① Lukacs, Gyorgy, *The Historical Novel*, Boston: Beacon Press, 1963, p. 41.
② Ibid., p. 42.

华德生的关系很密切。孟沙听了布克·华盛顿先生1985年9月18日在亚特兰大的演讲,华盛顿劝告黑人对待社会平等问题应该要"像五个指头一样分开"。1896年3月1日,报纸上没有提及埃塞俄比亚击溃意大利的消息,全靠孟沙的老师不经意间提及,孟沙认为这个事件是对华盛顿妥协的处世哲学的一个反击,对待压迫与侵略就应该奋起反抗。与前面两部罗曼史不时影射历史不同,黑色火焰三部曲发展的根基是扎扎实实的历史史实,其中囊括了美国政治、经济体系、黑人宗教、艺术、文学等方方面面的信息。历史人物有知名的不知名的,有的换了姓名,有些姓名稍作更改,都被杜波依斯巧妙地融入了小说之中,比如布克·华盛顿、西奥多·罗斯福、希特勒、斯大林等。甚至杜波依斯本人也摇身一变,以詹姆斯·伯格哈特(James Burghart)博士的身份出现。他们的出现并非作为故事情节的注脚,而是切实地参与到历史中去,甚至直接影响历史。杜波依斯也对重要的历史事件进行了描述,比如1906年的亚特兰大暴乱、第一次世界大战、哈莱姆文艺复兴、1929年美国经济的崩塌、1954年最高法院废除分离政策、第二次世界大战等,这些都足见黑色火焰三部曲的雄心壮志。除了历史中的"大人物"和"大事件"之外,杜波依斯还引入了诸位似乎被黑人历史淡忘的小角色以及他们在历史进程中的贡献,比如汤姆·瓦特森(Tom Watson)、塞巴斯蒂安·道义尔(Sebastian Doyle)和沃克夫人(Madame Walker)等,他们其实在黑人经济和政治生活中起到了非常重要的作用。在曼努埃尔·孟沙上高中的时候,汤姆·华德生领导了反对资本主义的运动。杜波依斯给予了这个历史人物非常详细的描述。特别是他与道义尔的密切关系,后者成了他的导师和朋友。他们两个人联合起来对抗了南方经济与种族的问题根基。

但是杜波依斯坦言,

本书虽然是根据文献资料上确凿可靠的事实写成,但并非历史。相反地,我用了虚构的情节来表现那些历史事实,要不这么做,那些历史事实就说不清楚。此外,为了把无人知晓,也无从知晓的历史写成一个层次分明的故事以飨读者,我在若干地方也凭空杜撰一番。少数地方,在历史时间的原来次序上,在人名和地名上,也稍作无关紧要的更改。不过,依我看,这些变更没有一处地方改动了主要的历史背景。①

杜波依斯在生命的最后选择用小说的方式呈现历史并非偶然,有着其不可抗拒的客观原因,也与他通过一生的思考对历史、真理的理解有着密切的关系。从客观上考虑,在出版三部曲的第一本书时,他已经89岁高龄。开展社会历史研究需要大量的资金支持,而这是杜波依斯所欠缺的。正如杜波依斯自己所说:"如果我有时间和金钱的话,就要继续这种纯历史性的研究。可惜没有这个机会,我的日子也快到了头。"②从他对历史与真理的思考来说,杜波依斯同时明白,没有真正完整的真相。

> 我开头尽力设法搜集确凿可靠的事实……还漏掉不少东西,事实上是漏掉了大部分东西:当时人们转的是什么念头,真正用的是什么词汇,驱使他们的是什么感情、什么动机,这一切我都不知道,大部分不会有人知道。③

正因为这些因素,杜波依斯更倾向于把自己的作品叫作小说而非"历史"。但也许正是因为杜波依斯最初就是本着尽力呈现真实历史的初衷来创作的,相较于前两部,这部小说少了浪漫的过程与积极的结尾,多了些悲观的色彩。

三部曲的最后一部《有色人种的世界》很容易让人与杜波依斯的第二部小说《黑公主》联系起来。在这两部作品中,主人公都有过在国外的见闻和历练,书中都有对德国、法国、俄罗斯、中国和日本等地的描写。但是,尽管相似之处不少,他早期小说中现实主义与浪漫主义之间的张力在黑色火焰三部曲中已经不复存在。杜波依斯放弃了浪漫主义,他也似乎放弃了个人英雄主义,不再赋予个人以超越历史的能量。在这里,历史中的卑鄙小人也许会显而易见,但英雄已经不会被描写得那么明显。故事中的主人公面对社会经济的巨变也会表现得迷茫无奈甚至无力。作为主角的曼努埃尔·孟沙,见证了诸多历史事件,但是他似乎又游离在历史之外。因为像他这般的

---

① 杜波依斯:《孟沙的考验》,蔡慧等译,上海:作家出版社上海编辑所,1966年,第402页。
② 同上书,第403页。
③ 同上书,第403页。

人物，就如瓜贝尔一样，作为新兴的普通黑人中产阶级，在强大的历史力量面前并不能做什么。就像阿诺德·拉波塞德所认为的那样，杜波依斯在晚年"努力想要在自己的创作中清除自我对话，也避免刻意将自我塑造成一个英雄形象，这种规律从世纪初开始就存在于其宣传文学中，并一直发挥着重要作用。"①

二、构筑真理——个人与历史

杜波依斯对黑人经历的创作主要有两种形式，罗曼史与历史小说，前两部小说都可以看作罗曼史。杜波依斯自认为《黑公主》是"带着信条的罗曼史"，《夺取银羊毛》是一项"经济研究"，这两部小说都以主人公浪漫的爱情为主要线索和故事发展的动力。黑色火焰三部曲作为历史小说，从风格来说，也有诸多的不同，"语气更为亲和，句子更为简短，显然也更为现实"②。

通过黑色火焰三部曲可以发现，无论杜波依斯处于怎样的心境和历史境遇中，无论采用怎样的文学体裁和叙述方式，他对真理的诉求一直没有改变。在杜波依斯看来，这个社会有主流白人的生活，也有默默无闻的黑人——那些不断发展的饮食业职工、教师和大管家，他们也有着平凡而真实的悲欢离合。"但是这幅画面并不叫费城的白人，或是美国的白人感觉兴趣。他们忘了注意美国生活的这一片面。像一贯那样，他们甚至根本不知道有它存在。因此，美国黑人也忽略了美国白人所忽略的情况。"③这正是杜波依斯所关心的宣传总是倾向于一方面，另一方面却是空白无声的。一直以来，白人世界通过对《圣经》别具用心的阐释，通过伪科学，以及文学的虚构来诋毁黑人的形象。在 20 世纪初，特别著名的反黑人作家，比如托马斯·纳尔逊·佩奇（Thomas Nelson Page）、小托马斯·迪克逊（Thomas Dixon, Jr.），他们的作品丑化黑人，并且刺激了社会丑化黑人的兴趣，这在杜波依斯看来显然是无法沉默对待的。这些丑化也加剧了现实社会中黑人的困难处境，私刑成了黑人的恐怖梦魇。杜波依斯写道："从 1885 年到

①　Arnold Rampersad, *The Art and. Imagination of W. E. B. Du Bois*, Cambridge: Harvard University Press, 1976, p. 263.

②　Richard Kostelanetz, *Politics in the African-American Novel*, London: Greenwood Press, 1991, p. 36.

③　杜波依斯：《有色人种的世界》，主万译，上海：作家出版社上海编辑所，1966 年，第 375 页。

1894 年,有 1700 个黑人遭到私刑。每一个人的死亡都在我心头留下创伤,使我联想到其他少数民族的悲惨境地。"①当白人掌握着言论自由的时候,他们喜欢的是对黑人负面的描写,他们喜欢汤姆叔叔、好的"黑鬼"和小丑。杜波依斯担心:"如果几个世纪以来,幸存下来的黑人就是白人在小说和散文中描绘的那类黑人。那么百年之后的人会怎么评述美国黑人?"②

所以在其著作《美国黑人的重建》的最后,杜波依斯写下《历史的宣传》。他叩问:

> 为什么要写下重建时期的这段历史?是为那将黑人变为奴隶的民族洗刷耻辱吗?是为了证明北方有着比解放黑人更崇高的动力吗?是为了显示黑人是黑色天使吗?都不是,仅仅是为了铸就真理,而将来,在其之上,正义将被造就。③

通过黑色火焰三部曲,杜波依斯展现了历史的变化是如何真切地影响了普通黑人在美国的生活。的确,曼努埃尔·孟沙不再是一个可以以一己之力力挽狂澜的人,他只是一个新兴的中产阶级,他只是杜波依斯呈现的社会阶层方方面面中的普通一员。他所思考、痛苦的问题也正是千千万万普通美国黑人所遭遇的问题。

杜波依斯用极具同情心的视角看待社会中普通的个人,甚至是作为穷白人的史克洛格斯,这样的同情也体现在曼努埃尔·孟沙身上。尽管史克洛格斯在幼年时就曾对自己非常不友好,但在孟沙看来,史克洛格斯"穿得不体面,窘得不堪设想,饱尝了辛劳、穷困、痛楚,给折磨得好苦,正在拼命奋斗,打算带着家属、朋友和种族一起飞黄腾达"④。孟沙因为看到了他的不堪,也就包容了他的势利,甚至想要与他交谈并希望获得他对黑人的支持。这一切在孟沙的孩子看来,简直就是如"汤姆叔叔"一般的行为。大儿子道

---

① W. E. B. Du Bois, *Dusk of Dawn: An Essay toward an Autobiography of a Race Concept*, New York: Harcourt Brace, 1940, pp. 29 - 30.

② W. E. B. Du Bois, *Du Bois: Writings*, New York: Library of America, 1986, p. 999.

③ W. E. B. Du Bois, *Black Reconstruction in America*, New York: The Free Press, 1992, p. 725.

④ 杜波依斯:《孟沙办学校》,徐汝椿等译,上海:作家出版社上海编辑所,1966 年,第 209 页。

格拉斯甚至会批评他的父亲胆小，是马屁精，是"白人脚底下的黑鬼"①。孟沙其实并不止一次受到这样的批评。在法国的时候，一位名叫约翰的黑人表达了自己希望回到非洲，像个白人那样统治那里的黑人，孟沙对此表示不解，约翰因而讽刺孟沙："你是一个白人的黑鬼，孟沙，你已经受够了人家的虐待和侮辱，如今已经习惯了，要是你自己有机会来虐待人，你也不知道该怎么办。"②孟沙身上显然有杜波依斯本人的影子，他所受到的批评与杜波依斯一样，马库斯·加维等人也会批评杜波依斯是白人的黑鬼。杜波依斯将自己的经历置放在孟沙身上，是一种反抗、一种交流、也是一种自我辩护。批评者或是对孟沙的不了解，或是自己已经走上了一条压迫黑人的道路。对于孟沙而言，尽管他依然会面临"帷幕"带来的困囿，但他已经开始有意识地把自己看作世界公民的一员，同时也是一位普通的中产阶级。他"开始认为世界是一个统一的居住地。他正在摆脱掉偏狭的种族主义，把自己想成是人类的一部分，而不只是和白人世界对立的一个'美国黑人'"③。

　　尽管主角不再是充满浪漫气息的英雄人物，但是孟沙依然在无奈的历史力量面前保持不懈的奋斗精神，秉承一直遵循的道义准则。杜波依斯通过小说提出也试图解决的是这样一个问题：作为个人，如何通过自身的努力，适应社会与经济结构，同时又能从既定的历史进程中脱离出来，走向一条更为公正公平的道路？孟沙的奋斗历程，与布莱斯和马修不一样，孟沙并不曾经历太多的情感方面的极限考验，诸如欲望、怀疑、绝望和仇恨等，他没有特别经历一个考验心智的戏剧化经历。孟沙所需要的不再仅仅是自身视野、个性和道德力量上的修炼，小说的焦点不再是其个人的成熟与发展。孟沙的经历更多地代表着杜波依斯最深层次的思考，那就是通过自己的实践与努力去探索一条未知的道路。

　　历史离不开生活在其中的人们，以及个人在历史洪流中的道义选择。在故事的一开始，布雷坚立治上校就面临着两难的选择，为了保全自己的利益与地位，面对穷白人和黑人，必须选择对其中之一撒谎，而一直以贵族精神自律的他显然明白撒谎有损其贵族品格。这种道义上的冲突一直贯穿于整个三部曲。孟沙一直遵循心中的道义，对他的儿子们而言，孟沙缺乏勇敢

---

① 杜波依斯：《孟沙办学校》，徐汝椿等译，上海：作家出版社上海编辑所，1966年，第210页。
② 杜波依斯：《有色人种的世界》，主万译，上海：作家出版社上海编辑所，1966年，第46页。
③ 同上书，第92页。

冒险的进取精神,他们都不欣赏父亲的生活方式,选择了各自不同的道路。三部曲呈现了一个平凡的黑人家庭,一个个平凡的美国黑人在历史中的选择,他们被历史影响,也影响着历史,这也许就是杜波依斯所谓的"机会"。

杜波依斯并不认为存在可以被社会科学用数据事实定义出来的法则,并决定着历史的进程与方向,他也不认为有一位超人类的基督控制着人世间的生死枯荣。在杜波依斯看来,真理是由人类铸就的,每一个社会中的人都是历史的参与者,都是真理的铸就者。

第四节　科幻短篇:过去,现在与未来

作为历史学家和社会科学家的杜波依斯在黑人历史的叙述、修复和宣传上做出了有目共睹的贡献,无论是其文学作品还是社会科学调研,可以说他通过撰写黑人历史和文化,将自己"写"入了美国历史。但同时我们不可忽视的是他对黑人未来的预测和描绘。随着近几年非洲未来主义的兴起,非洲未来主义批评方法的日臻成熟,非裔科幻小说引起了越来越多学者的关注。

> 此前少有人关注杜波依斯的短篇小说《彗星》("Comet",1920),也少有人会将美国文学经典如《汤姆叔叔的小屋》《土生子》《宠儿》与"科幻"这一被詹姆逊(Fredric Jameson)称为"资本主义后期至高文学表达"的概念联系起来,但现在,这些旧作在非洲未来主义的观照下呈现出新的意义。①

杜波依斯的科幻短篇《彗星》不仅被不少学者认为是非洲未来主义的先锋,也是美国非裔科幻小说的先锋。

科幻小说,立足于现实基础,杂糅进科学的想象,关注未来,非常符合杜波依斯对黑人艺术的实践。迄今为止,他已有四篇科幻短篇被世人发现,《一个特殊的假期》("A Vacation Unique"),《钢铁公主》,《彗星》以及《公元

---

① 林大江:《西方文论关键词　非洲未来主义》,《外国文学》,2018年第5期,第109页。

2150 年》。其中《彗星》被收录在杜波依斯 1920 年出版的《黑水》文集中，是他生前唯一公开出版的科幻短篇。其余三篇则是由不同学者从其文学遗产中发现整理并公开发表。最早的《一个特殊的假期》是不完整的残存草稿，另外两篇的原始稿件上也有明显的修改痕迹。最新被发现的是 2015 年得以出版的《钢铁公主》。从已有的作品来看，他对科幻小说的实践和热情，从 1889 年开始到 1950 年，断断续续持续了 60 年。在这些作品中，杜波依斯作为极度自省的历史学家，通过科幻小说这一体裁，将先进的科学技术、平行世界的概念、外星球袭击地球的想象、时间穿越等超现实元素融入黑白二元对立问题的思考，杜波依斯积极预测在现代种族问题笼罩下的美国黑人的未来。四部作品虽然都是杜波依斯对黑人未来的预测，但他们却展现了杜波依斯不同时期的不同态度。

　　从现有的资料看，杜波依斯最早的未发表的科幻小说是由学者弗朗西斯·布罗德里克（Francis Broderick）发现并整理，他为之取名为《一个特殊的假期》，并推断该小说写于 1889 年。[1] 弗朗西斯·布罗德里克是在 1955 年完成其在哈佛大学关于杜波依斯的博士论文时提到了这个短篇。虽然这个故事并不完整，被发现时只是一些残存碎片，但其主要情节正好与乔治·舒勒（George S. Schuyler）的《不再是黑人》（*Black No More*，1931）相反，是将白人转变成黑人，并且它早于《不再是黑人》写就。在小说中，黑人叙事者劝说他的白人同学过一个特殊的假期，做一项无痛手术，可以"变为尼格鲁人，一个完完全全的黑人"[2]。黑人叙述者认为，这显然好处多多，"通过变成黑鬼，你进入了世界上一个新的，对大部分人来说，完全不知道的地方……你将有机会去解决关于内省和第四空间的问题。"[3]杜波依斯将美国黑人的世界看作存在于第四空间不为人知的世界。种族界限将黑白种族分隔开来，而通过一场手术，黑人叙述者的同学则可以跨过肤色界限，成为"帷幕"另一侧黑人中的一员。从此以后他的"感受不值一提，因为他的感受不是历史的组成部分"[4]。众所周知，美国黑人历史上有不少"冒充（passing）"

　　[1]　Shamoon Zamir，*Dark Voices*，*W. E. B. Du Bois and American Thought*，Chicago：Chicago University Press，1995，p. 219.

　　[2]　Ibid.，p. 220.

　　[3]　Ibid.，p. 221.

　　[4]　Ibid.，p. 223.

现象,基本上都发生在长得很白的黑白混血群体中。他们无论在法律文化还是祖籍层面都被认定为黑人,利用肤色优势冒充白人。不少美国非裔文学作品的创作是基于此现象展开,如查尔斯的《雪松后面的房子》(*The House Behind the Cedars*,1900)。但杜波依斯的《一个特殊的假期》却展示了白人冒充黑人这一相反经历。历史上的黑人冒充白人,可以使黑人获得白人的特权,远离黑人的遭遇。但是白人冒充黑人,根据小说中的黑人叙述者所说,也是好处颇多:可以变得隐身,并且可以体验深刻的内省。无疑,杜波依斯的创作极具反讽意味。"隐身"是被边缘化的黑人一直想要摆脱的困境,"内省"则是美国黑人不得不通过白人的眼光来看自己,把自己看作一个问题存在。但在《一个特殊的假期》中,这些居然成了一种优势。这个白人被选中体验这样的假期,是因为他"足够成熟,足够高大也足够愚蠢",只有一样特质使得他不那么完美,那就是他有"杰出的祖先",黑人叙事者认为"没有祖先的人"最完美。这显然又是杜波依斯在揶揄那些宣称黑人是没有历史、没有过去的论断。当然,既然是假期,"冒充黑人"的体验只能持续三个月。三个月后,他将变回白人。这多少会让人想起杜波依斯早在《黑人的灵魂》中曾提出,白人世界值得黑人学习,但黑人世界也有自己的价值。他所努力诉求的是,黑人世界应该被看见、被认可、并被尊重。

平等自由的世界需要黑白种族的互相理解和认可。但一直以来,处于隐身地位的黑人,被看作是低等的,甚至是可怕的,似乎若没有黑人的主动引导和协助,白人永远没有机会和能力去真正了解黑人世界。这样的观点也出现在他的第二部科幻作品《钢铁公主》中。《钢铁公主》是由马萨诸塞特大学阿默斯特分校的学者阿德里安娜·布朗(Adrienne Brown)和布里特·鲁瑟(Britt Rusert)发现、整理并于2015年公开发表,他们推断这部作品是在1908年至1910年间完成。前面我们已经提及,该阶段杜波依斯逐渐从社会科学家转变为文化艺术宣传者,因此他在这篇小说中所注入的"宣传"理念就更值得关注。

小说是第一人称叙述,一开始,黑人社会学家也就是主人公汉尼巴尔·约翰逊(Hannibal Johnson)教授向一对正在度蜜月的夫妻(叙述者和他的妻子,很可能是一对白人夫妇)展示他的万能镜(megascope)。这是一个可以穿越时间和空间,看到历史与未来之间的"巨现代"(Great Near),用黑人教授的话来说,"巨现代"是指"资本主义的时间跨度,所有用来制造钢铁这一现代世界的骨架的事实，数量、时间和生命总和”①。在纽约的摩天大楼里，这对新婚夫妇在黑人教授的指引下，通过万能镜看到了历史中的匹兹堡坑（pit of Pittsburg），并看到了钢铁制造的隐喻，那是将钢铁生产的故事编织进关于殖民和原始积累的历史批评叙述中。钢铁公主是来自非洲钢铁岛黑色皇后的女儿，她长大后离开了自己的母亲。戈尔登王（Lord of the Golden）杀死了她的爱人，钢铁公主用自己的秀发编织成灵柩将爱人的尸骨包裹着。戈尔登王发现了钢铁公主头发的价值，他开始一缕一缕地窃取，并用此制造了一个巨大的织布机器，将公主困在其中。织布机不断地工作，钢铁公主的头发也被运送到越来越远的范围。钢铁公主显然是非洲或者说泛非的缩影，她的遭遇无疑也就像一个隐喻，直指白人世界对非洲族裔的剥削与掠夺。

正如《一个特殊的假期》所展示的那样，《钢铁公主》也将黑人的世界看作另一个世界。“巨现代”正如第四空间一样，与我们现实世界平行存在。这个世界白人无法轻易进入，他们只有通过黑人主导的“无痛手术”或者“万能镜”才可以接触到这个世界。虽然“第四空间”与“巨现代”略有不同，前者似乎能和我们现实的世界交织，而后者则离我们很远，但他们都是关于黑人世界的隐喻。

通过万能镜可以看到，四位英勇的骑士与迫害钢铁公主的戈尔登王展开了殊死搏斗，搏斗什么时候会结束，公主的命运如何，黑人教授目前尚不知道。因为这个万能镜也只是时间的奴隶。那是发生在超世界（overworld）的事，“超世界的一天相当于我们现实世界的一千年”②。黑人教授还发现了跨度约为200年的事实和数据，那是一位“沉默兄弟（silent brotherhood）”保留下来的，这些数据和事实在叙述者看来像一个图书馆一般。黑人教授表示，利用这些数据和事实可以推算出生命的法则。那么按照教授所言，此时此地的现实，对于“巨现代”而言，是过去。没有黑人教授的帮助，这对新婚夫妇和大多数没有接触“万能镜”的人一样，无法接触到“巨现代”，只能被困在现在与过去，而无法感受和理解新的有关未来的世界。这里所传达的理念与弗朗茨·法侬（Frantz Fanon）在其《黑皮肤，白面

---

① W. E. B. Du Bois, "Princess Steel", Introduction by Adrienne Brown and Britt Rusert, PMLA, Vol. 130, 2015, pp. 819 - 829.

② Ibid.

具》中所呼吁的可谓异曲同工。法侬表示："我绝不会将自己致力于复兴未被公正对待、未被认可的尼格鲁文明中去。我不想成为一个过去的人。我不想要牺牲我的现在和未来去颂扬过去。"①黑人教授想要传达的也是如此,过去与现在的积累是为了帮助我们在宏大的政治经济体系中去理解未来,数据和事实是基础,但还需要想象力去推断人类的未来和发展法则。

但杜波依斯并未将《钢铁公主》公开发表,与其他诸多未发表的短篇小说和随笔一样,这篇作品逐渐内化在其写作生涯里,成为他之后公开发表作品的思考源泉或者观照。钢铁公主作为女主角,作为黑色文化的代表,被剥削和掠夺,使人很容易想到杜波依斯在1911年出版的首部长篇《夺取银羊毛》。在这部作品中,佐拉辛苦种植的棉花就如钢铁公主的满头秀发一般,被掠夺、被占用。而小说中的原始钢铁、现代世界的骨架、资本掠夺等叙述都为后来他对黑人问题的思考,对马克思主义的探讨埋下了伏笔。

《彗星》作为《黑水:帷幕下的声音》(*Darkwater*:*Voices from Within the Veil*)的第十章发表于1920年,是在杜波依斯生前公开出版的唯一一篇科幻小说,显然也是被阅读得最多的一篇。小说呈现的是在星球灾难之后的后启示录时代里黑白种族问题的消逝。在这里,杜波依斯用小说形式演绎了他之前提出的美国黑人的"双重意识""帷幕"和"种族界限"等理念。

男主人公吉姆(Jim)是在华尔街银行工作的信息通信员,是一个工人阶级的穷黑人。因为被派去地下室取一份卷宗,吉姆躲过了一场难以想象的星球灾难——彗星侵袭地球,并释放出有毒气体。从地下室出来后,他发现空气污秽,纽约城市里目光所及之处皆是死尸,周遭一片安静。经过搜寻,他发现了一位和他一样的幸存者:一位富裕的年轻白人女性茱莉亚(Julia)。吉姆发现茱莉亚后,他们一起去哈莱姆和第五大道寻找各自的亲友,但一无所获。就在他们以为这场灾难毁灭了整个世界,茱莉亚在经历了复杂的心理变化后开始以平等的眼光来看待吉姆时,他们的亲人和其他白人都赶来了。原来只有纽约遭遇了这场灾难。茱莉亚头也不回地随未婚夫离开了,吉姆见到了妻子和她怀里已然死去的孩子。他身边的白人们,讨论着作为"黑鬼"的他。

故事一开始的几句话就奠定了吉姆作为美国黑人、作为"隐形人",不被

---

① Frantz Fanon,*Black Skin White Masks*,London:Pluto Press,1986,p. 176.

人注意的基调。他坐在银行的阶梯上看着道路上的人群，"几乎没人注意到他，几乎没人曾经注意过他，除了以嘲讽的方式。他身处世界之外"①。他活着，却仿佛活在现实世界之外，所以当他作为末日灾难后的幸存者开始搜寻其他人时，吉姆首先去了第五大道上的一家餐馆，他自言自语："放在昨天，这家餐馆不会让我用餐。"②当他开始找人时，他想到了要找一辆福特汽车。他活在白人种族的世界之外，也活在富足人群的世界之外。所以当一切秩序归零，他首先想到的是去体验那些曾经遥不可及的另一个世界的基本幸福。

在见到茱莉亚之前，吉姆只渴望找到幸存者。以至于经过 72 街，听到茱莉亚的尖叫声，在他听来仿佛是"上帝的声音"③。末日灾难之后，他依然满怀信仰，满怀对生命的敬畏。但是，当见到茱莉亚后，他们都一阵沉默，"在此之前，他从未意识到他是个黑人，他也没曾想过她是一个白人"④。白人就如一面镜子，黑白相逢，一切回到原初。惊愕的表情、凝滞的空气都在提醒他，他们不一样。这正如杜波依斯曾经在《黑人的灵魂》一文中提及的："这个世界不让他有真正的自我意识，只让他通过另一个世界的启示来认识自己。"⑤吉姆通过茱莉亚的眼睛看到了自己的肤色和等级。

在见到吉姆后，这位年轻富有的白人女性可以说经历了比吉姆更为复杂的心理变化。见到吉姆前，"她曾想过各种各样来救她的人，但没有想到会是他这样的。并不是因为他不是人类，而是他存在于一个离她很远的世界，无限遥远，以至于他根本不在她的考虑范围。"⑥

当他们通过无线电确认没有回音后，茱莉亚产生新的恐惧。"这是她第一次意识到，世界上仅存她与一个陌生人，这人不仅仅陌生，他有着不同的文化与血液，她不了解，也许是不可知的。"⑦茱莉亚如此恐惧以至于她想要逃离，与他再不相见，比起世界毁灭，似乎与一位黑人男性独处更让她觉得

① W. E. B. Du Bois, *Darkwater: Voices from Within the Veil*, New York: Harcourt, Brace and Howe, 1920, p. 253.

② Ibid., p. 258.

③ Ibid., p. 259.

④ Ibid., p. 259.

⑤ 杜波依斯：《黑人的灵魂》，维群译，北京：人民文学出版社，1959 年，第 4 页。

⑥ W. E. B. Du Bois, *Darkwater: Voices from Within the Veil*, New York: Harcourt, Brace and Howe, 1920, p. 259.

⑦ Ibid., p. 264.

恐怖。

可在挣扎之后,也许是被吉姆的言行打动,茱莉亚开始了心灵的顿悟,并重新审视吉姆,也开始重新审视种族与阶级关系:"现在看来,我们人类的区分是多么愚蠢啊。"①她甚至开始重新审视在后启示录时代自我的使命。此刻"她是最初的女性,她是未来人类的伟大母亲,是生命的新娘"②。而其身边的吉姆,也不再是一个陌生人,而是她"兄弟同盟的化身,是上帝之子,是未来各种族的万物之父"③。世界末日使得茱莉亚开始意识到她和吉姆成为了现世的亚当与夏娃。而对吉姆自己而言,在末日的景色中他像是法老再世、亚述王重生一般。于是渐渐,他们四目相对,灵魂坦诚相见。"这不是欲望,也不是爱,是一种更广阔、更强大的东西,它不需要身体的接触,也不需要灵魂的刺激,这是一种神圣而壮丽的思想。"④这是黑白种族冲破了肤色与阶级的限制,作为纯粹的人类互相理解,并获得了心灵的共鸣和理解。

然而在1920年《黑水:帷幕下的声音》出版时,世界格局处于变革之中,黑人问题的未来并不明朗,杜波依斯在这部文集中用了尖锐的辞藻来斥责白人世界,他显然还无法说服自己,或者说服读者,黑人必然获得自由平等美好的未来。于是,这篇小说的结尾也极具讽刺意味。就在吉姆和茱莉亚跨越了种族界限,获得了作为初始人类的默契,感受到作为生命之父母的使命时,汽车声传来,茱莉亚的父亲和未婚夫赶到了,吉姆的妻子来了,其他人也来到了。原来世界并未毁灭,只是纽约遭遇了彗星释放的毒气。茱莉亚头也不回地回到了她原来的世界,尽管她在临走之前对家人表示是吉姆救了自己。于是,世界又恢复了原来的秩序,人群满是对吉姆的愤怒:"黑鬼?在哪?——我们将这该死的处以私刑了吧。"⑤末日可以摧毁高楼大厦,摧毁无数人的生命,却无法摧毁根深蒂固的种族与阶级观念。

对于20世纪20年代的读者来说,科幻小说也许不那么容易接受,但是结尾,一切回到原来的样子却是符合当时的现实。只有在经历了世界末日

---

① W. E. B. Du Bois, *Darkwater*: *Voices from Within the Veil*, New York: Harcourt, Brace and Howe, 1920, p. 268.

② Ibid., p. 269.

③ Ibid., p. 269.

④ Ibid., p. 270.

⑤ Ibid., p. 279.

的后启示录时代,黑人才有可能获得与白人平等的地位。吉姆才能与茉莉亚一起开展搜寻幸存者的工作,吉姆才能在茉莉亚遭受丧失亲人的打击后,开始起主导作用,带着她进行下一步工作。然而即便是在世界末日之后,真正消除种族界限与偏见也只能依靠白人的顿悟才得以实现。在这个阶段,甚至到 30 年代,杜波依斯在了解了更多世界信息后,对美国种族问题的解决依然持保守态度。1936 年,他曾写道:"我不认为,黑人问题有可能在美国得以解决,除非肤色问题在全世界范围内得以妥善解决。"①所以最终,科学的幻想破灭,一切回到现实,黑人的恐怖梦魇重现。于是,小说的结尾呈现的是私刑的恐吓,是白人溢于言表的优越感,是吉姆已经遇难的孩子。

《彗星》是用科幻小说的形式呼应了杜波依斯之前提出的"双重意识""种族界限"和"帷幕"理念,也与后来法侬用哲学心理学分析黑人种族身份,以及以拉尔夫·埃里森的《隐形人》为代表的诸多美国文学作品呼应。

1940 年,在《美国黑人种族的未来》("The Future of the Negro Race in America")一文中杜波依斯预测了美国非裔的四种不同未来:第一种,他会永久处于现在的农奴境遇;第二种,他的种族也许会死去并在这片土地灭绝;第三种,他也许会迁移到其他地方;而第四种,他也许会成为美国公民。② 显然,前两种未来不是美国黑人所希望看到的,第三种也不是杜波依斯所提倡的,虽然他在生命的最后回到非洲,加入加纳国籍,但那是因为美国非裔问题对他而言太过"棘手",很难对付。他一直不赞同马库斯·加维"回到非洲"的运动,并且清晰地认识到美国黑人的问题与非洲问题并不一致。杜波依斯一直渴望的是黑人种族能在美国社会成为完全的美国公民。

杜波依斯晚年时,也许是苏联、亚洲国家反殖民反帝国主义运动给予了他信心,他对美国黑人的未来显得更为积极。在他未公开发表的《公元2150 年》这篇小说中,杜波依斯自己作为第一人称叙述者,死而复生。虽然小说的叙述者并不等于作者本人,但小说的内容配合第一人称,很难让人不与杜波依斯本人联系起来。值得一提的是,在杜波依斯的一生中,"死亡"是他一直喜欢探讨的主题。在杜波依斯六十几岁时,他认为他已临近死亡,几

---

① W. E. B. Du Bois, "Pan-Africa," Pittsburgh Courier, April 25, 1936, in Herbert Aptheker, ed., *Newspaper Columns by W. E. B. Du Bois*, Vols. 2, White Plains, 1986, p. 66.

② 参见 W. E. B. Du Bois. "The Future of the Negro Race in America." *The East and the West*, V.2, 1904, pp. 4 - 19.

乎每年生日他都会进行人生的反思,并与世界告别。后来,他干脆写好了留给世人的信条,装进信封,写上了日期 1957 年 6 月 26 日,并交代只能在他死后开启。这封信如今保存在麻省大学阿默斯特分校的杜波依斯图书馆的文库中。信的一开始他表示"自己马上要进入长久、深沉和无尽的睡眠",认为"人类一直在进步,一定过上更加伟大、通达和丰富的生活"。在信的最后,他表示"唯一可能被称作死亡的是失去对这一真理的信心,仅仅因为最终的目标来得有点慢,等待的时间有点长"①。

究竟需要等待多久时间,在《公元 2150 年》中,杜波依斯给出的答案是200 年。在去世 200 年后,小说的主人翁又醒过来了,就仿佛杜波依斯从长长的睡眠中醒过来一样。他想做的第一件事情是去一家高级餐厅。但他站在餐厅对面却踌躇不前,直到一位黑人进门后,他才随之进入。这位黑人选择了一张靠前的桌子。桌前已经坐着一位正在看书的白人女性。"我"显然带着看热闹的心理等着种族问题"爆发"。虽然过了那么多年,也许黑人不会被扔出餐厅,白人女性也不至于换桌子,但是至少,"我"觉得白人女性应该会迅速移开,并对黑人投以一种被冒犯了的眼神。但出乎意料的是,"她随意抬头瞟了一眼,礼貌地点了头,然后继续一边阅读一边享用早餐。这位黑人男性也同样礼貌地朝她点点头,然后从口袋拿出一本小刊物(后来我发现这是早报),然后开始他的阅读"②。

接着,叙述者去到哈莱姆看看,但这里并没有很多有色人种。他被告知,有色人种可以住在任何他们住得起的地方。"那些想一起住的,就一起住,但他们并不因为肤色或者外套色而住在一起。他们和其他人一样,根据自己的喜好和朋友还有工资来选择住处。"③

然后叙述者来到市政厅,发现市长是黑人。他与一位警察交谈,警察表示并不理解什么是"种族界限",并告诉"我"人们不再根据肤色来选择朋友,而是"根据能力、个性以及喜好"④。之后叙述者又去到音乐厅,在一个位置颇佳的座位上,花了很少的钱,听了一些很精彩的音乐,诸多音乐其实是黑

---

① W. E. B. Du Bois, "Proposal for a Negro Journal." Manuscript Collection. *Special Collections and University Archives*, Amherst: University of Massachusetts, 312.

② Nagueyalti Warren, "W. E. B. Du Bois Looks at the Future from Beyond the Grave", *African American Review*, Vol. 49, No. 1, 2016, pp. 53 - 57.

③ Ibid.

④ Ibid.

人音乐，但是节目单上写着是"美国的"。听完音乐会，叙述者看到一位扛着锄头的贵族阶层的人，他正准备去公共花园挖地。于是他们开始交谈，并跟着他一起去公共花园，结果发现，所有的劳力都由一些智力工作者来完成。他告诉叙述者："在过去这个世纪，美国学会所做的最伟大的事情就是对多元化的包容。"[1]叙述者"我"显然为这一切的所见所闻，或者说进步，所震惊。于是"我"狐疑，那现在是没有问题了吗？但那位看着像贵族阶层的人却认为，现在全是问题。现在的问题是文学中的现实主义与浪漫主义之争，是关于音乐中的旋律与噪音，是关于艺术，是自由精神，是新年、无政府状态与社会主义。可是战争已经消失，人类无法斗争，所有人可以随心所欲做自己的事情。所以也无法解决各类争议。虽然对方是用抱怨的语气说出这番话，但主人翁"我"却显然听得很满意。于是在兜兜转转一天后，"我"选择在当晚"满意地死去"，虽然复活后的他只活了一天。因为世间已然没有他需要操心的种族界限问题，而他也俨然不是一个问题。

《公元2150》畅想了一个和谐无比的社会，这是杜波依斯在20世纪50年代对黑人未来的预测。杜波依斯晚年对黑人的美好未来愈加坚信，1960年他表示："我没有一丝一毫的怀疑，我们必将在美国获得平等权利。"[2]

在科学的幻想和逻辑推理表象之下，杜波依斯的科幻短篇其实是对黑人问题的阐释，对黑人未来的积极想象，对种族界限的抨击，对资本主义剥削与掠夺的讽刺。杜波依斯究竟完成了多少科幻短篇我们不得而知，他留下了丰富的文学遗产，留待有心有志的学者去慢慢发现并解读。但从现有的资料来看，他在这一领域的实践已经称得上是美国非裔科幻小说先锋和非洲未来主义先锋。这些未发表的作品，正如前文所提及的那样，其实以各种形式已然内化在杜波依斯后来的创作中。值得一提的是，在《一个特殊的假期》的残存稿件上，学者发现有杜波依斯写上的大写英文单词"不可预测的"（UNPROPHETABLE），这个单词由铅笔写就，与原稿的其他文字不一样。根据杜波依斯文库首席档案员琳达·赛德曼（Linda Sideman）的辨认，这是杜波

---

① Nagueyalti Warren，"W. E. B. Du Bois Looks at the Future from Beyond the Grave"，*African American Review*，Vol. 49，No. 1，2016，pp. 53 - 57.

② Herbert Aptheker. "On Du Bois's Move to Africa". *Monthly Review*，Dec. 1993，p. 36.

依斯晚年写就的字迹。① 如果是这样的话，一方面说明杜波依斯在晚年的某个时期，回头整理自己年轻时写就的文档，看到这个故事草稿后，认为美国黑人问题的未来依旧不可预测。另一方面其实再一次表明，杜波依斯是一个极度自省的文字工作者，他在描绘未来的同时，也不断回溯过去，修正并调整自我。

---

① Shamoon Zamir，*Dark Voices*，*W. E. B. Du Bois and American Thought*，Chicago：Chicago University Press，1995，p. 219.

第三章　非洲情结:埃塞俄比亚主义宣传

作为混血儿,杜波依斯拥有一些黑人血统、一点儿法国血统和一些荷兰血统,他成长在种族歧视并不那么严重的新英格兰地区,是一个受到哈佛大学、柏林大学等西方正统教育的黑人精英。杜波依斯一生未曾经历过像之前的黑人领袖,比如道格拉斯和布克·华盛顿那样真正的为奴岁月。这使不少学者与他同时代的黑人领袖会质疑他是否具有美国黑人的身份认同感,能否切身体会美国黑人的遭遇与经历、挣扎与渴望。比如当时的马库斯·加维就认为:"杜波依斯完全就是白人的黑鬼。他没有种族自尊也没有独立的思想,他最大的问题就在于没有自立的品质。"[①]然而,立足当下回望历史中的杜波依斯,无论是其对美国黑人历史的追溯与书写、对不公现实的抨击或是对种族美好未来的期许,都是对质疑的最好回答。综观杜波依斯的作品可以发现,黑人文化传统与西方经典总是并行不悖地融入杜波依斯的文学想象与历史叙述。埃塞俄比亚主义(Ethiopianism)作为黑人文化传统的精髓,成为杜波依斯艺术演绎与思想宣传的重要源泉,贯穿在杜波依斯的研究与创作中,而杜波依斯的文字无疑使得这一悠久而广博的传统得以丰富和深化。埃塞俄比亚主义从文化宗教传统进入美国非裔文学领域,并成为美国非裔创作者阐释非洲思想与黑人民族主义的精神源泉,在此过程中,杜波依斯的艺术与宣传扮演着近乎奠基石的角色。

---

① Robert A. Hill, ed., *The Marcus Garvey and University Negro Improvement Association Papers*, Berkeley: University of California Press, 1990, p. 630.

第一节 埃塞俄比亚主义

正如学者桑迪奎斯特所言:"埃塞俄比亚主义的意义是出了名的变化无常。"①因为它既是文化宗教传统、民间信仰,又与具体的实践活动密切联系,并且随着时间的变革,不断被赋予新的意义,得以丰富和演绎。

从 19 世纪下半叶到 20 世纪初的这段时期,是社会达尔文主义等各类"科学的种族主义"盛行时期,非洲在各个方面遭受无情诋毁。风行于欧美的"科学"的种族主义也渗透到南非教区白人牧师的思想当中,他们不可避免地歧视受过良好教育的非洲牧师和信徒。蒙受的屈辱促使黑人牧师和信徒们发起了宗教和政治的民族运动。他们利用《圣经·诗篇》第 68 章第 31 节的一行经文,"王子将出埃及,埃塞俄比亚向上帝伸出双手"(Princes shall come out of Egypt, Ethiopia shall soon stretch out her hands unto God),认为黑人在上帝面前拥有与他人同样的地位,并宣称自己的宗教理论为"埃塞俄比亚主义"。这一宗教的独立运动发轫于 19 世纪 60 年代的南非,并不断扩大影响力,成熟于 80 年代。埃塞俄比亚主义从此流行于整个南部非洲和东部非洲,影响巨大,在非洲形成了一股势不可挡的潮流。

在埃塞俄比亚主义赋予宗教改革运动以具体的实践意义之前,它作为一种埃塞俄比亚传统也由来已久。在西方殖民下非洲人有着共同的政治与宗教经历,他们渴望改变被奴役的现状。"埃塞俄比亚向上帝伸出双手",这行经文早就成了所有非洲人的福音。它亦常常被用来解释成,非洲会很快从异教的黑暗中被解救出来,他们会很快迎来政治、工业和经济的复兴。甚至有些人坚持认为,这表示有一天黑人最终会统治这个世界。诸如马丁·迪兰尼(Martin R. Delany)、亚历山大·科伦米尔(Alexander Crummell)、爱德华·威尔莫特·布莱登(Edward Wilmot Blyden)等都是著名的埃塞俄比亚主义的拥护者。

埃塞俄比亚主义的真谛随着非裔族群的流散而扩散。美国革命战争(也即美国独立战争,1775—1783)使埃塞俄比亚主义的影响开始从英属北

---

① Eric J. Sundquist, *To Wake the Nations*: *Race in the Making of American*, Cambridge: Harvard University Press, 1992, p. 553.

美殖民地向其加勒比海的殖民地蔓延。当时一些拥护英国殖民统治的人（常被称作 Tories，Royalists，或者 King's Men），他们离开北美来到牙买加、特立尼达（Trinidad）和巴巴多斯（Barbados）等地方，那些跟随他们前来的奴隶，或者说前奴隶，便把埃塞俄比亚主义的精神带了过来，并在这些新的土地上开创了新的宗教。比如乔治·赖勒（George Liele，他也在杜波依斯的历史剧《埃塞俄比亚之星》中出现），他原本是一个佐治亚州萨凡纳的前奴隶，在 1783 年他成立了第一个埃塞俄比亚浸会教堂（Ethiopian Baptist Church），他把追随者们叫作埃塞俄比亚浸信会教友（Ethiopian Baptists）。于是，在牙买加渐渐根植下了深刻的埃塞俄比亚身份认同的传统，无论是马库斯·加维的全球黑人改进协会还是 20 世纪 30 年代的拉斯塔法里运动（The Rastafari Movement）都能从这里找到源头。

当然，埃塞俄比亚主义的不断发展也与埃塞俄比亚这一国家奇迹密切相关。埃塞俄比亚（曾经以 Abyssinia 为名，早在基督诞生之前就已建立），是非洲之角一个书写过奇迹的国家。1903 年，美国与之签订了贸易协议，最终也与其建立外交关系。它也是美国建交的第一个非洲国家。在非洲被欧美瓜分殖民的时期，埃塞俄比亚除了有五年时间在意大利法西斯的占领下外，一直保持独立。1896 年，孟尼利克二世（Menelik Ⅱ）在阿杜瓦战役（Battle of Adwa）中击退了进攻的意大利军队，并取得民族独立，使得埃塞俄比亚成为非洲唯一一个从来没有遭受过西方殖民的国家。这场战役作为一种鼓舞人心的力量，使得埃塞俄比亚在非洲本土及海外的黑人眼里都有了神话般的象征意义，埃塞俄比亚被看作黑人的"锡安"（Zion）。而这次战役在不断的传说演绎中，似乎成了神话一般，被每个家庭熟知，并代代相传。美国黑人的报纸也对这场战役做了非常详尽的报道。自此以后，"埃塞俄比亚就取代了海地和利比里亚，成为黑色力量和黑色国家主义的象征"①。南非领袖曼德拉曾经说过："在我的想象中，埃塞俄比亚一直是特殊的存在。想要去埃塞俄比亚领略的欲望甚至比去法国、英国和美国加起来的欲望还要强烈。在那里，我觉得我会发现我的起源，发现我之所以是非洲人的根

---

① St. Clair Drake，*The Redemption of Africa and Black Religion*，Chicago：Third World Press，1970，p. 73.

基。拜见埃塞俄比亚国王就如与历史握手一般。"①埃塞俄比亚的象征意义由此可见一斑。

有学者认为,埃塞俄比亚主义的鼎盛时期是在 20 世纪 30 年代早期,在意大利第二次入侵埃塞俄比亚之前(1936 年之前)。这一时期与埃塞俄比亚主义在政治、宗教和文化领域影响最呼应的一件事就是塔法里(Ras Tafari Makonnen)国王的加冕。1930 年 11 月 2 日,38 岁的塔法里正式加冕称帝,成为海尔·塞拉西一世(Haile Selassie),这个名字的寓意是三位一体。他宣称自己是所罗门的后裔,是其第 225 代子孙。这样的宣称再一次使得埃塞俄比亚成了所有非洲本土与海外的黑人眼里的故土与骄傲。1935年,当意大利再次入侵埃塞俄比亚的时候,所有的黑人都将此看作对他们神圣主权的侵犯。在哈莱姆,不少美国黑人进行游行,并签署请愿书,请求美国政府允许他们代表埃塞俄比亚作战。他们创建新的组织,筹集资金,并在报纸上呼吁联合抵制意大利。尽管 1936 年意大利占领了埃塞俄比亚,海尔·塞拉西也从此流亡国外,但是在 1941 年,在盟军击溃意大利军队后,海尔·塞拉西又回到了埃塞俄比亚,并恢复了帝位。起源于牙买加的拉斯塔法里运动便是源于对海尔·塞拉西一世如上帝转世般的信仰,而这一运动也使得埃塞俄比亚主义得以持续发展,其意义也不断丰富。

第二节　埃塞俄比亚传统与杜波依斯

白人与黑人都有将埃塞俄比亚看作非洲代表的倾向,但两者原因却不尽相同。对于白人而言,在很长的一段时间,"埃塞俄比亚"一词与"非洲"一词是对等的,都代表着肤色歧视。最初希腊人遇见黑肤色的非洲与亚洲人时,把他们称为"烧过的脸(Burnt Faces)"。希腊语中的"烧"是"Ethios","脸"是"Ops",所以就变成了 Ethiopian,"非洲人"就成了有着"烧伤的脸"的人,也就是"埃塞俄比亚人"。② 但是对于黑人而言,埃塞俄比亚是黑人文化传统与力量的象征,那是充满骄傲与希望的象征。对杜波依斯而言,埃塞俄

---

① Nelson Mandela, *Long Walk to Freedom*：*The Autobiography of Nelson Mandela*, New York：Littce. Brown and Company, 1995, p. 47.

② 参见 William D. Wright, *Black History and Black Identity*：*A Call for a New Historiography*, Westport, Connecticut, London：Praeger, 2002, p. 94.

比亚传统,既赋予其艺术想象的灵感,又给予其对黑人文化与历史宣传的动力。

一、埃塞俄比亚传统与美国非裔人

早期的美国非裔文学创作者如万特·史密斯(Venture Smith)、菲利斯·惠特莉、约翰·吉(John Jea)出版的作品内容大部分是自传性的,他们或多或少都会提及在非洲的童年时期或者自称是非洲的后代。当时的主流社会有对非洲极为负面的描述,认为那是野蛮与危险的大陆,虽然这些作家对非洲的描述挑战了主流的观点,也许是因为笼罩在西方文学与文化的传统之中,他们显然也未能完全摆脱对非洲负面形象的认知。在 18 世纪与 19 世纪早期,几乎所有获得知识可以出版作品的黑人作家都信仰基督教,他们对非洲的诸多认识也来自圣经教义的描述。菲利斯·惠特莉是最开始对非洲及非洲人的形象进行描述的重要作家之一,她在《论从非洲被带到美国》一诗中强调,把她从蛮夷的出生地带到基督教沐浴下的美国是一件仁慈的事情,因为来到美国后,她开始知道有上帝也有野蛮人。①

在 19 世纪早期,虽然具体的描述有所不同,但是非洲几乎都是被描述成具有凝聚力的,它能唤起流散人群对基督教义的信仰。无论过去它如何落后无知,但它的未来在那些传播与传承真理与文明的人手里。但是这样的情况从 19 世纪 20 年代开始后有所改变,那时候非洲的大部分地区沦为殖民地,人们开始对它的未来越来越担忧。长期以来,黑人的历史是在主流历史之外的,或者说是被主流社会遗忘否认的。关于非洲是历史和文明的荒漠的种族主义观点贯穿于 19 世纪并在 20 世纪初达到了登峰造极的地步。这种思想论调的源头可以追溯到黑格尔,黑格尔在《历史的哲学》(Philosophy of History)中认为非洲没有历史,他写道:"写到这里,我们可以告别非洲,不会再提及它。因为他是世上没有历史的一个部分,它没有变化也不会有发展。"②他认为非洲没有历史的论断影响巨大,并且在很长一段时间里被西方学者奉为金科玉律。这种论调无疑也加剧了种族主义者对非裔族群的歧视。后来的瑞典经济学家冈纳·米达尔和杰出的美国黑人社

---

① 参见 Henry Louis Gates, Jr., and Nellie Y. McKay, eds, *The Norton Anthology of African American Literature*, New York: W.W. Norton & Co., 1997. p. 171.

② Hegel, *The Philosophy of History*, New York: Dover, Publications Inc., 1956, p. 99.

会学家富兰克林·弗雷泽也都持有类似观点。

埃塞俄比亚主义的不断发展,使美国黑人对非洲大地越来越神往。特别是在 19 世纪末 20 世纪初,关于非洲崛起的想象在流散的非裔族群中达到了一种新的高度。由于重建的失败,美国黑人的处境每况愈下,种族关系愈加紧张,诸多的美国南方黑人甚至想要去非洲的利比里亚。早在 1822年,美国殖民地协会(1817 年成立)就曾为解放黑奴做出过真诚而努力的尝试:他们为了让自由黑人回到非洲,在非洲西海岸建立了利比里亚共和国,并把 1000 名黑人送到那里。美国黑人威廉·艾利斯(William H. Ellis)是得克萨斯州的一位棉花种植者,因为崇拜海尔·塞拉西,在 1899 年访问了埃塞俄比亚。他获得允许可以在埃塞俄比亚南部种植棉花、开办工厂。最后,他也是促成美国与埃塞俄比亚签订贸易协议的因素之一。

此后,诸多美国非裔作家都用埃塞俄比亚的概念来指代非洲及美国非裔人,如大卫·沃克、道格拉斯等。除却埃塞俄比亚主义本身的影响,以及非洲国家发展状况的不断改善外,弗洛伊德心理学的发展也使得代表原始本真文化的非洲受到越来越多的重视。19 世纪末 20 世纪初,弗洛伊德心理学使人们开始重视身体本身,反射到文化层面,则开始重视文化的即时性、原始性和纯生态性。于是,现代文明和文化越来越被看作对人类精神与文化发展的禁锢与阻碍。许多作家比如尼采、D. H. 劳伦斯、弗吉尼亚·伍尔夫,当然也包括弗洛伊德学派都开始关注原始冲动。非洲文化曾因为原始落后而被忽视,被认为是消极野蛮的象征,情况在这一时期因为潮流的转变而发生了变化。非洲文化因为其原始和本真呈现出积极层面,这也作为重要的因素,使得诸多的美国非裔作家在他们的作品中呈现出越来越多的非洲元素。

总体看来,美国内战前的埃塞俄比亚主义传统基本体现在泛非主义、返回非洲,以及黑色弥赛亚层面。对于大部分 20 世纪初的美国非裔作家而言,非洲仅是一片想象中的神秘故土,就拿哈莱姆文艺复兴时期的艺术家而言,他们当中很少有人真正涉足过那片土地。他们大多数人是通过白人人类学家的考察记载和欧洲现代主义者的艺术来了解非洲的历史现实和自然人文景象。所以对于美国非裔作家而言,非洲的文化与精神遗产从某种意义上来说不是一种继承,而是一种创造和回溯。回溯非洲的过去是一种本能的选择,对那些深受西方和美国主流思想影响的美国黑人而言,那是一种找寻自我身份的必要方式。对非洲的想象最初始于对典型意象的描写,比如非洲的金色光影、森林、草地,或者是那里的动物,如大象或者狮子,发展到后来开始关注非洲音乐和舞蹈,然后逐渐和当地的风俗文化联系起来。尽管也许并不了解具体的自然与社会图景,非洲大陆对于美国非裔作家而言却总是充满积极、美好的寓意,那是一块象征自由与希望的神秘大地。例如康蒂·卡伦发表于 1925 年的诗歌《遗产》("Heritage"),就似乎在批判美国生活对人性的束缚、基督宗教对感官的否定,却颂扬非洲的遗产,因为那饱含旋律和激情,是对直觉感受和真理的呼唤。

二、杜波依斯与非洲历史

根据现有的文献资料来看,无论是令人鼓舞的阿杜瓦战役还是埃塞俄比亚国王海尔·塞拉西的上任,并没有在当时立刻让杜波依斯迸发激情。直到 1900 年参加了伦敦的泛非会议后,他才逐渐开始关注非洲。在那次会议上,他遇见了一位来自海地的学者贝尼托·西尔维昂(Benito Sylvain),并进行了交谈。西尔维昂极度崇拜海尔·塞拉西,并曾经去过埃塞俄比亚。他在会场上将自己作为海地和埃塞俄比亚的代表,也称自己是海尔·塞拉西的副官,可以想到,杜波依斯显然通过交谈,会对埃塞俄比亚传统及国家有更为直接的了解。此后,杜波依斯也接触到关于非洲的信息。凯斯力·海福德(Casely Hayford),一位西非黄金海岸的律师,同时也是非洲国家独立运动的领导人,在看了《黑人的灵魂》后于 1904 年 6 月写信给杜波依斯,并寄给了杜波依斯他自己创作的关于非洲的两本书的复本,《黄金海岸本土机构》(*Gold Coast Native Institutions*)以及《非洲与非洲人》(*Africa and the Africans*)。[①] 虽然杜波依斯的回信不得而知,但这两本书显然可以给予杜波依斯更多关于非洲的信息。

在非洲文化方面,对杜波依斯影响深刻的学者可以说是著名的人类学家弗朗茨·博厄斯(Franz Boas)。博厄斯的人类学田野调查研究打破了之前地理学家和历史学家关于种族与文化发展的诸多论点,成绩斐然,杜波依斯显然也会注意到他的成就。1906 年,作为当时哥伦比亚大学人类学教授

---

① W. E. B. Du Bois, *The Correspondence of W. E. B. Du Bois*, Vol. 1, Selections, 1877 – 1934, ed. Herbert Aptheker, Amherst: University of Massachusetts Press, 1973, p. 76.

的博厄斯应邀在杜波依斯执教的亚特兰大大学的毕业典礼上讲话,演讲的题目是"黑人的过去"(The Negro Past)。博厄斯结合历史与人种志实证调查研究,向毕业生们讲述了非洲对于世界的贡献,无论是在人文历史,还是在科技以及艺术方面,非洲的成绩都极其卓越。他认为:"没有任何解剖学的证据可以表明,黑人种族不能像其他种族的成员一样成为有用的公民。黑人种族有着一些不同的世袭特征,这貌似合理,但是如果因为这些微小的差异而认定他们是低等种类,那完全是专制。"①杜波依斯对此感到震惊,他这么描述自己当时的感受:"我震惊到无法言语。所有这些我从未听过,然后我意识到,对科学的无视会使得真理完全消失,甚至被无意识地扭曲了。"②而事实上,这个时候,杜波依斯已经是哈佛大学历史学博士,并完成了关于奴隶贸易的博士论文,也在柏林受过社会科学的训练。即使有着这样自省意识和教育背景的杜波依斯也会被非洲具有悠久历史和灿烂文化这样的科学调查震惊,可想而知,对于其他大部分没有受过高等教育的黑人而言,这样的发现、这样的震惊还要来得更晚许多。也可想而知,伪科学与刻意的种族歧视所造成的蒙昧之严重。由此,也不难看出,杜波依斯缘何对宣传如此重视,对艺术所应该承载的社会责任感如此强调,实在是因为一边倒的宣传使得真理已被歪曲,真正的历史已被改写。

此番震惊之后,杜波依斯开始不断回溯研究非洲历史。在 1907 年杜波依斯创办的杂志《视野》(Horizon)以及 1910 年主编的《种族界限杂志》(The Journal of the Color Line)中,杜波依斯开始发表与非洲有关的文章。并且在那些年里,杜波依斯也成为泛非运动的重要领导人。通过一系列的泛非会议,非洲力量开始崛起。杜波依斯认为非洲是所有非裔流散人群的根源,其历史和过去孕育了黑人叙述。他深情地写道:

> 非洲的神秘魔力从过去到现在都萦绕在美国,它引导最艰苦的工作,滋养出最好的文学,唱着它最甜美的歌曲。美国最伟大的宿命——虽然不被认可,甚至遭到轻视——就是偿还这块古老大

---

① Kwame Anthony Appiah, *Lines of Descent*, Cambridge: Harvard University Press, 2014, p. 60.

② W. E. B. Du Bois, *Black Folk*, *Then and Now*, New York: Oxford University Press, 2007; originally published in 1939, p. xxxi.

陆的礼物,这些礼物是非洲曾给予美国的先辈的。①

1915 年,他出版了作品《黑人》(The Negro)。虽然在 18 世纪末 19 世纪初开始,杜波依斯就零星地将非洲写入自己的作品,但是直到 1915 年的《黑人》,他才开始认真研究非洲的历史。杜波依斯在《黑人》一书中写道:

> 非洲是最浪漫的,同时也是最悲情的一块大陆。他的名字诠释着其神秘与广博深远的影响力。对古希腊人而言,它是"埃塞俄比亚";对埃及人而言,它是"库什"和"蓬特"(Punt,位于非洲东海岸的索马里和厄立特里亚的某个地方,曾是古埃及人的探险目的地);对阿拉伯人而言,它就是"黑人的大地";对于现代欧洲来说,这是一片"黑色陆地"。②

1923 年,美国总统卡尔文·库利奇(Calvin Coolidge)任命杜波依斯代表美国参加利比里亚总统查尔斯·金(Charles D. B. King)的就职仪式。杜波依斯对美国总统的这次任命十分欣喜,他认为这虽然只是一个礼貌的举动,但却是如此不平凡的,也是时代性的举措。关于这次旅行的见闻和感受,杜波依斯在《非洲对我意味着什么?》("What Is Africa to Me?")一文中做了详细的描述,情感上的震撼溢于言表。出访非洲回来后,杜波依斯显然花了更多时间去了解非洲。1930 年,杜波依斯出版了两本小集子,一本是《非洲:地理,人民与物产》(Africa: Its Geography, People and Products),另一本是《非洲:其现代历史位置》(Africa: Its Place in Modern History)。前一本书是对非洲悠久历史的大致概述,后一本则连接美国和欧洲,介绍了奴隶制和殖民主义。在 20 世纪 30 年代,意大利入侵埃塞俄比亚之际,杜波依斯积极支持埃塞俄比亚,并加入了亚特兰大大学的埃塞俄比亚社团。对当时的杜波依斯来说,他关心的是胜利独立之后的埃塞俄比亚该走怎样的道路,是欧洲式的发展道路还是一条非洲的发展之路。杜波依斯逐渐开始意识到,美国非裔族群的进步离不开非洲的进步,也离不开非洲流散族群的

---

① W. E. B. Du Bois, *John Brown*, New York: Oxford University Press, 2007, p. 1.
② W. E. B. Du Bois, *The Negro*, New York: Dover Publications Inc., 2001, p. 5.

进步。在对非洲的现状和世界的局势有了更清楚的认识后,他在 1936 年说道:"我不认为非洲族裔将会成为真正的美国公民,只要非洲人民还在为白色文明所禁锢,处于被半奴役、被农奴化、被经济剥削的境地。"①

1939 年,《黑人的过去与现在》(*Black Folk*:*Then and Now*)出版,这本书对非洲的历史做了更为详尽的介绍,它更注重的是在欧洲帝国殖民统治之下的非洲现代历史,对当时的非洲形势做了分析,特别是从经济分析的角度阐释了欧洲帝国主义在非洲的影响。在书中他写道:"很有可能是非洲而非亚洲,是人类的发源地,所有族群的血液里都流淌着古代黑人的血液。"②1947 年,在第二次世界大战之后的阴影之下,杜波依斯出版了《世界与非洲》(*The World and Africa*),他写道:"非洲看到了上帝的星星;亚洲看到了人们的心灵;欧洲过去和现在都只看到人们的身体,身体得到喂养、润饰直到发胖,变大,变得残忍。"③早在 1909 年,他就计划出版一本非洲百科全书,希望给读者展现最新的非洲历史以及流散历史,但很遗憾,最后没有完成就已去世。

第一次世界大战以后,从 1919 年到 1927 年间,杜波依斯发起召开了四次泛非大会。泛非会议探讨的不仅仅是黑白种族关系,更是东方与西方的关系,是所谓的白人与所有所谓的有色人种之间的关系。在这个过程中,杜波依斯认为第一次世界大战的根源在于西方列强的扩张以及对有色人种劳动力的争夺,并意识到种族歧视是与经济发展相关的。但是无论对于美国黑人来说,还是全世界被奴役压迫的有色人种来说,如果没有黑色意识的觉醒,那么政治与经济地位的提升是不可能的。埃塞俄比亚主义作为宗教文化信仰,其影响力广泛深远,可以激发全世界非洲流散人群的觉醒,也是对所有被奴役的有色人种的激励。但是,与其他埃塞俄比亚主义的信仰者如爱德华·布莱登和马库斯·加维等不同,杜波依斯并不提倡"回到非洲",他更倾向于全世界有色人种在精神层面上的觉醒与联合,而非地理层面的孤立发展。

---

① W. E. B. Du Bois, "Pan-Africa," *Pittsburgh Courier*, April 25, 1936, in Herbert Aptheker, ed., *Newspaper Columns by W. E. B. Du Bois*, Vols. 2, White Plains, 1986, p. 66.

② W. E. B. Du Bois, *Black Folk*:*Then and Now*, Cambridge:Oxford University Press, 2007, p. 10.

③ W. E. B. Du Bois, *The World and Africa*:*An Inquiry into the Part Which Africa Has Played in World History*, Millwood:Kraus-Thomason, 1976, p. 149.

三、埃塞俄比亚主义与杜波依斯的文学创作

一方面,如上文所呈现的那样,杜波依斯通过阅读文献以及其他社会科学的调查方法切实地介绍非洲的状况。另一方面,他也将非洲的神话、埃塞俄比亚传统,以及非洲的历史结合文学隐喻运用到自己的创作中,比如他的历史剧及文论甚至小说中。杜波依斯显然是希望改变在美国主流社会既有的对美国非裔人的历史叙述,从而书写全新的关于美国非裔历史的文化记忆;同时,通过对埃塞俄比亚主义的艺术发挥,杜波依斯实则是在建构一种黑色弥赛亚的形象与信仰。就如黑色基督一般,黑色弥赛亚通过"非洲会崛起,非裔后代会崛起"的信条引导黑人群体走向泛非身份,帮助他们摆脱双重意识带来的困囿与撕扯,从而在看到种族界限局限的同时也看到超越这种局限的可能性。

杜波依斯首次将埃塞俄比亚主义的概念引入文学创作是在 1890 年的毕业演讲上,他劝诫白人听众:"埃塞俄比亚伸开双臂,你们欠她一份人性债,她已将其美丽、耐心以及伟大变为法则。"①在这里,埃塞俄比亚显然被用于指代美国黑人,之后,杜波依斯又用这一概念来指代非洲,用来指代那神秘的黄金时代的非洲。杜波依斯通过历史考证得知,在奴隶贸易之前,非洲有自己较为完善的社会、宗教、政府、婚姻、工作、娱乐和家庭机制等,但是奴隶贸易破坏了一切。

1906 年,亚特兰大发生大暴乱,造成大批美国黑人伤亡,杜波依斯在坐火车赶回亚特兰大的途中悲愤交加,在火车上他写下了诗歌《亚特兰大的祈祷》。《亚特兰大的祈祷》是杜波依斯颇为重要的一首诗歌,可以说预示着他在情感表达上的一种转折。在这首诗歌中,杜波依斯质问了上帝的种族身份:"您肯定也不是白人吧,哦,上帝,一个脸色苍白的、没有血液、没有人心的东西?"②这不仅是一种埃塞俄比亚主义式的黑人经验,也颠覆了一种传统的白人至上审美哲学,白色不再是真善美的最高标准。杜波依斯认为白色意味着人性的缺失和内在灵魂的丧失。看似杜波依斯是在指责沉默的上帝,实则他是在指责白人。他指责白人以上帝的名义张扬跋扈,这是对基督

---

① W. E. B. Du Bois, *Du Bois: Writings*, New York: Library of America, 1986, pp. 813-814.

② W. E. B. Du Bois, *Darkwater: Voices from Within the Veil*, New York: Dover Publications, 1999, p. 15.

教义的玷污,亚特兰大的祈祷又何尝不是一个种族的祈祷。在 1907 年的《黑烟之歌》("The Song of Smoke")中,他直截了当地指出了上帝就是黑色的:"我为上帝刻上夜的黑,我把地狱涂上昼之白。"①值得一提的是,在形式上,《亚特兰大的祈祷》采用自由的诗体,如叙事一般将愤怒与质问娓娓道来;《黑烟之歌》的每一节则工整押韵,诗行有长短长的规律,整首诗就像缕缕袅袅升起的黑烟。不难发现,杜波依斯对黑人精神的颂扬和对白色的批判都越来越直白。

在他 1905 年的一首诗歌中,地球母亲对其小女儿"埃塞俄比亚"说道:"埃塞俄比亚,我的小女儿,你为何在太阳下游荡?看看你那高个姐姐,浑身苍白,一双蓝色的眼睛——看看那强壮的兄弟,无比精明,顶着滑溜的头发。——看看他们干了什么!"紧接着是小女儿的回答:"花儿,哦,大地母亲,我带来了花儿,还有歌中之歌的回音……我曾见过美景,听过动人的声音;故事和歌曲很快烂熟于心——如果我曾游荡,与阳光亲吻,哦,原谅我,母亲,不要苛责我——我同样活着。"②这里的埃塞俄比亚显然是指黑色非洲,看似大地母亲是在苛责非洲的碌碌无为,实则很容易看出作者对非洲的赞颂,它有着孩童般对大自然的热爱,它有着"小女儿"女性化的美与温柔,而其兄弟姐妹却是"苍白""精明"的。两年后,在他的《斯芬克斯之谜》的诗歌中,杜波依斯对非洲的赞颂更为明显,对白色世界的挖苦也更为尖酸。世界意志召唤黑人妇女崛起,但是却被阻挠,那是"白色世界的害虫和污秽,所有伦敦的肮脏,纽约的糟粕"③。在《埃塞俄比亚的双手》("The Hands of Ethiopia")中,杜波依斯直接将那极具影响力的《圣经》经文加以演绎:"埃塞俄比亚即将伸向上帝的并非一双无助乞怜的手,而是一双布满伤痛与希

---

① W. E. B. Du Bois, "The Song of Smoke", *The Crisis*, February, 1907.

② 在 1905 年亚特兰大大学刊物《月亮》(*The Moon*)第 10 期上,杜波依斯用笔名"月亮(The Moon)"发表的一首诗歌。不少学者认为,当时杜波依斯作为该刊物的编辑,很可能是这首诗歌的作者。这两处引文原文如下:

"Ethiopia, my little daughter, why hast thou lingered and loitered in the Sun? See thy tall sisters, pale and blue of eye-see thy strong brothers, shrewd and slippery haired-see what they have done!"

"Flowers, O Mother Earth, I bring flowers, and the echo of a Song's song…, I have seen Sights and heard Voices; Stories and Songs are quick within me—If I have loitered, sun-kissed, O forgive me, Mother yet chide me not btterly—I too have live."

③ W. E. B. Du Bois, *Darkwater: Voices from Within the Veil*, New York: Dover Publications, 1999, p. 30.

望的手;坚硬、布满老茧却又遒劲有力,能实实在在地工作,这双手是来拯救几乎淹没在混乱世界中的人们的,是来帮助焦头烂额的上帝的。"①从一系列的创作中,通过各种想象与隐喻,可以看出杜波依斯对黑人以及黑人文化的赞颂。他赋予它们孩童的纯真自然、女性的柔美与坚韧、黑烟一般冉冉升起的意志,甚至认为黑人文化可以拯救世界混乱的局面。

通过对非洲文化、非洲历史以及世界格局进行的社会科学视角分析,杜波依斯认识到,非洲的落后,非裔后代受到奴役是历史社会的原因,而非神圣上帝的意志。因此,杜波依斯通过黑色弥赛亚的象征意义唤起全世界泛非人群的集体意识和身份认同,他所建构的黑色弥赛亚,不是正在经受十字架折磨的基督,而是已经觉醒,已经开始反抗的黑色意识。最终的结局会是怎样?会迎来各种族新的和平与民主吗?杜波依斯显然是充满希望的,因为他坚信"非洲总是有新的事物出现"②。

在《什么是文明?非洲的回答》中,杜波依斯认为,黑色非洲给世界文明提供了三样重要的礼物。其一便是人类文化的起源。杜波依斯认为:"无论人类文化在哪里迈开颤颤巍巍的第一步,哪一回第一次成功打败了野兽,何时对抗天气与疾病,你都能在那看到黑人。"③在杜波依斯看来,非洲文化不仅成功而且持续发展,源远流长。非洲文化在埃及、在埃塞俄比亚得到了最完美和最高形式的实现,如今这种非洲文化的精髓传播到了地中海地区,传到了美洲,其他的文明在非洲人的智慧与肩膀之上创造了文明与繁荣。正如他在《埃塞俄比亚之星》中认为,非洲带给世界的礼物里还有现代西方工业文明发展不可或缺的铁。其二,非洲带给世界的是乡村的概念。现代西方文明崇尚大都市,但是在杜波依斯看来,西非理想的村庄才是完美的人类创造。它最美好的地方就是自然和谐,能融合对立面,也能包容诸多个性化的存在。现代都市却恰恰相反,城市变得越来越大,很多东西越来越像,人们在钢筋水泥下变得机械化,不再生动有个性,逐渐变成了没有灵魂的生物。西非的乡村也带给世界最初的关于宗教、工业以及政府的概念。但是

---

①　W. E. B. Du Bois, *Darkwater*: *Voices from Within the Veil*, New York: Dover Publications, 1999, p. 42.

②　Ibid.

③　W. E. B. Du Bois, "What Is Civilization? Africa's Answer", *The Forum*, February 1925, pp. 178-188.

西方世界的铁蹄却践踏了西非乡村的美好与和谐,奴隶制几乎毁灭了乡村文化。"对美的感知是非洲送给世界最后也是最好的礼物,它是黑人灵魂的本质。"①黑色非洲的第三份礼物便是非洲艺术——"在民俗、雕塑和音乐中实现美"②。

可以说,埃塞俄比亚传统作为一种文化宗教传统,在诸多美国非裔学者、诗人的努力下,进入了美国非裔文学史。与这一传统相关的创作不胜枚举,杜波依斯的创作显然是最重要的部分。

1963 年 2 月,杜波依斯加入了加纳国籍。就像他兜兜转转几十年,最后加入共产党一样,或多或少,这最后的"皈依"看起来更多的是一种象征性的意味,可以说是他对埃塞俄比亚主义最后做出的身体力行的宣传。在政治经济发展的方面,他对非洲的潜力还是持有保守的态度。事实上,在其小说《黑公主》中,非洲几乎在这个对新世界的计划中被遗忘了,只有少许的笔墨描写了北非,比如埃及。在黑色火焰三部曲中,主人公孟沙周游全世界去见识、体验、感受各处的教育,但是却没有去非洲。虽然 1923 年初次去非洲的经历使得杜波依斯很是兴奋,但是回来之后,他依然觉得回到非洲的种族运动显然是不靠谱的。所以,杜波依斯更多的是运用诗意的语言、寓言以及预言,通过黑色非洲的弥赛亚形象来阐释自己对于种族的理解以及对美国黑人未来的信心。

杜波依斯身上有太多的矛盾,他是黑与白的混血,出身贫寒却也最终成为万人瞩目的黑人领袖,成长在北方新英格兰地区,大部分时间却在南方度过,体会过浪漫的爱也经历了折磨人的痛苦。他是美国的、非洲的,又是世界的,既是民族主义者又是国家主义者,有着追溯传统与经典的怀旧情结同时又与时俱进。他有着诗人般的情谊,但是却将社会科学视为终身的学术研究与创作工具。他总是过着双重的生活,或对立,或矛盾,或互补,他都努力地融合着看似不太和谐的两者,继而不断地对两者的冲突做出回应。这样的纠结与矛盾也典型地体现在他对非洲文化与历史的情感上,他颂扬非洲的文明,也看到了它落后的现状。杜波依斯本身太国际化,也太复杂,更是一个崇尚精神自由的学者,他无法将自己完全视为非洲后裔。无疑,杜波

---

①　W. E. B. Du Bois, "What Is Civilization? Africa's Answer", *The Forum*, February 1925, pp. 178 – 188.

②　Ibid.

依斯属于全世界、属于全人类。

但是无论如何,杜波依斯关于非洲的学术研究及文学创作是无法被人遗忘的,他关于非洲文化和历史的研究与创作宣传丰富了埃塞俄比亚主义。他的思想对全世界非裔流散族群产生了深远的影响。南非杰出的新闻工作者和思想家索尔·普拉杰(Sol Plaatje)早在20世纪初就开始阅读杜波依斯的著作,他的著作《南非的本土生活》(*Native Life in South Africa*,1916)深受《黑人的灵魂》的影响,其叙述手法和内容都有诸多类似之处,他本人和杜波依斯也通过信件等形式进行思想交流。著名的法国马提尼克作家弗朗茨·法侬的作品与杜波依斯的"双重意识"有着紧密联系。法侬对"双重意识"这种社会心理做了延展,他认为,与美国非裔一样,所有被殖民者都具有"双重意识"。哈莱姆文艺复兴对20世纪30年代初在巴黎兴起的黑人性运动(The Negritude Movement)的影响力众所周知,黑人性运动的主要领导者热忱拜读哈莱姆文艺复兴时期重要作家的文章,比如兰斯顿·休斯等。黑人性运动的主要干将,著名的塞内加尔诗人列奥波尔德·塞达·桑戈尔(Léopold Sédar Senghor)就经常阅读杜波依斯创办的《危机》杂志。

第三节 黑肤的俄耳浦斯:演绎灵歌

1948年,法国作家萨特为塞内加尔诗人列奥波尔德·塞达·桑戈尔编辑的《黑人和马尔加什法语新诗选》(*Anthologie de la Nouvelle Poésie Nègre et Malgache de Langue Française*)写了长序,名为《黑肤的俄耳浦斯》("Orphée Noir"),他用古希腊神话中音乐家俄耳浦斯的形象歌颂黑人诗人,并指出黑人对自我身份的不懈思考让他想起了俄耳浦斯勇闯冥界要回妻子。[①] 这在美国黑人中引起了强烈反响,此后"黑肤的俄耳浦斯"几乎成了黑人诗人的代名词。杜波依斯无疑是一位典型的"黑肤的俄耳浦斯"。俄耳浦斯用音乐抒发心中痛失爱人难言的悲苦与对往昔美好的思念,他的音乐凄苦绝美。杜波依斯用充满诗意的语言,通过对黑人灵歌别具匠心的演绎,展现出黑人艺术独特的美。可以说,作为对非洲想象和美国经历的高度

---

① 参见 Jean-Paul Sartre and John MacCombie,"Black Orpheus",*The Massachusetts Review*,Vol. 6,No. 1,Autumn,1964 - Winter,1965,pp. 13 - 52.

浓缩,灵歌无论从形式还是内容上,都典型地阐释着美国黑人的"双重意识"。在阐释灵歌本身蕴含的深刻哲理的同时,杜波依斯也将其融入自己对艺术与宣传的理解。他将黑人灵歌命名为"悲歌"(Sorrow Song),他认为灵歌足以唤起黑人种族对共同记忆与经历的共鸣,对美好未来的积极憧憬。杜波依斯的独特演绎也使得黑人灵歌的意义得以丰富。

正如本文上一节所提及的那样,杜波依斯认为,黑色非洲带给世界的第三份礼物便是黑人艺术。可以说,黑人艺术最为精练地体现在灵歌上。在其扛鼎之作《黑人的灵魂》中,杜波依斯用诗意的语言呈现了美国黑人对自我的肯定和对自由平等的希冀。对黑人灵歌的独特运用是该书的一大亮点,也是其灵魂所在。《黑人的灵魂》以深刻的思想和精致的语言确立了它在美国文学史上的地位,许多著名学者如兰斯顿·休斯和亨利·路易斯·盖茨等,都将此书与《圣经》相提并论。阿诺德·拉波塞德曾经说过:

> 如果一个民族的文学都可以追溯到一本书的话,就像海明威曾认为《哈克贝利·费恩历险记》是整个美国现代文学的源头,那么可以肯定地说,所有具有创造力的美国黑人文学都源于杜波依斯在《黑人的灵魂》中对黑人本质的综合论述。[1]

哈莱姆文艺复兴,如杜波依斯所评价的那样,"其实非常明显也很确定,是以黑人种族的过去历史为基础迸发出新的知识与灵感"[2]。那么从这个层面来看,《黑人的灵魂》通过对灵歌的创新运用已经提前实践了黑人文艺复兴的精神。

《黑人的灵魂》共十四章,每章都由三个部分组成,第一部分是白人诗歌或者黑人民谣的节选,第二部分是截取的一段没有歌词的灵歌歌谱片段,最后是正文。全书的最后一章取名《悲歌》,杜波依斯如同解开谜底一般,将引用的大部分谱子的出处娓娓道来。虽然杜波依斯传达的信息很明确:灵歌是黑人文化成就的重要标志,但他并未详细将每一章曲子的出处都做明确

---

① Arnold Rampersad, *The Art and Imagination of W. E. B. Du Bois*, Cambridge: Harvard University Press, 1976, p. 89.

② David Levering Lewis, ed., *W. E. B. Du Bois: A Reader*, New York: Henry Holt and Company, LLC, 1995, p. 507.

交代，也并未对曲子选择和诗曲搭配的初衷给予多少笔墨。这独特的歌谱运用，使得灵歌仿佛也被戴上了帷幕，除了带给读者审美的阅读体验外，更像是有着特殊内涵的文学密码，诠释着作者欲说还休的思想。同时这也使得杜波依斯提出的"双重意识"和"帷幕"在内容和形式上都得到了诠释，整本书宛如一尊寓意深刻的艺术品，耐人寻味。

一、灵歌的隐喻

杜波依斯在《黑人的灵魂》中对灵歌的独特运用受到了诸多学者的关注。学者艾瑞克·桑迪奎斯特就指出："可以想象的，杜波依斯删除了灵歌歌词是为了不把代表奴隶文化的方言呈献给读者。"①就像美国黑人的日常话语一样，灵歌的部分歌词有着浓厚的黑人方言和口语特征，相对而言，显得粗俗。杜波依斯在文章的开头引用欧美诗人的诗歌，接下去附上灵歌的歌谱，是希望将这两种形式放在平等的位置上，从而也预示黑人文化可以和白人文化平等。弗吉尼亚·史密斯（Virginia Smith）也注意到，杜波依斯认为灵歌尤其是他选用的这些灵歌才最纯粹。② 这也是为什么杜波依斯不选择拉格泰姆（ragtime）等其他音乐形式的原因，因为灵歌所包含的消极负面的黑人文化相对比较少。正如布克·华盛顿在为柯勒律治·泰勒的《黑人二十四曲》（*Twenty-Four Negro Melodies*，1905）一书作序时写道："最有修养的民族音乐人，有着最高审美理想的人，应该在展示黑人民歌的时候给它们新的阐释和更多的尊严。"③杜波依斯这样的呈现方式，也是为了彰显黑人文化中最具代表性的精华部分。

如果把略去歌词这样的表现方式仅仅看作一种"去芜存菁"的做法，则大大忽略了其灵歌中的寓意。《黑人的灵魂》全书阐释了在"帷幕"之下的黑人有着"双重意识"。尴尬艰难的处境使得他们无法直接表达自己的心绪，灵歌是他们与这个世界交流的重要方式。"奴隶通过这些歌曲向世界说话。这种声音自然有所掩饰，若隐若现。歌词和音乐彼此遮掩，从神学上引来的

---

① Eric J. Sundquist，*To Wake the Nations：Race in the Making of American*，Cambridge：Harvard University Press，1992，p. 493.

② 参见 Virginia Whatley Smith，"They Sing the Song of Slavery"，in ed. Dolan Hubbard，*The Souls of Black Folk：One Hundred Years Later*，Columbia：University of Missouri Press，2003，p. 114.

③ Samuel Coleridge-Taylor，*Twenty-Four Negro Melodies*，Boston：O. Ditson Co.，1905，p. viii.

一知半解的新词句和术语代替了原有的感情。"①这些歌曲都是历经岁月沧桑留存下来的精华,"乐曲比歌词更古老"②。黑人民族将这些歌曲代代流传,后来的人们也许"并不知道歌词的意思,但却很清楚音乐的意思"③。抹去歌词的歌谱,是黑人民族能共同领会的隐喻,那里有只可意会、不可言传的忧伤与希望。

灵歌是专属于黑人民族的宝贵遗产,不仅仅是歌词与歌谱之间有着一种"帷幕"式的密码,而且歌谱与演唱者之间也有着"帷幕"式的密码。

> 对黑人音乐家来说,一个音乐作品是要在表演中通过即兴使之实现的、活的、模糊的乐思,即兴也不仅仅是装饰:演奏者通过音符、节奏、噪音音色、乐器音色以及甚至结构上的变化重新创造音乐。音乐家成功的秘诀就是每一次表演的再创造。④

《美国奴隶歌曲集》的主编爱伦写道:"黑人的歌声有一个无法模仿的特点。歌者的调子变化极其细微,根本没有办法在纸上重新表示出来。"⑤这也是黑人灵歌特有的属性。从某种意义上来说,没有真正能被用文本形式记录下来的灵歌,如果有,那也是对灵歌自由即兴特质的一种亵渎。也正是基于这样的事实,我们有理由相信,杜波依斯每章开头的灵歌歌谱显然饱含着诸多音乐符号本身无法传达的意义与感情。

对于熟悉这些乐谱的美国黑人而言,他们不仅可以感知到乐声,甚至可以想起被掩盖的歌词,也就同样能体会曾经的种族创伤与痛楚。在文字与音乐之间、歌词与歌谱之间都横亘着一条界限,这条界限从黑白种族之间的界限上衍生而来。因为对于不曾听过灵歌、不曾有过黑人经历的白人而言,那仅仅是一群普通的音符。残缺的乐谱、隐身的歌词似乎是在控诉,黑人的声音——寻求自由与平等的声音,总是无法被主流社会听到。黑人在美国

---

① 杜波依斯:《黑人的灵魂》,维群译,北京:人民文学出版社,1959年,第211页。

② 同上书,第218页。

③ 同上书,第219页。

④ Gilbert Chase 等著:《美国音乐》(下),韩宝强等译,《音乐学习与研究》,1990年第2期,第40页。

⑤ Allen, William Francis, *Slave Songs of the United States*, New York: A. Simpson & Co., 1867, pp. iv‐v.

社会是隐形的,也是无声的。

当然,灵歌在《黑人的灵魂》中的寓意不仅仅在于其本身有着无穷的隐喻意义,还在于它与第一部分的诗歌以及第三部分的正文内容都有恰如其分的呼应。根据学者艾瑞克·桑迪奎斯特的考证,第一章到第十四章所截取的乐谱片段分别来自以下灵歌:《我所经历的悲伤无人知晓》("No Body Knows the Trouble I've Seen"),《我的主啊,多苦啊!》("My Lord,What a Mourning!"),《在乐土的一次野营大集会》("A Great Camp-Meeting in the Promised Land"),《我的路烟雾弥漫》("My Way's Cloudy"),《岩石与高山》("The Rocks and the Mountains"),《前行》("March On"),《灿烂的闪光》("Bright Sparkles"),《孩子们,你们将会被召唤》("Children,You'll Be Called On"),《我是个摇滚者》("I'm a Rolling"),《溜走》("Steal Away"),《我希望母亲就在天上那个美丽的世界》("I Hope My Mother Will Be There in That Beautiful World on High"),《慢慢跑啊,亲爱的马车》("Swing Low,Sweet Chariot"),《我听到号角鸣响》("I'll Hear the Trumpet Sound")或者是《你可以把我埋葬在东方》("You May Bury Me in the East"),《与神较力的雅各啊》("Wrestling Jacob")。① 这些几乎都是美国黑人耳熟能详的灵歌,它们展现了美国黑人悲伤的内心和永葆希望的勇气。十四首灵歌的顺序安排看似漫不经心,其实都出自作者的深思熟虑。

比如第一首灵歌《我所经历的悲伤无人知晓》是最具黑人特色也是最著名的灵歌之一。它讲述了饱经苦难的黑奴向上帝诉说自己不为人知的境遇,并祈祷获得上帝的慈爱。音乐深沉迟缓,如泣如诉,它与第一章诗歌和正文一起在一开始就奠定了整本书的基调。第一章的第一部分,作者引用的诗歌是英国诗人亚瑟·塞门斯(Arthur Symons)的《水之泣》("The Crying of Water")。诗中呼啸的大海日夜不停地哭泣着,仿佛叙述者那疲惫不堪的心在流泪。在该章第三部分的正文中,作者也论述了黑人民族正处于一个"风暴与压力"②的时代,犹如一叶孤舟在变幻莫测的大海上飘摇。这两部分与悲歌《我所经历的悲伤无人知晓》所表达的主题十分契合。正如作者在最后一章介绍的那样,当美国拒绝履行将土地分给自由黑人的承诺

---

① Eric J. Sundquist, *To Wake the Nations*:*Race in the Making of American*,Cambridge:Harvard University Press,1992,p.492.

② 杜波依斯:《黑人的灵魂》,维群译,北京:人民文学出版社,1959年,第10页。

时,人群中一位老人开始唱起了这首歌,感染了全体群众。这就是美国黑人所经历的苦难,从第一批被荷兰殖民者带到美洲的黑人那里开始,他们就一直在承受着生命不能承受之重。即使是在林肯宣布奴隶得到解放后,真正的自由与平等依然是那么遥不可及。不久,他们就意识到了显而易见的重建的失败。他们的命运还在飘摇,他们还需要坚持,就如疲惫的赶路人,纵然千疮百孔,依然得坚持着。这是一份悲痛的集体记忆,其中的千回百转难以言表,无人知晓。

第十一首灵歌《我希望母亲就在天上那个美丽的世界》,曲调忧伤,表达的主题是怀念逝去的家人,祈愿他们去到天上那个美丽的世界——天堂。身为奴隶,分离与死亡是生活中太平常的经历。这首灵歌带给美国黑人的慰藉不言而喻。对于作者本人而言,这首灵歌也有着重要的意义。第十一章中的第一部分,作者引用了 19 世纪著名英国诗人阿尔杰农瑟·史文朋(Algernon Swinburne)的诗歌《伊蒂拉斯》("Itylus"),诗歌中夜莺吟唱出的苦难和伤痛与灵歌的忧伤基调同样十分契合。《伊蒂拉斯》来源于古希腊神话。古雅典王有两个女儿。姐姐的丈夫觊觎妹妹的美貌,玷污了她并将其囚禁在森林中。姐姐为了给妹妹复仇,杀死了亲生儿子伊蒂拉斯并将其煮了给丈夫吃。为责罚姐妹的行为,神将姐姐变成了燕子,将妹妹变成了夜莺。妹妹无法忘却痛苦的记忆,总是惦念那个无辜去世的孩子,所以夜莺的歌声里满是忧伤。同样的,第十一章的内容正是作者叙述痛失头生子的悲伤经历以及他对往昔痛苦记忆的无法释怀。《我希望母亲就在天上那个美丽的世界》的歌词包含四个小节,每个小节分别以"我希望我的母亲将在那里""我希望我的姐妹将在那里""我希望我的兄弟将在那里""我知道我的救世主将在那里"①开头。活着的美国黑人将对已逝亲人同胞的怀念寄托在歌声中。就如灵歌所传达的祈愿那样,杜波依斯也宽慰自己,儿子虽然离开人世,但他也同时告别了这个充满了"帷幕",必须带着"双重意识"生活的世界,去到一个自由平等的极乐天堂。

上述两章可谓最为典型也最恰如其分地体现了作者对灵歌隐喻艺术的准确把握。打头的诗歌,中间悲歌的歌谱与最后的正文,这三个部分犹如一

---

① Hildred Roach, *Black American Music : Past and Present*, New York: Crescendo Publishing Co., 1976, p. 27.

首三段式的歌曲,格调不一却有着相同的基调和主题,就像黑人音乐经典的呼应(call and response)演唱方式。歌谱的隐喻在文字与音乐之间架起了一座桥梁,并延展向黑人的历史与记忆。

二、灵歌与种族记忆

杜波依斯出生并成长在美国北部新英格兰地区,在南方求学、成熟并度过人生的大部分时光,生命足迹留在了美洲、欧洲、亚洲,最终加入了非洲加纳国籍。他个人的流散与整个非裔种族的流散经历交织,强化了其民族认同感。正是这般自觉内省的种族意识,使得杜波依斯不禁思考,非洲于我意味着什么?杜波依斯认为:"有一件事情是确定的,他的祖先以及他的子孙有着同样的历史,遭受同样的磨难,有着同一绵长的记忆。"①

正如在黑色火焰三部曲中,杜波依斯以家庭与个人的经历来呈现历史的变迁那样,杜波依斯倾向于在其创作中也用鲜活的记忆来挑战白人主流社会的宏观历史叙述。学者皮埃尔·诺拉(Pierre Nora)认为:"历史和记忆不仅不是同义词,而且更可能完全不同。记忆是活的,来自活生生的社会……而历史则只能从已经逝去的过去中重构。"②杜波依斯用各类题材让种族记忆发出自己的声音,在其叙述中,杜波依斯重视非洲流散经历这"同一绵长的记忆"。这一份集体记忆不仅给予了个人以身份和归属感,也将整个集体聚合。杜波依斯清楚地记得祖父的祖母传唱下来的一首歌:

> Do bana coba, gene me, gene me!
> Do bana coba, gene me, gene me!
> Ben d'nuli, nuli, nuli, nuli, ben d'le.③

尽管时隔两百年,歌词的意思已经模糊,但人们却很清楚音乐的意思。这就像诺拉所说的,真正的记忆,"藏匿在手势和习惯中,是通过无言的传统传承下来的一种熟练,在身体内在的自我中,在不自知的反应中,在根深蒂

---

① W. E. B. Du Bois, *Du Bois*: *Writings*, New York: Library of America, 1986, p. 640.

② Pierre Nora, "Between Memory and History: Les Lieus de Memoire." Trans. M. Roudebush, *Representations* 26, Special Issue: Memory and Counter-memory, 1989, pp. 7-24.

③ 杜波依斯:《黑人的灵魂》,维群译,北京:人民文学出版社,1959年,第219页。

固的记忆里"①。的确,灵歌填充了时空,它不专属于某一个时间段,却连接了过去、将来和现在,是美国非裔集体长久的记忆。而与之形成鲜明对比的则是西方文明社会对鲜活记忆的冷漠,对刻板历史资料的盲目崇尚。杜波依斯曾记得这样一件事情,因为其高祖父的革命记录,杜波依斯曾被考虑纳入马萨诸塞州美国革命子孙协会,但是最后却被拒绝了,因为他无法提供其高祖父的出生证明。② 标榜文明的美国社会需要依靠冰冷的文件档案来证明身份,实现交流与联系。作为被歧视的非裔后代,却用鲜活的记忆和代代相传的炙热情感来维系家庭与种族。正如豪尔赫·路易斯·博尔赫斯(Jorge Luis Borges)所说:"每位作家都是创造自己的先驱者,其作品改写了我们关于过去的概念,亦改写了将来的概念。"③杜波依斯对灵歌的运用,不仅用记忆挑战了白人主流的权威,也赋予了美国黑人历史流动的生命力。代代相传的灵歌诠释了美国黑人长期以来不言而喻的情感认同,承载着不可磨灭的种族集体记忆。黑人种族的过去、现在与将来通过炙热的家族情感紧密维系在一起。

在《黑人的灵魂》中,杜波依斯将灵歌取名悲歌,顾名思义,其中的情感大多是悲伤的。"从省略和缄默里窥见一些不言而喻的心意,歌曲常常歌颂母亲和孩子,很少父亲;常常歌唱逃亡者和流浪者渴望同情和怜悯,很少歌唱求爱和结婚;常常描写岩石和山峦,不常描写家乡。"④太多的黑人奴隶不知道自己的父亲是谁,他们没有正常的爱恋与婚姻,更不知道何处是自己的归属。19 世纪美国废奴运动领袖弗雷德里克·道格拉斯在其生平自述中写道:"奴隶们在最不开心的时候唱得最多。奴隶之歌唱出了心中的悲伤;只有当伤痛的心因为哭泣得到抚慰,奴隶们才会因为歌曲得到释怀……我经常唱歌来表达我的悲伤,很少表达快乐。"⑤用灵歌来表达悲伤、释放悲伤是美国黑人一种不言而喻的传统。法国著名历史学家哈布瓦赫认为:"我们

---

① Pierre Nora, "Between Memory and History: Les Lieus de Memoire." Trans. M. Roudebush, *Representations* 26, Special Issue: Memory and Counter-memory, 1989, pp. 7–24.

② W. E. B. Du Bois, *Du Bois: Writings*, New York: Library of America, 1986, p. 638.

③ Jorge Luis Borges, *Labyrinths: Selected Stories and Other Writings*, New York: New Directions, 1988, p. 201.

④ 杜波依斯:《黑人的灵魂》,维群译,北京:人民文学出版社,1959 年,第 223 页。

⑤ Frederick Douglass, "Narrative of the Life of Frederick Douglass", in ed., William L. Andrews, *Classic American Autobiographies*, New York: Signet Classics, 2003, p. 249.

保存着对自己生活的各个时期的记忆,这些记忆不停地再现,通过它们,就像是通过一种连续的关系,我们的认同感得以终生长存。"①灵歌解释了很多个人的创伤是如何慢慢地成为大家共同的集体记忆与情感诉求。杜波依斯写道:"它们每一支都是在南部出现的,都是我所不熟悉的,但是一进入我的耳朵,就好像都是我自己唱出来一样。"②灵歌已经不单纯是音乐,它是一种集体记忆的艺术。就像是日常生活中的习惯,又像是通过无言的传统传承下来的一种熟练,它在内在的自我中,在不自知的反应中,是美国黑人生活中不可或缺的一部分。

音乐与历史的结合有着悠久的传统,古希腊时期就有吟游诗人传播史诗。"在非洲,历史与叙事紧密联系,非洲大陆的历史记载多源自口头叙述,鲜有记载成文的。"③非洲有专门的史诗演唱艺人,称呼诸多,最常用的叫法是"griot"。在西非,griot专门指音乐和歌唱世家出身的史诗演唱艺人。美国黑人社区中总也缺少不了专门的歌唱者。哈莱姆文艺复兴时期的著名作家詹姆斯·约翰逊这样写道:"吟游诗人通过成就获得认可。他们是谱曲者(makers of songs)和领唱者(leaders of singing)……我记得儿时那伟大的领唱者'白衣妈妈'和谱曲者'歌唱的约翰逊'。"④"歌唱的约翰逊"的主要工作就是唱歌,他谱曲奏唱,游走四方,有着高超的即兴演唱才能,在各类民间集会中扮演重要的角色。无论是"白衣妈妈""歌唱的约翰逊"还是诸多不知名的美国黑人,通过灵歌,他们将种族的记忆浓缩成特殊的音调,各种政治与文化情感都在灵歌中得以体现,无论是倾诉、反抗、希望,还是对非洲土地的想念、对北方的向往和日常生活的感悟。弗雷德里克·道格拉斯在其生平自述中写道:"我有时候想,相较于阅读整部奴隶制历史,听这些歌曲会使得人们对奴隶制的印象更为深刻。"⑤从某种程度上说,音乐更能表达出言语无法表达的深意。每个音调都是反抗压迫的证据,是希望上帝能够帮助

---

① 莫里斯·哈布瓦赫:《论集体记忆》,毕然,郭金华译,上海:上海人民出版社,2002年,第82页。

② 杜波依斯:《黑人的灵魂》,维群译,北京:人民文学出版社,1959年,第216页。

③ 曾梅:《新奇、瑰丽、多彩的乐章——非洲史诗传统》,《外国文学研究》,2006年第5期,第151页。

④ James Weldon Johnson, and J. Rosamond Johnson, *The Book of American Negro Spirituals and the Second Book of Negro Spirituals:Two Volumes in One*,New York:Viking Press,1926,pp. 21 - 22.

⑤ Frederick Douglass, "Narrative of the Life of Frederick Douglass", in ed., William L. Andrews, *Classic American Autobiographies*,New York:Signet Classics,2003,p. 249.

摆脱枷锁的祈祷。用灵歌来表达悲伤、释放悲伤是美国黑人一种不言而喻的传统。做着苦工的奴隶会在垃圾和尘土中浅唱忧伤,自我慰藉:

> 尘土,尘和土,在我墓上飞扬,
> 但上帝把我的灵魂送回了家。①

即便是在看似倾诉爱情的歌曲里,依然藏着不易觉察的辛酸与无奈:

> 哦 罗茜,可怜的姑娘;哦 罗茜
> 可怜的姑娘;罗茜已碎了我的心,
> 天堂将会是我的家。②

一个民族或一个社会的记忆是对过去的重构。杜波依斯的灵歌唤起人们对过去的记忆,也书写着当下的黑人历史。灵歌的基调依然是忧伤的,那缺失的歌词在黑人的记忆里,其实也在每一章的字里行间,那就是此时此刻黑人的真实境遇。看似获得自由与平等的黑人依然遭受着贫穷和无知的束缚。在《黑人的灵魂》中,杜波依斯并不是仅仅专注地描绘黑人过去的伤痛记忆,他用小说、诗歌、乐谱、田野调查的记录等各种方式,充分呈现了当时黑人农民在内战停息、重建失败的背景下最真实的生活。就像他对佐治亚州的描述一般,杜波依斯对黑人当下生活的描述既写实又充满了想象,他总是不断地让自己的声音自由地去讲述黑人种族的故事。在《进步的意义》一章中,杜波依斯讲述了他在田纳西一个几乎与世隔绝的小山区任教的经历,以及十年后重返那里的所见所闻。十年时间,在那里出现了"进步",而"进步"在杜波依斯看来大概总是丑陋的。约西死了,方妮和弗瑞德死了,泰妮死了,伯克家现在共有一百亩地,但他们仍欠着债……与其说这是"进步",倒不如说这仅仅是变化。美国黑人的生活在变化,灵歌也会不断演变。

美国研究黑人文化的著名学者劳伦斯·勒旺认为,黑人灵歌

---

① 杜波依斯:《黑人的灵魂》,维群译,北京:人民文学出版社,1959 年,第 224 页。
② 同上书,第 223-224 页。

是"即兴的集体意识"的产物。它们并不是全新的创作,而是许多早已存在的古老歌曲的片段与一些新曲调、新抒情诗相结合后而采用的一种传统的,但不迂腐的韵律模式。①

变化着的灵歌反映出变化着的黑人生活,生活一直有变化,但基调却总是古老的谱子那样,悲伤无奈。那缺失的歌词就是美国黑人心中难以言说的悲苦:他们所共同经历的这一切,生存、斗争、失败、情感,究竟是夜幕来临时的暮色还是天将破晓时的曙光呢?

记忆如歌,灵歌唱出的很多都是奴隶的悲惨处境,但是他们从未对这样的处境认同过,希望与救赎一直是灵歌的中心主题。在最后这章《悲歌》中,杜波依斯引用的灵歌片段来自《与神较力的雅各啊》。这首灵歌的背景是《圣经》:雅各与上帝的天使(也有人认为就是上帝本人)搏斗,天快亮了,但是雅各不许天使离开,除非他能祝福雅各。天使最终祝福了雅各,并认为雅各与神与人较力,都得胜了。这与神较力的雅各不就是奋斗中的黑人种族的写照吗?他们渴望得到上帝的祝福,雅各的胜利显然给予了他们获得救赎的希望与信心。所以在这一章正文的最后,杜波依斯引用灵歌慰勉黑人种族:"让我们鼓舞那疲劳的远行人,向天堂之路前进。"②从这方面来说,灵歌承载了积极的社会意义。美国黑人显然是具有天分的,他们能将悲伤与失望,通过音乐的形式转化成充满希望的生命哲学。灵歌这种艺术形式对于黑人种族来说俨然成了他们的生存方式,通过这种形式,人们走出帷幕,袒露心声,希冀未来。

三、创新与融合

杜波依斯生长在美国新英格兰地区的一个小镇,那里种族歧视并不严重,但他从小就听过黑人歌谣,并被深深打动。在南方求学,以及暑假深入南方农村任教的经历使得他进一步接触到了真正的黑人社区与文化。他在自传中回忆自己首次听到黑人民歌时激动得流下了眼泪,似乎认识到这是天生的、内心深处的、原本就属于自己的东西。在南方求学与生活的经历使

---

① 转引自施咸荣:《美国黑人奴隶歌曲》,《美国研究》,1990年第1期,第130页。
② 杜波依斯:《黑人的灵魂》,维群译,北京:人民文学出版社,1959年,第228页。

他鉴赏黑人音乐的能力大大提高。在欧洲学习生活的两年,艺术与美的熏陶使得杜波依斯更加提升了欣赏艺术与生活的品性。他在自传中写道:"我从拱门、石碑和尖塔观察历史和人类的奋斗,以及人们当时的情趣与表现。形式、色彩和文字有了新的组合和含义。"①可以说,杜波依斯的经历与素养使得他可以将文字与音乐完美结合,呈现出黑人文化的独特魅力。

杜波依斯对悲歌艺术价值直言不讳,他认为黑人给美国大地带来了三样礼物:故事和歌曲,汗水和体力,以及精神。"命运使然,黑人民歌——奴隶有节奏的呼声——在今天不只是成了美国的唯一音乐,而且也成了表现大西洋这一边人类生活的最美的艺术。"②如果单就对悲歌本身的记录和传播的方面而言,杜波依斯所做的是有限的,《黑人的灵魂》呈现的灵歌是有限的片段。但杜波依斯通过改变灵歌的呈现方式,使得其艺术价值突破了音乐的界限。他对灵歌的创新运用打破了传统的书写体裁,使得灵动的种族记忆跃然纸上,那跳动的乐符犹如黑人种族的嘤嘤低泣。厚重的历史书写似乎变成了一种口头语言,可以被感知、被倾听。托尼·莫里森曾说,黑人艺术应该融合"书面与口头文学,因为融合了这两方面,所以读者可以安静地阅读故事,同时也可以聆听它们"③。这句话可以说是对杜波依斯灵歌运用的贴切褒奖,灵歌的运用赋予了历史书写灵动的生命和丰富的想象。

此外,正如诸多学者所注意到的那样,灵歌与白人歌曲的并行使用,提升了黑人艺术的层次。更重要的是,这样的并行不悖,打破了种族间的文化界限,诗、歌与史几乎达成了一种无政府主义的文化狂欢。杜波依斯颂扬黑人传统文化的时候,并不刻意地排除或贬低欧洲文化,他呈现了黑人文化可视可听可感的特质,构建西方书面文化与黑人口头文化的平衡与平等。就像他在文中所说的那样:

> 我与莎士比亚并肩而坐,他并不退缩……我越过种族界限,与巴尔扎克和仲马携手而行……召唤亚里士多德和奥里略……他们

---

① 杜波依斯:《威·爱·伯·杜波依斯自传》,邹得真等译,北京:中国大百科全书出版社,1996年,第134页。

② 杜波依斯:《黑人的灵魂》,维群译,北京:人民文学出版社,1959年,第216页。

③ Morrison, "Rootedness: The Ancestor as Foundation", in ed., Mari Evans, *Black Women Writers* (1950 - 1980): *A Critical Evaluation*, Garden City: Anchor Books, 1984, p. 341.

都很谦和地走过来,并没有轻视的表情,也没有表现得有优越感。

所以我与真理结合了,在那道帷幕之上栖身。①

这里的"我"已经超越了杜波依斯本人,是历史悠久的黑人文化。通过对灵歌的独特运用和诠释,杜波依斯不仅让读者领略到灵歌所代表的黑人文化有着如西方文化一样甚至更丰富的魅力和内涵。同时他也向读者展示了俄耳浦斯一般诗意的心灵,就如古老非洲的史诗演唱艺人一般,杜波依斯将黑人种族的记忆与希冀娓娓道来,在他的笔下,诗、歌与叙述彼此融合呼应,富有艺术、政治和科学真理之间的张力。

尽管歌谱的呈现缺少了歌词的陪伴,但这并不意味着歌词不重要。相反,杜波依斯将歌词与歌谱分开展示,突出了歌词作为独立的艺术形式的价值所在。悲歌最初的歌词有的在流传中缺失了,也有的或许改变了,但最终保留下来的悲歌歌词诉说着世世代代美国黑人的经历与诉求,展现出美国黑人丰富的想象力与高超的隐喻智慧。"汹涌澎湃的海"喻指生活,"旷野"是指上帝的家,"寂寞的山谷"是指通向生活之路,"冬天不久就会过去"是指热带人民幻想中生和死的图画。② 美国黑人就如自然之子一般,将生命的悲欢离合融于自然界的万事万物,萌生出独一无二的生命哲学。即使是那生命中不可避免的挫折与苦难,由于与大自然的情境联系起来,似乎也呈现出了一种诗意与美好,给予人勇气与希望。

杜波依斯在选取灵歌的时候,特意挑选了代表不同阶段的音乐。音乐的不断发展,也展示着美国非裔从非洲到美国大地上的经历。在他看来,第一阶段的音乐是非洲音乐,就如《你可以把我埋葬在东方》;第二阶段的是非洲—美国音乐,以《前行》和《溜走》为代表;第三阶段则发展为黑人音乐和在美国土地上听到的音乐的混合。"混合的方法是原始的,混合的结果是清晰地保留着黑人音乐的本色,可是其基本特色是黑人音乐和高加索音乐的混合。"③杜波依斯认为也许进一步可以找到第四阶段,白人歌曲不是明显地受到奴隶歌曲的影响,就是把整节的黑人旋律都吸收进去,例如《天鹅河》和《老黑人乔》。从时间的变迁中就可以看到黑人音乐与白人高加索音乐的融

① 杜波依斯:《黑人的灵魂》,维群译,北京:人民文学出版社,1959 年,第 94 页。
② 同上书,第 222 页。
③ 同上书,第 221 页。

合，甚至黑人音乐很大程度上影响了白人歌曲的创作。

音乐对于俄耳浦斯而言，是生命的演绎，悲怆低吟出对妻子的深切思念。在杜波依斯的笔下，美国黑人的音乐有着同样的诉求，悲伤的基调里亦饱含希望、治愈与救赎的力量。灵歌具有崇高的艺术价值，也有着广泛而深刻的寓意，它有着治愈心灵的力量，更重要的是，它融入美国黑人的生活与生命里。美国黑人的音乐一直在发展，赞美歌、颂歌、灵歌、拉格泰姆、布鲁斯、爵士乐，美国黑人作家的作品也一直源源不断地与音乐相联系，从道格拉斯、安娜·茱莉亚·库伯、拉尔夫·埃里森到托尼·莫里森等。无论其表现形式和主题如何变化，不变的是美国黑人音乐一直在演绎着美国黑人的心路历程。杜波依斯用诗化的敬意看待美国黑人的过去、现在与将来，并将这份敬意精练地通过悲歌的独特运用表现出来，就仿佛黑肤的俄耳浦斯。他通过将音乐与文字的结合来呈现黑人历史与现实，这作为一种特殊的方式正式进入了美国非裔文学史，丰富了美国非裔文学的形式与内涵，也提升了灵歌的艺术与历史价值。杜波依斯对灵歌的演绎也给予了人们启示：就民族文化与传统的精髓而言，其最好的归属并不是在档案室或博物馆中，而是以合适的方式参与到现实的生活中来，焕发出历久弥新的生机与活力。

第四章　黑人女性形象：
女权主义思想与黑人文化

　　在杜波依斯的创作与生活中，他对女性尤其是黑人女性的关注与颂扬，可以作为一个重要的刻度，将他与同时代的其他黑人男性创作者区分开来。黑人女性形象本身具备的黑色之美是杜波依斯所青睐的，她们的历史遭遇与现实境遇是杜波依斯所同情的，而她们的母性特质与文化传承的责任又是黑人种族的希望。黑人女性给予了杜波依斯文学创作巨大的想象空间。作为其艺术与宣传的重要载体，黑人女性形象在杜波依斯的笔下丰富多彩，她们的意义典型并且深刻。

　　杜波依斯是被认为继弗雷德里克·道格拉斯之后对黑人妇女问题最为关注的美国黑人学者。早在1883年至1885年期间，杜波依斯还是《纽约国际》的记者时，他就已经敏感地注意到黑人女性对于社区生活的贡献了。此后，杜波依斯身体力行地积极参与到与妇女特别是黑人妇女权益相关的社会活动中，并于1896年加入著名的赫尔大厦。同时他在作品中积极颂扬黑人女性的美与崇高，为她们争取平等与自由，颇具代表性的文章有《黑人母亲》("The Black Mother"，1912)、《黑人女性的负担》("The Burden of Black Women"，1914)、《妇女参政权》("Woman Suffrage"，1915)等。1920年8月，美国妇女获得了投票的权利。也正是这年，杜波依斯发表了女权主义宣言式的散文《妇女的诅咒》。在这篇文章中，他描述了黑人妇女的悲惨处境，也肯定颂扬了黑人妇女为美国社会所做出的贡献。他提出："二十世纪仅次于肤色界限问题的就是妇女地位的提升。"[1]杜波依斯共创作了五部

---

① W. E. B. Du Bois，*Darkwater*：*Voices from Within the Veil*，New York：Dover Publications，1999，p. 105.

长篇小说,前面两部《夺取银羊毛》和《黑公主》都以有色人种的女性为主角,其中《夺取银羊毛》是美国非裔文学史上首次以纯正的黑人女性(即非混血)作为主角的小说。

美国妇女学创始人之一的甘—雪夫特(Guy-Shelftall)认为杜波依斯不仅是黑人妇女最具激情的辩护者,而且也是美国黑人历史上,甚至是美国历史上最直言不讳的男性女权主义者,她还认为,杜波依斯把自己的一生献给了黑人与妇女的解放工作中。[①] 哥伦比亚大学教授曼宁·马拉博也认为,和道格拉斯一样,杜波依斯也许是他所处时代里为性别平等和妇女选举权斗争最显著的领袖。[②]

杜波依斯在黑人女性问题上的付出和成就可谓有目共睹,但是在肯定其成绩的同时,也可以发现学术界发出的不同的声音。在对杜波依斯的著作《黑人的灵魂》进行分析后,海兹尔·卡比(Hazel Carby)认为杜波依斯提倡的精英黑人领袖思想,实则是"一种概念框架,那就是性别倾向,他不仅只倾向于男性,而且是那些有着狭隘固执的男性特质的男性"[③]。同样的,乔伊·詹姆斯(Joy James)在对杜波依斯文本进行广泛分析后指出,杜波依斯"男权化的世界观削弱了其政治",他认为杜波依斯虽然没有"那种女性低劣男性优越的家长式的思想……但他男权化的框架使得男性特质成为标准"[④]。詹姆斯还特别列举了杜波依斯对待其同时代女性,如约瑟芬·鲁芬恩(Josephine St. Pierre Ruffin)、安娜·库伯(Anna Cooper)和伊达·贝尔·威尔士(Ida Bell Wells)等的态度,来着重说明其明显男权化的态度。

虽然杜波依斯开始公开提倡黑人女性应该获得平等权益,他对身边杰出的女性知识分子却吝惜笔墨。约瑟芬、安娜·库伯以及杰出的反私刑女勇士伊达·贝尔·威尔士,她们在杜波依斯的工作中亦师亦友,但她们却在其作品中被模糊化、隐形化。关于约瑟芬,杜波依斯的自传中只有几句简短

---

① Beverly Guy-Shelftall, *Daughters of Sorrow: Attitudes Toward Black Women, 1880–1920*. Brooklyn: Carlson, 1990, p. 13.

② Manning Marable, *W. E. B. Du Bois: Black Radical Democrat*, Boston: Twayne. 1986. p. 85.

③ Hazel Carby, *Race Men*, Cambridge: Harvard University Press, 2000, p. 10.

④ Joy James, "The Profeminist Polices of W. E. B. Du Bois with Respects to Anna Julia Copper and Ida B. Wells-Barnett," in *W. E. B. Du Bois on Race and Culture*, eds., Bernard Bell, Emily Grosholz, & James Stewart, New York: Routledge, 1996, p. 142.

的描述。在其文章《妇女的诅咒》中，出自安娜·库伯的话杜波依斯以"我们一位女性作家说"引出。伊达·贝尔·威尔士在杜波依斯与华盛顿意见发生分歧的时候，公开支持杜波依斯阵营，并且与杜波依斯一起参与创立全国有色人种协进会，她一直为反对私刑而努力奔走，但是显然，杜波依斯几乎没有在其作品中提及过她的功绩。甚至，她的名字最后并没有出现在全国黑人协会（National Negro Conference，1910 年该组织正式改名为全国有色人种协会）的主委会名单中。为此，伊达·贝尔·威尔士曾在自传中愤怒地写道："杜波依斯博士是故意无视我以及我的工作。"[1]

是否可以根据这些史料来断定杜波依斯的男权意识，显然是值得再推敲的。安娜·库伯《来自南方的声音》的标题页的正中间就赫然写着"来自一位南方的黑人女性"，杜波依斯是否是为了援引库伯自己这种说法而没有提及名字，我们不得而知，但若认定其刻意抹去姓名，似乎也显得过于牵强。事实上，在 1901 年亚特兰大大学出版社出版的《黑人日常教育》中，杜波依斯罗列出了一些适合大家阅读的传记，其中安娜·库伯的《来自南方的声音》就榜上有名，并且被列在"了解社会现状的最好资源"这一栏下。[2] 同样在这期刊物中，杜波依斯还罗列了具有代表性的黑人文学作品，其中就有库伯的《来自南方的声音》，榜上有名的还有大卫·沃克（David Walk）、弗雷德里克·道格拉斯、索裘娜·特鲁斯等人的作品。[3]这就足见杜波依斯对安娜·库伯作品的高度评价。

同样的，对于伊达·贝尔·威尔士的名字未出现在全国黑人协会的主要成员名单中这一事件，并非杜波依斯所能决定。当时的组委会成员以白人为主，只包含了杜波依斯在内的少数几位美国黑人。布克·华盛顿、伊达·贝尔·威尔士和威廉·门罗·特罗特（William Monroe Trotter）都不在名单之内。"无论是欧文顿（Ovington）女士还是杜波依斯，都与黑人激进者如威尔士和威廉未进入组委会名单无关。这是由于奥斯瓦尔德·加里

[1]　Joy James，"The Profeminist Polices of W. E. B. Du Bois with Respects to Anna Julia Copper and Ida B. Wells-Barnett," in *W. E. B. Du Bois on Race and Culture*，eds.，Bernard Bell，Emily Grosholz，& James Stewart，New York：Routledge，1996，p. 153.

[2]　W. E. B. Du Bois，*The Negro Common School*，Atlanta：Atlanta University Press，1901，p. 8.

[3]　Ibid.，p. 13.

森·维拉德(Oswald Garrison Villard)。"①白人维拉德是当时协会成员的中坚力量。由于希望获得当时杰出的黑人领袖布克·华盛顿的支持,维拉德必须将华盛顿的仇敌排除在组委会成员之外,激进的威尔士显然未能幸免。事实上,维拉德本人对基层一直表现得很强势,并且缺乏耐心,他对固执己见的黑人激进者感到厌倦,并且一直希望组委会不要有过多的美国黑人。因而,若不是因为得到白人进步人士玛丽·怀特·欧文顿和威廉·沃林(William Walling)等人的支持,杜波依斯早年在该组织中的地位也不稳定。

杜波依斯对黑人女性的关注和颂扬有目共睹,他在其中表现出的矛盾和"男权化"也值得进一步商榷。就其创作来看,作为跨越世纪并与时俱进的学者,他对黑人女性的观点也经过了历时的变化,她颂扬黑人女性身上的母亲特质和崇高美,但同时也会批判她们的堕落与狭隘;基于其创作本身,结合其个人经历和时代背景,便能较为全面地理解杜波依斯在黑人女性方面表现出的复杂性。作为重要的索引,杜波依斯的黑人女性观会折射出他整体的政治文化思想,也是其艺术与宣传的重要部分,这是一个值得进一步探讨的问题。

第一节 成长与工作中的黑人女性

无论是史料还是杜波依斯的个人回忆都显示出,在杜波依斯的成长与成熟过程中,女性比男性对其性格与思想的影响更为直接而深远。在《黑人的灵魂》以及其后来的自传中,杜波依斯数次提及其外祖父的祖母,虽然他们未曾谋面,但是他却能随口哼唱出她传承下来的灵歌。尽管时隔两百年,歌词的意思已经模糊,但是大家却很清楚音乐的意思。这也足见黑人女性在家庭的教育和文化传承中的作用。杜波依斯感叹道:

> 今天当我环视周遭这个戴着帷幕的世界,尽管我的兄弟们前
> 进的场景愈加嘈杂,愈加壮观,但我本能地感知到真正重要的是黑

---

① Mia Bay, *To Tell the Truth Freely*: *The Life of Ida B*. *Wells*, New York: Hill and Wang Publishers, 2009, p. 271.

人种族中的五百万女性。黑人女性(以及祖母/外祖母是黑人的女性)在今天充当着我们的老师;她们是我们称之为教堂的那些社会居所的中流砥柱。①

杜波依斯出生后不久其父就离家去外地找工作,虽然曾写过信,但后来一直杳无音讯,杜波依斯从此再也没见过父亲。他从小与母亲玛丽相依为命,母亲靠为邻里做杂活供其上学,后来由于操劳过度而中风,导致左腿瘸了,左手萎缩,杜波依斯记得他们总是一起挽臂散步,其中的母子情深不言而喻。在杜波依斯即将去往南方费斯克大学前,母亲不幸离世。虽然,丧母之痛犹如切肤,但母亲的故去也使得杜波依斯可以毫无羁绊地去南方追求学业,从某种程度上说,是母亲的牺牲成就了杜波依斯后来的学业。后来,在柏林过25岁生日的时候,杜波依斯将自己的"图书馆"献给母亲,这亦是一种温暖隽永的情感呼应。

在杜波依斯母亲因为中风导致左手左脚不再灵便的时候,家庭生活的困难不言而喻。但是在亲友们的帮助下,杜波依斯却能继续上学,姨妈和表姐们会为他缝缝补补。杜波依斯15岁的时候,平生第一次也是唯一一次见到了自己的祖父,而这次意义非凡的会面是由祖父最后一任妻子安妮·格林写信促成的,这也体现了黑人女性是家庭关系维系方面的重要枢纽。为了做好上大学的准备,杜波依斯也需要学习大学预科的课程,包括代数、几何、拉丁文和希腊文。但是这需要相当一笔书费,而这笔书费是一个工厂主的妻子罗素夫人提供的。杜波依斯坦言,数年之后,他意识到:"这件礼物对我的事业是多么的关键。"②黑人女性对教育的支持也体现在他后来的创作中,比如在《约翰的归来》中,约翰的母亲就是黑人约翰求学的坚强后盾。

来到南方求学后,置身于众多和自己肤色相同的人群中间,他体会到了无与伦比的振奋,尤其令他高兴的是,他领略到了黑人女孩夺目的美。在其自传中,杜波依斯描述了初到费斯克大学的情景。

---

① W. E. B. Du Bois, *Darkwater*:*Voices from Within the Veil*, New York:Dover Publications Inc., 1999, p. 104.
② 杜波依斯:《威·爱·伯·杜波依斯自传》,邹得真等译,北京:中国大百科全书出版社,1996年,第82页。

　　我非常激动当第一次来到这么多和我肤色相同的人中间,或更确切地说,来到过去我只是瞥见的这么多和这么非凡的黑皮肤人中间……最令我高兴的是我第一次遇见了美丽的姑娘……一个永远不能忘怀的奇迹出现了。坐在我对面的是上帝在一个 17 岁的小伙子眼前推出的最最美丽的两个美人儿。我当即吃不下饭去,简直欣喜若狂。①

不夸张地说,这是作为男性的杜波依斯对黑人女性美的一见钟情。

　　在南方求学的过程中,杜波依斯近距离见识了学校里优秀黑人女性的魅力,也深切感受到了农村里黑人妇女的凄苦生活。在 18 岁那年的暑假,杜波依斯选择在田纳西农村的一所学校进行暑期教学。他在那里结识了 20 岁的约西姑娘。教学之余,杜波依斯会拜访约西家和村庄里的其他家庭。这可以说是杜波依斯第一次感受到南方黑人真实的生活状况,也见识了作为黑人女性所承担的家庭责任和苦难。数年之后,杜波依斯重返这个村庄,约西已经去世,她的家庭遭遇过诸多的不幸,在杜波依斯看来,时间的流逝并没有带来任何"进步",一切只是令人伤感的"变化"。

　　在此之后的学术生涯中,杜波依斯与杰出的女性有了越来越多的接触。他曾在自传中坦言,自己的朋友和助手大多数是女性。杜波依斯不断地与杰出的女性,尤其是黑人女性一起展开工作。在自传中,杜波依斯写到了约瑟芬·鲁芬恩:

　　她是马萨诸塞州任命的第一位黑人法官的遗孀,是个贵夫人,有着橄榄色的皮肤和高高蓬起的一头白发……她开始组织全国性的妇女组织,出版小张的黑人周报《报纸》,向全国发行,我在这家报纸上发表了不少有关哈佛日常话题的文章。②

　　尽管他未直接阐明约瑟芬对自己的影响,但事实上,正是约瑟芬将黑人妇女俱乐部运动的情况介绍给了年轻的杜波依斯。通过与约瑟芬以及其他

---

　　① 杜波依斯:《威·爱·伯·杜波依斯自传》,邹得真等译,北京:中国大百科全书出版社,1996年,第 88 页。
　　② 同上书,第 116 页。

俱乐部的妇女,杜波依斯开始了解到美国黑人的社会运动、政治运动情况,也了解了美国黑人妇女的自由思想,她们所承受的历史苦难及她们之于整个美国社会、历史、文化发展的贡献。

社会改革活动家安娜·库伯对杜波依斯的影响则更是明显。很多评论家认为,从杜波依斯关于黑人教育、黑人妇女权利的思想中都能看到安娜·库伯的影响。詹姆斯·乔认为,库伯对于杜波依斯的影响直接而富有积极意义,杜波依斯后来对"有才能的十分之一"思想进行更民主的修正就是因为采纳了库伯的性别批评,并且扩展了库伯关于美国黑人精英路线的看法,意识到男性精英路线并非黑人获得自由的灵丹妙药。[1] 1892 年,库伯出版了她最著名的作品《来自南方的声音》,无论是书的编排结构还是书的内容主题都对杜波依斯后来出版的《黑人的灵魂》有重要影响。

在此过程中,杜波依斯尽管对黑人女性的美有了更深刻的体会,对她们承受的苦难与智慧有了更全面的认识,却对黑人妇女之于美国黑人群体的社会意义,对她们承担社会工作的前景依然抱着保守的态度。在《黑人的灵魂》中,那位田纳西州的农村女孩约西,尽管勇敢善良,对山外的世界如此向往,也未能挣脱命运的枷锁,只能在无尽的家庭事务中磨灭学校时期的幻想,最后在病痛与苦难中伤感地迎接死亡。在《约翰的归来》里,约翰的母亲和妹妹珍妮只能无助地守在家中,期盼着约翰的回归,珍妮依然无法摆脱被白人随意欺负的命运。杜波依斯对黑人女性的命运以及她们为了家庭的牺牲精神深感同情,但是显然还无法积极地设想出黑人女性自由追寻梦想的场景或者说一个由黑人女性来主导的社区。他甚至认为黑人女性从某种程度上加重了黑人群体的负担。"二百年来黑人妇女所受的一系列合法的凌辱,加在黑人种族上的私生子烙印,不仅意味着古非洲的贞操观念已被破坏无疑,同时也意味着从白种的淫乱者身上承袭了道德败坏的习性,这种烙印几乎威胁着要消灭黑人家庭。"[2]当社会学家们饶有兴致地关注黑人私生子和妓女的数目时,杜波依斯认为,一张偏见的大网也就撒向了整个黑人种族。1907 年 3 月 11 日,在给一位马斯顿小姐的回信中,杜波依斯委婉地拒绝了公开为女权运动发声,他回复说:"我同情女性争取解放的斗争,我也相

---

[1] Joy James,*Transcending the Talented Tenth:Black Leaders and American Intellectuals*,New York:Routledge,1997,pp. 43 - 44.

[2] 杜波依斯:《黑人的灵魂》,维群译,北京:人民文学出版社,1959 年,第 8 页。

信人权不应该有种族和性别的差异,但同时关于妇女权利我不敢有任何评论,因为美国大部分的女性是如此狭隘,我说任何话都会被曲解。"①

在这封信寄出的三年之后,杜波依斯出版了以黑人女性为主角的第一部小说《夺取银羊毛》,并塑造了积极的主人公形象。此后的日子里,就像本章第一段所呈现的那样,他公开发表了一系列为黑人女性甚至整个女性团体争取民主权利的文章。虽然杜波依斯具体是从什么时候开始转变对黑人女性的态度、在她们身上赋予积极的愿景还不得而知,但可以肯定的是,大规模的美国妇女运动②及其产生的影响对杜波依斯之前保守的黑人女性观产生了冲击。

此后,杜波依斯的生活和工作经历使得他越来越感受到了黑人女性的磨难与毅力,智慧与慈悲。他赞颂说:"我曾见识过不同国家不同地方的诸多女性——我认识她们、会见她们,并和她们比邻而住,但是我从不曾见过哪个女人比我黑人母亲的女儿们更甜美淑女、更直率真诚、更极致认真,或者更加身心纯洁。"③这与他不断地为黑人女性争取平等和自由的权利有着千丝万缕的联系,同时对黑人女性问题的思考与奋斗也深化了他的思想和他对平等与自由的认识,丰富了他的世界观与价值观。杜波依斯逐渐意识到种族和性别的民主运动是紧密联系、不可分割的。

第二节　黑人女性的品格

对黑人女性的描述渗透在杜波依斯各种形式的写作中,或作为背景、或着重强调,她们的身上都承载着杜波依斯对生命的理解与感悟,对种族问题的思考以及对黑人种族美好未来的殷殷期许。

杜波依斯对美的事物极为敏感,他一生都在追求与欣赏美。他坦言:

---

① W. E. B Du Bois, *The Correspondence of W. E. B. Du Bois*, Vol. 1, Selections, 1877 - 1934, ed., Herbert Aptheker, Amherst: University of Massachusetts Press, 1973, p. 127.

② 从 19 世纪中叶到 20 世纪初,美国妇女为了获得选举权举行了大规模的妇女运动。在此期间,美国妇女的选举权在各州得以实现,最终在 1920 年,美国宪法第十九条修正案规定不得因性别、种族、信仰等因素剥夺美国公民的选举权。

③ W. E. B. Du Bois, *Darkwater: Voice from Within the Veil*, New York: Dover Publications, 1999, p. 108.

"美是完满，它使人感到满足，它总是推陈出新，变幻莫测，却又合情合理。"①在创作中，杜波依斯将美的诉求淋漓尽致地展现在他塑造的黑人女性的身上，无论是《夺取银羊毛》中有着纯正黑人血统的佐拉，《黑公主》中有着亚洲和非洲血统的考蒂莉亚，或是黑色火焰三部曲中看上去就像白人的琴·杜比侬，她们都有着令人过目不忘的美丽以及熠熠生辉的气质。佐拉黝黑柔软，有着迷人的眼睛，她的美貌甚至让白人老师泰勒小姐为之震撼，她的舞姿让布莱斯惊叹。黑公主考蒂莉亚更是性感美艳，极富修养与气质，使马修对其一见倾心。曼努埃尔的知心爱人琴·杜比侬"浑身没一处不像白人，又高又苗条，好一副风采，容貌脾气都很风趣"②。黑人女性在杜波依斯的笔下，是美的化身。

不难发现，杜波依斯笔下的黑人女主人公都是在工作和劳动中得到价值的实现。在杜波依斯看来，"只有牺牲聪明才智，放弃从事最好工作的机会，才可以生儿育女。这是对妇女的诅咒"③。杜波依斯写道："我曾热衷奋斗，并意识到爱是上帝，工作是其先知，年岁与死亡便是它的使者。"④在《黑人的灵魂》中，约西的故事反映出在工业科技时代，底层黑人人民的生活状态。约西似乎是这个家的中心人物，她永远忙碌于里里外外的事务，杜波依斯从她身上看到了一种她自己都未曾意识到的英勇精神，那就是："愿意为了使自己和家里人的生活更为广阔、深刻和充实而献出自己的一生。"⑤杜波依斯强调，只有通过脑力和体力劳动，才能提高自己的地位。这种对隐忍劳作、不断工作的热情，一直体现在杜波依斯后来的小说中。

他的三部长篇小说中的黑人女主人公都会经历巨大的磨难和创伤，但她们都有着隐忍宽容的品性和执着努力的精神。佐拉幼年成为白人男性的玩物，因为"不纯洁"，布莱斯离开了她去往北方，后来又与别人订婚，佐拉体会到了永远失去布莱斯的痛苦与迷茫。她身心疲惫，只能去教堂寻求慰藉与力量，最后只身回到南方的沼泽地，辛勤劳作，凭借坚忍不拔的意志走出

---

① W. E. B. Du Bois, *Darkwater*：*Voice from Within the Veil*，New York：Dover Publications，1999，p. 144.

② 杜波依斯：《孟沙办学校》，徐汝椿等译，上海：作家出版社上海编辑所，1966 年，第 142 页。

③ W. E. B. Du Bois, *Darkwater*：*Voice from Within the Veil*，New York：Dover Publications，Inc. 1999，p. 96.

④ W. E. B. Du Bois, *An ABC of Color*，New York：International Publishers，1989，p. 185.

⑤ 杜波依斯：《黑人的灵魂》，维群译，北京：人民文学出版社，1959 年，第 54 页。

阴霾。黑公主领导的组织遇到挫折,马修为了救助黑公主,身陷囹圄,出狱后又成为芝加哥政客的同党,她隐姓埋名,去到弗吉尼亚偏僻的小山村,和马修的母亲一起生活了七年。她学着像仆人一般生活,在肮脏和炎热的厨房里一干活就是好几个小时。琴·杜比侬也是如此,她默默地在曼努埃尔的背后,给予爱人无限的支持和帮助,自己默默承受压力。在被怀疑叛国后,她被学校辞退,却没有丝毫的补偿金。但是琴勇敢地去亚特兰大的工厂辛勤奋斗,工作日的时候在工厂上班,下班后、周末和假日她会去工厂的办事处工作,双重的工作使得她的体力和精神都大大消耗,甚至病倒一个月。杜波依斯小说中的黑人女性主人公在经历了身体与精神的重重炼狱后,变得更加成熟淡然,宽容慈爱。

除了挑战生理的劳累外,杜波依斯笔下的黑人女性还必须克服巨大的心理压力与磨难。因而,杜波依斯称颂的,不仅仅是她们隐忍坚强的品质,还有她们过人的智慧与能力,她们也是杜波依斯笔下"有才能的十分之一",完全能够成为黑人精英。佐拉从蒙昧落后的沼泽地走出来,学习知识,走向北方,最后通过自己的努力暗中斡旋,帮助陷入政治漩涡的布莱斯渡过难关。在小说的最后,她回到南方,给予黑人社区帮助,甚至有了自己的"图书馆",在沼泽地里培育的棉花也大获丰收。黑公主她内外兼修,胸怀天下,身为皇室后代的她高瞻远瞩,是名副其实的世界组织领导者,竭尽所能去帮助美国黑人赢得自由与平等。琴·杜比侬则是贤内助的典范,她能干聪慧,帮助曼努埃尔处理各类事务,"在这漫长、沉闷的岁月中,没一个人比曼努埃尔·孟沙更清楚,琴·杜比侬对他,对学校,对黑种人做出了无法估价的贡献。她总是任劳任怨;甘愿默默无闻,不求表彰,但是事事都有预见。"①最后,正如杜波依斯所预言的那样,通过辛勤的工作,她们都获得了上帝的青睐,得到了生命中的挚爱:布莱斯回到了佐拉身边,黑公主与马修有了爱情的结晶,琴也陪伴曼努埃尔走到了生命的尽头。

在强调黑人女性的隐忍勤勉之外,杜波依斯会突出她们在家庭或者社区中的领导能力。在《约翰的归来》中,人们大多注意到主人公约翰追求教育又回到家乡,但是母亲和妹妹的角色常常被忽略。小说对这两位女性描写的笔墨并不多,但却非常重要。她们是约翰求学的唯一动力,助他渡过难

---

① 杜波依斯:《孟沙办学校》,徐汝椿等译,上海:作家出版社上海编辑所,1966年,第179页。

关,也是其认识到种族关系的重要因素。尽管社区里的黑人群体和白人群体都认为上学会糟蹋约翰的言论,但约翰的母亲顶着巨大的压力全力支持约翰求学。在约翰被校长劝退的时候,他飞快地恳求:"可是您别告诉我妈和妹妹——您别给我妈写信去,好吗? 因为您要是不告诉我妈和妹妹,我就到城里去工作,下学期再回来,做出点成绩给您看看。"①这也足见,妈妈和妹妹在约翰心目中的地位,以及在他求学路上的影响力。在音乐大厅享受到高雅音乐带给人无与伦比的升华感时,约翰想到的是妹妹那双大眼睛和母亲那张愁苦的黑脸。约翰的妹妹珍妮虽然没有机会上学,但她却有着对知识的渴望和超前的觉悟。在从约翰那里得知,只要念了书、有了许多学问,恐怕会不快活后,她依然情愿自己不快活也要念书,这种超前的觉悟俨然是新时代知识女性的前身,她的存在似乎就预示着后来佐拉的到来。

《夺取银羊毛》显示出杜波依斯对黑人种族的未来充满了乐观的希望。这是第一次,在黑人文学史上出现了一位新式的黑人女性,她摆脱了黑人女性无知堕落的桎梏,积极乐观,聪明贤惠,并有着领导的才能。尽管最初佐拉是因为对布莱斯的喜爱,才听从他的建议开始上学,但最后佐拉却能通过自己的能力帮助布莱斯,帮助黑人社区。佐拉虽然被白人男性玷污不再纯洁,但故事并没有摆脱一般小说的描写走势——被玷污的女主人公开始萎靡消极并最终走向悲剧。相反,最后,佐拉收获了知识、阅历和爱情,还有她那梦想中的孩子——丰收的棉花。《黑公主》的罗曼史比起《夺取银羊毛》有过之而无不及。杜波依斯将泛非精神写入了美国黑人文学。但是他想要传达的信息不是回到非洲,而是要联合全世界有色人种,来共同抗议不平等的种族歧视、殖民主义以及帝国主义。杜波依斯深知,种族问题并不仅仅存在于美国语境中,也不是一个国家的问题,而是一个世界性的问题,所以他坦言,20世纪的问题是白人与有色人种间的肤色界限问题。黑公主对马修的引导是显而易见的,如果说,最初马修是被黑公主出众的美貌吸引,那么后来马修是完全折服于她内在的高贵品质以及她为全世界有色人种服务的精神。

纯洁美丽、宽容坚毅、聪明能干的黑人女性有着最核心的特质,那就是母性。佐拉在培育沼泽地棉花的过程中展现出了母亲的特质。"它们是她

---

① 杜波依斯:《黑人的灵魂》,维群译,北京:人民文学出版社,1959年,第200页。

梦想的孩子,她留心地照看它们,它们是她的希望,她尊敬它们。"①因为马修的母亲,黑公主得到慰藉,找回了自我,也成了诞下民族希望的伟大母亲。琴·杜比侬最后成为曼努埃尔四个孩子的母亲。在杜波依斯看来,黑人女性有着伟大的母性,这母性绝非仅限于生理意义上,更是一种内在的品格,是一种精神上的付出、隐忍与领导能力。杜波依斯倾向于将黑人女性神圣化,将她们与宗教人物紧密联系起来,从而凸显出母性的伟大与神圣。在《妇女的诅咒》中,他将黑人母亲与古埃及的女神奈斯和伊希斯相比,她们是非洲宗教里的女神,分别被认为是万物之母和孩子的保护者。杜波依斯认为黑人女性是教堂里的主要支柱,她们在家里也承担着传承基督教义的任务,她们哺育抚养孩子,是家庭的精神支柱。回溯过往的历史,"历历在目的只有一个个母亲形象和母亲的母亲形象,而父亲形象却总是模糊的"②。从马修的母亲牧师般的表情,到黑公主的虔诚,再到蓓西大婶先知般的智慧,杜波依斯笔下的黑人女性,具有抚慰心灵伤痛、指明未来方向的能力。在《黑人的灵魂》中,杜波依斯在《头生子的夭折》这一章中也坦言,自己初为人父的焦虑因为看到妻子的母爱而得以消失,黑人家庭情感纽带的枢纽无疑就存在于黑人母亲身上。

杜波依斯指出:"亚洲大地是父亲,欧洲是早熟、以自我为中心、正努力前进的孩子,但是非洲则是大地母亲。"③他认为非洲大地给予世界的不仅仅是灿烂的文明、钢铁时代、哺育大地、动物驯化,特别重要的是非洲大地给了世界"母亲"的概念。也许没有哪个种族,像黑人种族那样重视母亲。他谴责奴隶制对母爱、母亲的侮辱。他认为在末日审判的时候,自己也许可以原谅奴隶制,"但有一件我永远不会原谅,不管是在这个世界,还是在未来的世界:南方白人对黑人女性肆意妄为、持续而无休止地凌辱,无论是过去还是现在,黑人女性都是他们寻欢作乐的对象"④。这实则是对母性特质的玷污,是对文化传承的破坏。杜波依斯在《黑人母亲》一文中谴责南方白人将黑人母亲禁锢在"黑人奶妈"这一职业上。白人无法接受黑人母亲宠爱自己

---

① W. E. B. Du Bois, *The Quest of Silver Fleece*, A Penn State Electronic Classics Series Publication, 2007, p. 94.

② W. E. B. Du Bois, *Darkwater: Voices from Within the Veil*, New York: Dover Publications, 1999, p. 98.

③ Ibid., p. 97.

④ Ibid., p. 100.

的黑人孩子，只允许她们做白人孩子的奶妈。他们剥夺了黑人母亲对自己孩子付出母爱的权利，那是剥夺了非洲文明与黑人文化的传承与传播的权利。在《妇女》（"The Woman"）一文中，女人被国王选中去征服他的敌人，她喊道："但我是一个女人。"国王回答道："那么去吧，人类的母亲。"女人又说道："不，国王，我只是一个少女。"国王却说："哦，少女创造人类。你会成为上帝的新娘。"①黑人女性的伟大在于她们是黑人母亲，是人类的母亲，是黑人女性的母亲，也能哺育出更多的黑人母亲。杜波依斯结合社会调查与历史知识指出：黄金海岸的村长依靠家中的女性来处理事务；母亲是暴君宫廷上最有影响力的参谋；当图桑·路维杜尔跟克里斯托弗在海地建立起他们的王国时，就是以古老的非洲部落关系为基础的，而其根基就是母亲的概念。正如美国谚语说，摇动摇篮之手，就是支配世界之手。杜波依斯显然在她们身上寄予了民族和文化的希望，而通过将黑人母亲神圣化，则是将黑人母亲与民族文化相联系，表达出对非洲古老文明的信心与自豪。

值得一提的是，本研究在第一章介绍的杜波依斯的历史剧《埃塞俄比亚之星》是在几经修改后定下的名字，最终突出了黑人女性主角的核心地位，并赋予她埃塞俄比亚之星的形象。该名字的敲定可以追溯到 1914 年，那时，杜波依斯曾给齐尼亚女性俱乐部（Women's Club of Xenia）写了剧本《埃塞俄比亚之星》。在 1915 年的时候，杜波依斯将 1913 年和 1914 年的两种历史剧范本，融入了一个故事，并在 1915 年 12 月的《危机》杂志上展现出黑人女神形象。可见，杜波依斯是有意将黑人女性与非洲母亲的形象以及非洲崛起的信仰联系起来。无论是黑人女性给予了杜波依斯想象的灵感，还是杜波依斯刻意将其理想付诸黑人女性身上，无可非议，黑人女性在杜波依斯的创作中有着举足轻重的位置。

在《埃塞俄比亚之星》的最后一幕，这个戴着面纱的女人出现了，她肩负着教育孩子的重任；在《黑人妇女的负担》中，杜波依斯也强调要有结婚的母亲，上帝母亲，诞生下黑色基督。所以在杜波依斯看来，黑人母亲有着要哺育新一代的责任，有哺育弥撒亚救世主的可能。这一切在《黑公主》中得到了实现。杜波依斯的期许不仅仅在于伟大的非洲母亲，还在于一个不朽的孩子。黑公主对马修说："如果我没有生下你的孩子，我就必须离去，或让一

---

① W. E. B. Du Bois, *An ABC of Color*, New York：International Publishers，1989. p. 71.

个陌生人糟蹋自己,或失去布旺德普和辛德拉巴德、印度以及其他整个黑人世界!"①换句话说,黑公主与马修关于拯救深肤色人群的整个计划都要依赖于这个可以继承王位的儿子的出生。

不难看出,黑人女性成为杜波依斯思想的重要载体,在她们身上,可以看到杜波依斯的追求与期许。美丽、勤劳、宽容、智慧而具有领导能力和母性,这是杜波依斯心目中优秀的黑人女性形象,也是杜波依斯对黑人文化的信心。正如其传记作家大卫·刘易斯所说:"杜波依斯笔下的女性总是占据作品重要的、精彩的部分,而男性,相对而言不那么复杂。"②的确如此,这种精彩和重要除了体现在黑人女性对事态发展的主导作用,体现在她们本身个性的丰富与成长上之外,也还在于她们的不完美。尽管勤劳、隐忍、牺牲自我,并且有着伟大的母性,但是杜波依斯塑造的女性主角也并非都是完美的。比如佐拉并不纯洁,她在豆蔻年华就已经成了白人男性寻欢作乐的对象;约翰的妹妹珍妮尽管渴望知识和外面的世界,是新时代得到启蒙的女性的前身,却也难逃被白人约翰玷污的厄运。这些多少也可以从杜波依斯的经历中找到一些答案。杜波依斯的母亲玛丽·伯格哈特,在嫁给其父亲阿尔弗雷德·杜波依斯(Alfred Du Bois)前几年,与其堂兄弟约翰·伯加特生下一个孩子,名曰艾德伯特(Idelbert),这是家族里心照不宣的秘密。尽管玛丽勤劳隐忍的品质无可挑剔,但这一事件显然也使得她变得不那么完美。杜波依斯颂扬的无疑是那些经历炼狱,有过不堪历史,但依然可以走出困境、活出自我的黑人女性。在他看来,"其他的任何女性都比不得黑人女性",这是因为"她们能从曾经吞没过自己、现在仍还围困着自己的暴力和诱惑中挣扎出来,并且仍旧保存住一半的端庄和女性特质"③。

但是,杜波依斯的笔下也同样有完全堕落、无知、狭隘甚至唯利是图的女性形象。在《夺取银羊毛》中,佐拉的母亲伊丽莎白就是一个典型的反例。她的容貌会使布莱斯甚至佐拉害怕,事实上,其实每个人都害怕老伊丽莎白。"这个老女人身材矮小却宽大,黝黑的皮肤布满了皱纹,翘起鲜红的嘴

---

① 杜波依斯:《黑公主》,谢江南等译,北京:中国对外翻译公司,1998 年,第 326 页。

② David L. Lewis, *W. E. B. Du Bois: Biography of a Race, 1868 - 1919*, New York: Henry Holt. 1993, p. 449.

③ W. E. B. Du Bois, *Darkwater: Voices from Within the Veil*, New York: Dover Publications, 1999, pp. 107 - 108.

唇，一双邪恶的眼睛。"①伊丽莎白是非洲异教徒的后裔，代表着美国黑人文化神秘而堕落的部分。她远离现实世界，深居在沼泽地里。她使得这片沼泽地成了腐朽之地，专供白人男性享乐，佐拉也因此失去了清白，成了"不纯洁"的女孩。作为母亲，她不仅没有给予佐拉母爱的关怀，反而使佐拉失去贞洁。即使在死去之后，伊丽莎白的种种怪诞行为还如阴影一般长期笼罩着佐拉的生活，影响着佐拉，使她不安害怕。佐拉常常觉得伊丽莎白那双粗糙黑色、像爪子一般的手一直要把她拽入深渊。

同样，这部小说中的卡洛琳·怀恩也是杜波依斯批判的对象。卡洛琳是首都华盛顿一位成熟善辩、有政治敏感度的老师。她总是认为，自己在生活工作中受到种种阻碍的原因完全在于自己是女性，而且是个黑人。当她意识到布莱斯有着善良的内心，以及有能力通过他的道德力量影响他人时，她诱导布莱斯进入华盛顿的政治圈。但是当布莱斯坚持用诚信对待黑白种族关系时，她却认为欺骗才是美国黑人唯一有用的手段。她告诉布莱斯诚信太过奢侈，对黑人来说是承受不起的。当布莱斯反问："难道你不讨厌欺骗吗？"她笑呵呵地回答说："一开始我讨厌，但是现在，你懂的，我确信我喜欢欺骗。"②一开始，卡洛琳无疑是黑人中产阶级的成功代表，但很快她便开始不择手段，为了自己的前途和利益，将种族的利益和进步事业踩在脚下。

《黑公主》中的莎拉显然也不是杜波依斯称颂的对象。她一开始为了政治生涯和名誉与马修结婚，离婚后又为了名利接受了萨米的求婚，她与传统的黑人女性形象相去甚远。家庭琐事以及为人母亲之类的事情对她而言是难以忍受的。她的焦点在于政治世界、社会地位和金钱。"莎拉既不拘谨，也不轻浮，她只是有非凡的才智，而没有道德的困惑，只有坚定明确的贞操观，对社会价值的敬意，爱穿漂亮衣服。"③她的人生哲学很简单，没有感情，只有金钱、地位和名誉。

综合看来，杜波依斯所创造的黑人女性形象，大致可以归为以下三种：第一，以正面积极的形象出现，有着过人的才智和美貌，并颇具领袖风采，比如《夺取银羊毛》中的佐拉和《黑公主》中的黑公主。第二，作为堕落者或者

---

① W. E. B. Du Bois, *The Quest of Silver Fleece*, A Penn State Electronic Classics Series Publication, 2007, p. 12.

② Ibid., p. 215.

③ 杜波依斯：《黑公主》，谢江南等译，北京：中国对外翻译公司，1998 年，第 119 页。

背叛者的形象出现,比如《夺取银羊毛》中佐拉的母亲伊丽莎白和卡洛琳·怀恩,《黑公主》中的莎拉。第三,作为母亲的繁衍角色或者母亲式的教导角色,典型的代表是《约翰的归来》中约翰的母亲、《黑公主》中马修的母亲、黑色火焰三部曲中的蓓西大婶。

杜波依斯不断地对黑人女性进行塑造,黑人女性成了整个黑人种族的缩影。通过将她们与黑人传统、文化联系起来,实则是展现他对黑人文化的推崇、批判和理想寄托。一方面,黑人的文化就如一位伟大的黑人女性,它博大精深、隐忍坚韧,充满了艺术美,作为文明之源有着母性般的光辉。但另一方面,由于历史社会等原因,黑人文化也有着其局限性,与现代工业支撑下的西方社会相比,它不可避免地显得原始落后、无知闭塞,甚至在迅速接触现代文化的过程中又可能因为急躁冒进而忽略了道义传统,导致唯利是图。

杜波依斯对黑人女性的关注可以作为一个重要的刻度将其与同时代的诸多男性作家区分开来。他切实地为黑人女性地位的提升和思想解放而呼吁,颂扬甚至神化黑人女性的品格。同时,在此过程中,作为黑人文化缩影的黑人女性也作为一种理想的媒介,连接了杜波依斯的艺术想象与政治宣传。杜波依斯认为,

> 女性这种被凌辱和降格的历史所带来的后果让人忧又让人喜。一方面它催生了恼人的娼妓、滋事者和"骡子"般的女性。另一方面它赠与了这个世界优质的女性,她们自由强大,她们赢得贞洁,不是靠躲在牢狱和襁褓之中而是靠对诱惑的抵制。①

黑人女性身上所展现的矛盾又何尝不是黑人文化的矛盾——既充满原始创造力,也有其落后的局限性;又何尝不是"双重意识"带给非裔作家的困惑与纠结——种族的过去与现实给予了他们创作的动力,但同时也是他们无法超越的困囿。

---

① W. E. B. Du Bois, *Darkwater: Voices from Within the Veil*, New York: Dover Publications, 1999, p. 100.

第三节 两性结合与真理

　　杜波依斯的生命经历了近一个世纪的风云变幻，足迹跨越非洲、欧洲、亚洲和美洲，并经历了发生在 19 世纪中叶至 20 世纪初美国历史上第一次大规模的妇女运动。同时在这个过程中，他对身边以及社会中的黑人女性的认识也在不断增强。杜波依斯在《信条》中写道："我特别相信黑人种族，相信黑人天生的美，黑人灵魂的甜蜜与可爱，以及蕴含在黑人温顺中的力量，那将会承接住这个动荡的世界。"①无论是创作还是生活，无可非议的是，杜波依斯对黑人女性有深切的热爱和同情，他欣赏黑人女性身上诸多的品质，比如美，比如母性，这些品质无疑与他想要传达的信息最为契合，这些品质也最能代表黑人文化与种族魅力。杜波依斯的宗旨不是"为了艺术而艺术"，他的艺术创作是为了宣传，宣传黑人应该获得爱与享受的权利。如果创作是杜波依斯实现目标的方式，那么他在创作黑人女性的过程中表现出的矛盾与张力，其实便是其宣传的实质所在。杜波依斯颂扬的黑人女性形象就如索引一般，指向他所提倡的黑人艺术标准。

　　杜波依斯在作品中颂扬黑人女性的品格，他塑造和描写的黑人女性主角可以说是一类经过深加工的、更加精致的黑人女性形象，她们或者美貌动人、气质不凡，或者坚强勇敢、自力更生，又或者忍辱负重、宽容通达。总之，她们都有着比平凡黑人更卓越的能力。细细读来，她们则太过于美好神圣，以至于产生了距离，使人很难将她们与现实生活中真实的黑人女性联系起来。

　　正如上文所述，在杜波依斯的家庭与事业中，女性的位置极为重要。在其传记中，杜波依斯记录了其对家庭中包括母亲在内的女性角色的感情。对于黑人历史现实中的杰出女性，杜波依斯详细提及的并不甚多。在《妇女的诅咒》中，他颂扬了哈莉特·塔布曼（Harriet Tubman）和索裘纳·特鲁斯这两位杰出的女性，她们也出现在他的历史剧《埃塞俄比亚之星》中。他认为"这类女性很少被人了解，她们并非比常人杰出，而是一种更精致的黑人

---

　　① W. E. B. Du Bois, *Darkwater*: *Voices from Within the Veil*. New York: Dover Publications, 1999, p. 1.

女性,她们身上体现的全是细腻的美感和为实现自我而作的奋斗,正如奇特的力量和甜美的笑声一样,这些都是黑人灵魂的特征。"①同样,杜波依斯也欣赏菲利普·惠特莉诗歌中所表现出来的拼搏精神,认为白人轻视惠特莉便是种族歧视产生的惨痛后果;他赞扬凯特·弗格森抚养纽约街头的流浪儿童,参与建立起曼哈顿第一座现代性的主日学校,并认为内战之后,黑人女性为自由和进步而作的牺牲是她们历史上最华彩的篇章之一。可见,杜波依斯颂扬的杰出黑人女性一定不再是足不出户、将自己限制在伺候丈夫和孩子的空间中的家庭妇女。杜波依斯的论点很明确,黑人女性有能力走出家庭,承担工作,甚至是领袖的工作。当杜波依斯1959年到中国访问时,他惊叹于各行各业工作中的中国妇女:"她们从事的职业从部长到机车工程师、医生、职员和劳工。她们正在摆脱'家庭琐事'。她们的强壮、健康和美丽不单单表现在她们的腿和胸部,还表现在她们的头脑、体力和丰富的感情上。"②可见,杜波依斯颂扬的女性是与当时的黑人男性一样,可以走出家庭,有自己的工作和事业的女性。在自传中,杜波依斯写道:"在共产主义社会,妇女的作用已超出了肉体享乐和生育,而主要在于她们的工作和思考的能力。"③

也许正是因为杜波依斯强调黑人女性身上工作与思考的能力,在其小说中的黑人女性主角的身上,我们或多或少都能找到男性的特质,甚至杜波依斯自己的身影。在《黑公主》中,杜波依斯将这位美丽优秀的印度黑公主取名为考蒂利亚(Kautilya),与公元前4世纪的著名印度男性先哲同名,这位先哲著有《利论》(*Arthashastra*),他本人也是当时国家领导者在国家治理方面的重要顾问。小说中的黑公主一方面有着印度皇族血统和姓氏,另一方面又对现代主义特质的文化极为熟悉,比如毕加索和普鲁斯特等,她将传统与先锋集于一身,同时显而易见,她身上兼具男性与女性的特质。在《妇女的诅咒》中,杜波依斯曾指出过,亚洲是父亲,非洲是母亲。但是在《黑公主》中,我们可以明显地看到,杜波依斯似乎刻意模糊了角色。将母亲的

---

① W. E. B. Du Bois, *Darkwater: Voices from Within the Veil*. New York: Dover Publications, 1999, p. 103.

② 杜波依斯:《威·爱·伯·杜波依斯自传》,邹得真等译,北京:中国大百科全书出版社,1996年,第4页。

③ 同上书,第28页。

角色设置在代表亚洲的黑公主身上。可以说，兼具男性和女性特征的黑公主成了泛非的核心代表，是有色人种优秀特质的集中体现，所以她是普天下的公主。最后她诞下代表着不朽希望的儿子，也将成为"一切有色人种的使者和救世主"。无论是佐拉、黑公主还是琴·杜比依，她们都有丰富的阅历，切实地参与到政治运动中去。特别是琴·杜比依，她简直就是女版的杜波依斯，琴的身上体现出杜波依斯的方方面面，无论是其社会研究，还是她对世界发展、种族关系的看法。例如，琴对历史学和社会学感兴趣，她被"一门以弗洛伊德学说为基础的实用心理学"①吸引住，并且最后也在著名大学获得博士学位，接着从事社会学的研究。琴拟定计划，"在每一州里合作进行连续不断的社会学调查，作为一次科学实验的起点。"②琴与现实中的杜波依斯一样，一开始追求绝对科学与真理，但是如今却"向我们的老朋友，机会（chance）和自由意志（free will）打开了门"。同样，她因此也相信人类的决定性力量，认为"并不是每个人当真都做出决定性的选择。这种选择也不是天天都做出来。不过从受过训练、精神健全的成年人那儿，却得出许多这种重要的决定。他们总起来可以形成一种在历史上起决定作用的社会力量"③。更重要的是，在三部曲中，是琴，而不是孟沙，道出了"黑色火焰"的真谛：

> 白色火焰照亮了北方，有希特勒、俾斯麦、瓦格纳和弗洛伊德，一道熊熊的火焰，很快便黯淡下去，熄灭了⋯⋯接着，从东方升起来，照亮天空的是，列宁、普希金、释迦牟尼和孙中山的红色火焰，以及南方的灿烂的黑色火焰——塔哈夸、阿斯基亚、洛班古拉的黑色火焰⋯⋯北方的那道苍白暗淡的火焰就会熄灭⋯⋯东方的火焰正越烧越旺⋯⋯你们没有几个人像我这样知道，南方的黑色火焰会带来些什么。④

特别是，琴"跟黑人同胞一块儿生活得太久了，觉得自己跟他们完全情

---

① 杜波依斯：《孟沙办学校》，徐汝椿等译，上海：作家出版社上海编辑所，1966年，第134页。
② 杜波依斯：《有色人种的世界》，主万译，上海：作家出版社上海编辑所，1966年，第12页。
③ 同上书，第368－369页。
④ 同上书，第369页。

同骨肉(bone of their bone and flesh of their flesh)"①,这极具杜波依斯风格的话语,亦出现在《黑人的灵魂》的前言。可以毫不夸张地说,与男主角孟沙相比,琴身上折射出更多杜波依斯自身的特质。

总体看来,杜波依斯笔下的优秀黑人女性是他男性视角下的女性,有着其赋予的男性特质的女性。如果将这种男性特质划为男权主义范畴,则显得过于武断。结合其创作思想与文本可以发现,他所强调的是一种工作与思考的能力,是理性与独立的品格,是一种鼓励黑人女性走出家庭的束缚,走向社会的倡导。这也是杜波依斯对黑人文化传统的希冀,他希望通过艺术呈现黑人文化积极的一面,也希望通过黑人种族的努力,形成对自身文化独立而规范的欣赏标准。

更进一步看,杜波依斯在黑人女性身上强调带有男性特质的元素,其实也是在提倡两性所代表的真理的两个方面应该结合起来。正如库伯所理解的那样,女性的自我觉醒与自我决定从根本上是取决于她与男性的关系,反过来也是如此,人类总是不断地进行互补。她写道:"真理有女性的一面也有男性的一面;这两者没有孰优孰劣,孰好孰坏,孰强孰弱,是互为补充的——是一个整体必不可少、相称相配的两部分。"②库伯认为现代社会的问题就在于或者至少反映了这两者的不平衡,她相信"只要真理的女性那一半得到补充,你就不会再发现各类事务中会缺少爱的存在。"③乔治·桑塔亚那在他的《高雅传统》中也提到:"美国意志铸造高楼大厦,美国思想者铸造殖民官邸。一个半球是美国男性,另一半球,至少大部分是美国女性。一边是气势汹汹的企业,另一边则是高雅传统。"④范·威克·布鲁克斯(Van Wyck Brooks)也认为美国社会最根本的冲突就表现在"男性化的"商业与"女性化的"文化之间,他的著作《美国的成长》(*America's Coming-of-Age*,1915)就希望在这两者间寻求一种和谐,他希望将意志坚强且精打细算的品质与感性且敏感的品质融合起来,从而寻求一种更健康的生活方式。⑤

---

① 杜波依斯:《有色人种的世界》,主万译,上海:作家出版社上海编辑所,1966 年,第 315 页。

② Anna Julia Cooper, *Voice from the South*. Xenia, Ohio:The Aldine Printing House,1892, p. 60.

③ Ibid., p. 58.

④ George Santayana, *The Genteel Tradition：Nine Essays*,Cambridge：Harvard University Press,1967, p. 40.

⑤ 参见 T. J. Jackson Lears, *No Place of Grace：Anti-modernism and the Transformation of American Culture*, Chicago：University of Chicago Press, 1981, p. 255.

　　上文已经提及杜波依斯深受安娜·库伯的影响，同时他也是乔治·桑塔亚那的学生，虽然并没有直接的文字资料显示，杜波依斯引用库伯关于真理具有男性与女性两面的说法，或者接受桑塔亚那关于美国社会男性特征与女性特征的冲突的阐释，但在其作品中还是很容易看到杜波依斯与此相似的思考。从某种程度上来看，库伯与桑塔亚那向我们展示的是，男性与女性代表的不仅仅是性别上的生理区别，还在于理性与感性的区别，现代商业文明与传统文化的区别，开放与保守的区别。杜波依斯笔下的黑人女性大多是传统文化传承者，她们有感性的情感却也具备坚定的理性逻辑。在《约翰的归来》中，约翰的母亲虽然只能在家庭中守候，但她不顾邻里的闲言碎语，全心全意地支持约翰外出求学。佐拉自由自信，勤勉聪慧，她凭借自己的能力外出打工，对布莱斯的爱使她愿意上学，愿意改变。黑公主更是一个领导各国使者的国际性组织的领袖。她有着审慎的思维，同时也有着对马修浪漫的爱。琴·杜比侬是孟沙的贤内助，同时她自己也有着对社会研究的热忱与贡献。在小说的最后，男女主角会走到一起，会拥有美好的结局。孟沙一直用理性来处理事件。琴·杜比侬则是多了仁爱之心，当他们结合在一起，则是将女性的一面与男性的一面结合起来的真理。

　　在哈莱姆文艺复兴时期，新黑人的形象更多的是男性化的，种族特性或者说黑人性浓厚；保守的高雅文化则是女性化的，它倾向于对欧美艺术传统的继承和模仿。兰斯顿·休斯似乎也在他的《黑人艺术家与种族大山》中隐含了这样的意思，他采用费城一位俱乐部女性的视角来谈论，她倾向于模仿白人之前的艺术手法，而不喜欢新近的黑人艺术。她"一生看白人的书籍、图片、报纸，效仿白人的举止，遵循白人的道德和清教标准，因此不喜欢灵歌。如今她对爵士乐及其表现形式嗤之以鼻。她对几乎所有带有种族特殊性的东西都是如此态度。"[①]可见，隐含在黑人女性形象中的刚毅果敢的事业心是杜波依斯对黑人种族特性的颂扬。

　　正如伍尔夫所说：

　　　　我们每个人都受两种力量制约，一种是男性的，一种是女性的……正常的和适意的存在状态是，两人情意相投，和睦地生活在

---

① 黄卫锋：《哈莱姆文艺复兴研究》，北京：外语教学与研究出版社，2007年，第439页。

一起。如果你是男人，头脑中女性的一面应当发挥作用；如果你是女性，也应与头脑中男性的一面交流。柯勒律治说，睿智的头脑是雌雄同体的。①

杜波依斯似乎总是尝试通过赋予女性以男性的特征，来呈现他对文化、对真理的理解。无论是琴·杜比依身上的杜波依斯本人的影子，还是黑公主与印度男性哲人考蒂利亚同名的巧合，杜波依斯都展现出两性特质的和谐共存，理性与感性，男性与女性，东方与西方，传统非洲与现代美国，两方的结合才是和谐美好的。一方繁荣，另一方完全的萧条，都是不健全的。这也正如杜波依斯极力推崇艺术的宣传价值，其意义在于给予无声沉默的一方以话语权，此消彼长或者彼消此长都是失衡，两者共存共荣才是真正的和谐与可持续发展。作为历史学家和宣传者的杜波依斯，通过给予一个饱受苦难的族群种族身份、历史存在、声音、一种审美的机制，来重新阐释黑色的意义，使它成为一个内涵丰富的隐喻，这个隐喻关于美，关于苦难，并且承载着历史，具有重新复苏的能力。通过这样的宣传，他使黑人种族成为美丽真实的存在，而不是有问题的缺席。

杜波依斯对黑人女性特殊的情感和期待还在于他将"真理"巧妙地寄予在她们身上。孟沙的小女儿索裘娜，很难不让人联想到杰出的废奴主义者和女权运动领导者索裘娜·特鲁斯。索裘娜·特鲁斯因为追求真理而给自己冠以"真理"（Truth，特鲁斯）之名。虽然，孟沙的女儿索裘娜在整个三部曲中是个小人物，她未曾经历太多的人生波折，占据的篇幅也并不多，但是在呈现杜波依斯对真理的阐释中，她所扮演的角色却是非同小可，她从默默无闻的丑丫头成长为成熟美丽的大姑娘。她凭借音乐才华赢得了心上人，在孟沙生命的最后时刻，索裘娜的音乐也陪伴着他。根据小说的描述，索裘娜并没有世俗经验上的美，甚至一开始还是其貌不扬，颇有一点点丑的味道，但是随着时光的流逝，随着她的成长成熟，她有着一种越来越惹人喜爱的美。同时，她精通音乐，也正因为如此，她与父亲有着更多的话题。这也许就是真理的意义，它也许平凡，但却能展现出实实在在的美与价值，这也是为什么杜波依斯下定决心穷尽一生来追寻真理。

---

① 弗吉尼亚·伍尔夫：《一间自己的房间》，贾辉丰译，北京：人民文学出版社，2003年，第85页。

第五章 从自由主义到马克思主义：宣传理念的嬗变

　　杜波依斯晚年时担心自己"太老"而不能被称为马克思主义者，因为自己的诸多文字都是在真正理解马克思主义前写就，"除非重新修改自己的每一份作品，或者在作品后面增补后记"①，但他已然没有那么多时间去做这件事。于是他抓住机会在两部重要作品再版的时候增补了自己的思考。1953年，蓝鹭出版社准备出版《黑人的灵魂》五十周年纪念版，杜波依斯在前言部分，提及了自己在理论方面的两个缺点，一是没有充分考虑到以弗洛伊德为代表的心理学及无意识思想对种族问题的影响。另一个更重要的是，在阐释黑人经历的时候没有考虑到马克思的学说及其对现代社会的影响。文明世界的许多人以他人的贫穷、无知甚至疾病为代价，漠然地生活在舒适之中。这其实说明，要将种族歧视的斗争置于资本主义政治经济改革的大问题中去思考。1954年，当杜波依斯的第一本著作，也是他的博士毕业论文《制止非洲奴隶贸易进入美国，1638—1870》得以再版的时候，杜波依斯写了一篇《致歉》（Apologia）："当我在写这本书的时候，弗洛伊德和其他心理学家的著作以及他们对于科学划时代的意义并没有广为人知。我不曾认识到人类活动倾向背后的心理因素，而这其实是与非洲奴隶贸易有关系的。"②杜波依斯显然是想阐释，如果当时自己对弗洛伊德心理学有更多了解的话，那么也就不会过多地用新英格兰式的道德准绳来阐释奴隶制这类公共行为的动机和目的了。在弗洛伊德时代来临后，杜波依斯接触到了新

---

　　① Manning Marable，*W. E. B. Du Bois：Black Radical Democrat*，Boston：Twayne Publishers，1986，p. 197

　　② W. E. B. Du Bois，"Apologia"，in Du Bois，*The Suppression of the African Slave-Trade to the United States of America*，*1638-1870*，New York：Social Science Press，1954，p. 327.

心理学,他坦言:"在弗洛伊德时代来临之前,我在威廉·詹姆斯的指导下学习心理学,这让我提前做了准备。"①新心理学使杜波依斯认识到,要反抗种族歧视,并非仅仅是反抗白人想要压制黑人"理性而有意识的意志";黑人要面对的是白人"长年的复杂情结,如今很大程度上已经陷入潜意识的习惯以及无逻辑的冲动"②。杜波依斯同时也对自己对马克思理论的忽视无法原谅。他遗憾地表示,虽然自己提及了奴隶贸易和奴隶制背后的经济因素,但因为没能注意到马克思提出的关于资本主义原始积累等理论,显然就忽略了经济因素产生的强大效力。杜波依斯着重强调和分析是道德层面的懈怠与堕落,他认为自己的书中应该加入的是"马克思提出的清晰概念——因为收入与权力诉求而产生的阶级斗争,在这样的理论下,所有关于正义与道德的考虑都会显得怪异,或者完全站不住脚"③。当然,杜波依斯也许意识到,要求自己在1896年的心智如在1954年那么成熟全面,显然太过苛刻。所以在《致歉》的最后,他总结道:"在我事业的开端,除了我明显犯下的这些错误外,也无其他了。"④

如果说弗洛伊德心理学解释了白人种族歧视的惯性与潜意识的话,那么马克思主义哲学则使得杜波依斯看到了黑人问题背后深刻的经济因素。在不断接触和深入了解马克思主义后,杜波依斯无论是思想还是创作上都发生了新的变化,他开始将阶级问题与种族问题联系起来,将对黑白肤色界限问题的思考扩展到了世界范围,将亚洲也作为其黑色想象世界的一部分,杜波依斯开始更多地关注新兴的黑人中产阶级以及黑人普通大众,关注亚洲与非洲的联合以及社会主义发展对黑人问题的启示。他并不停留在抨击说服白人,对歪曲事实进行辩驳宣传,呈现黑人传统与文化上,而开始对黑人问题及其所昭示的问题进行内在剖析,将黑人问题置于全球政治经济框架中去思考,努力探索新的理念学说来直接激励黑人群体去蜕变,去进步,去变得强大而有创造力,并试图实践出一条可行的道路。

---

① W. E. B Du Bois, *Dusk of Dawn*:*An Essay Toward an Autobiography of a Race Concept*, New York:Harcourt Brace & World,1940, p. 296.

② Ibid.

③ Genovese's editon of *Suppression*:*Du Bois*, *Apologia*, New York:Social Science Press, 1954, p. 329.

④ Ibid.

第一节　马克思主义与思想革命

我们已经知道,在 1910 年左右,杜波依斯完成了从社会科学家到宣传者的角色转变。在接下来的近 20 年时间里,他亦经历了一次对种族问题认识上的思想革命。如果说,之前杜波依斯对种族问题的认识和阐释是基于实用主义与自由主义的结合,那么在思想革命之后,杜波依斯更多地倾向于参考以马克思及其学说为代表的政治经济哲学理论。

早在 1896 年,应宾夕法尼亚大学的邀请,杜波依斯作为研究员对费城的黑人社区展开调查,并于 1899 年出版了《费城黑人》一书。杜波依斯通过此番调查明确意识到"黑人群体是社会问题的一种并发症状,而非原因;是一群奋斗着悸动着的群体,而非懒惰病态的犯罪身体;是一种长期的历史发展而非短暂的事件"①。这是对黑格尔认为黑人没有历史,只是一种突发现象的回击。一直到 20 世纪早期,杜波依斯认为种族歧视最核心的原因就在于白人对黑人历史、文化、生活等各方面的忽视与无知,黑人在社会上总是无声的、隐形的,或者被妖魔化的。所以在这一阶段,对种族歧视的对抗主要是通过科学调查、社会调研,以及对真理的科学阐释来呈现美国黑人的历史以及他们在社会各个方面的活动。杜波依斯也的确通过自己的努力填补了诸多黑人在社会上数据的空白。正如杜波依斯自己所说的那样,1910 年离开亚特兰大大学去到纽约担任《危机》杂志的编辑,就是离开了"一座数据与调查的象牙塔"②。

事实上,通过前面几章的分析我们可以发现,作为社会科学家与宣传者的杜波依斯,除了创作风格上更为丰富多元之外,两者之间并非隔着彻底的分水岭。一方面,他的宣传风格与理念并非一蹴而就,因为在杜波依斯早前的作品中,其实多少已经体现了彰显黑人积极文化的意识。就如杜波依斯最著名的《黑人的灵魂》,它已经不是纯粹的社会调查报告,而是一部充满抒情散文风格的文集,它不仅有对灵歌与文字别具匠心的搭配演绎,甚至其中也收录了短篇小说。另一方面,社会科学实则已经成为他思考与阐释问题

① W. E. B. Du Bois, *Dusk of Dawn*: *An Essay Toward an Autobiography of a Race Concept*, New York: Harcourt, Brace & World, 1940, p. 59.

② Ibid., p. 222.

的基石,因而也自然成为其创作与宣传的一种有力武器,为他提供切实的数据支持和逻辑指导。所以事实上,这种转变是一种孰轻孰重的倾向,一种良性的互补,而不是非此即彼的选择。

虽然这种转变并没有完全改变杜波依斯对种族的概念,但很显然,他放在科学调查上的精力有了转移。他自己也认为从离开亚特兰大到第一次世界大战之后的这段时间经历了思想上的转变。他开始意识到:"科学,对黑人问题进行认真的社会调查,并不足以解决问题;种族问题根本性的困难,并不像我所认为的在于忽视与无知,而在于某一部分人要镇压和虐待深肤色人种的意志。"①也就是说,其实是某一部分人性的罪恶,而非对黑人历史文化等的无知导致了种族歧视。或者也可以说无知依然是一个问题,只是这里的无知,是大部分人对一小部分人想要刻意施行种族歧视的无知。但是杜波依斯相信,罪恶的人占了文明社会的小部分,当大多数善良的人意识到那一小部分人罪恶的成分后,社会的正义就将实现。于是,杜波依斯宣传的任务更多的是要唤醒大多数人认识到小部分人的罪恶意志。

但是正如杜波依斯在《致歉》中所说的那样,他在接触弗洛伊德心理学之前更注重的是对人类道德本性的探讨。杜波依斯坦言,在刚离开亚特兰大的那几年,也就是他宣布成为宣传者的那几年,他不曾意识到,世界的改变其实并不能仅仅依靠知识和对罪恶的压制来达成。人类表现出来的破坏性行为并不都是源于他们的无知和罪恶的倾向。事实上,长期以来或直接或间接的压力以及各种各样的复杂活动,比如一些有影响力的风俗习惯、传统甚至潜意识行为都会潜移默化地改变人类的行为。当然,"种族界限"问题的产生并不仅仅在于惯性和无意识,除此之外,还在于"现代黑奴贸易这巨大的经济结构以及后来的工业革命都需要建立在人种区别之上的,这种人种区别如今主要被认为是肤色的区别"②。杜波依斯通过自身的奋斗经历逐渐产生了思想上的革命。

1920 年,杜波依斯出版了文集《黑水:帷幕下的声音》,这被认为是"最

---

① W. E. B. Du Bois, *Dusk of Dawn: An Essay Toward an Autobiography of a Race Concept*, New York: Harcourt, Brace & World, 1940, p. 221.

② Ibid., pp. 4 - 5.

能体现杜波依斯在其政治影响力最鼎盛、心智最为成熟时的思想"①。这本书创作于社会变革非常剧烈的时期。1917 年俄国布尔什维克革命的胜利促进了美国国内一场小型却激进的共产主义运动的发展。同时，几百万美国白人在那几年要加入"隐形帝国"——三 K 党，这成了遍及美国各州和地方政府的强大的政治力量。成千上万南方乡村的黑人佃农和工人迁移到了北方都市，形成了一些新的黑人社区，比如哈莱姆。这些社区又逐渐形成黑人民族主义反抗团体的核心区域，比如，马库斯·加维的全球黑人改进协会。一系列动荡的社会事件影响着身为黑人民权领袖的杜波依斯，他不打算去说服或者哄骗他的美国读者，相反，为了拯救他们并从他们那里拯救世界文明，他选择冒犯、震慑，甚至尖锐地谴责白人。

在其中的一篇文章《白人的灵魂》中，杜波依斯就直接指出西方世界的强取豪夺：

> 今天我们中有多少人完全理解了殖民扩张，理解了白色欧洲和黑色、灰色、黄色世界关系的现实理论？直白地说，这理论就是：白色欧洲的本分就是瓜分深肤色人种的世界，然后从自身利益出发主宰它。②

通过对西方世界殖民扩张和种族歧视本质的揭示，杜波依斯直指白人灵魂的不堪：

> 当我们透过战场硝烟的缝隙看到那些死者，模糊听到同胞兄弟之间的诅咒和控诉时，我们深肤色的人们说：这不是因为欧洲疯了，这不是精神失常或者错乱；这就是欧洲，这看似恐怖，实则是白人文化的真正灵魂——隐匿在所有文化之后——而今天一丝不挂地展现着。世界已经走到这里——黑暗而糟糕的深渊，而不是如它吹嘘的一般，在充满阳光且难以形容之高处。这里就是现代人

---

① W. E. B. Du Bois, *Darkwater*：*Voice from Within the Veil*, New York：Dover Publications，1999，p. v.

② Ibid., p. 23.

性的强大和能量的去处。①

《黑水》是在杜波依斯中年时写就的,它包罗万象,是一部充满激情的艺术作品,也可以说杜波依斯将其对宣传的理解发挥得淋漓尽致。在《黑水》出版后的几年,带着学习更多马克思主义思想的愿望,杜波依斯在苏联展开实地考察。

20 世纪 20 年代末至 30 年代初的经济大萧条,促使杜波依斯逐渐意识到经济及基础的重要性,于是在 30 年代,他开始确信全国有色人种协进会的基本政策和理想必须要加以修正或者改变。

在这个经济错位如此严重的世界,仅仅基于传统自由主义的诉求,仅仅对正义与法律决断上的诉求,已经失去了其必要性,对于美国黑人而言,真正必要的是确保和改善他们的各种机会,无论是受过教育的还是文盲,都能生存下去,确保他们的收入,提高他们的就业率。②

杜波依斯逐渐认识到,设想通过得到白人救赎来改善现状是不可行的。如果他们的种族歧视是基于对历史与现实的无知,那么杜波依斯所做的各类社会科学的调查已经基本可以填补他们认识上的空白。但是他们错误的种族观念实则是源于对财富的渴求,并且愈演愈烈,对财富与对权利的渴求导致他们或有意识或无意识地形成种族歧视。

在非洲,我更加清晰地认识到种族与财富之间的紧密联系。事实就是,即使是最独断的种族理论支持者和相信有色人种次于白人的人而言,也会有意或无意地决定通过充分利用这些信条来增加他们的收入。于是逐渐地,这样的想法开始变形,导致人们意识到种族歧视带来的财富价值是种族劣势论的原因而非结果。特

---

① W. E. B. Du Bois, *Darkwater*: *Voice from Within the Veil*, New York: Dover Publications, 1999, p. 22.

② W. E. B. Du Bois, *Dusk of Dawn*: *An Essay Toward an Autobiography of a Race Concept*, New York: Harcourt, Brace & World, 1940, pp. 295 – 296.

别是在美国，棉花王国的收入建立在黑人奴隶制身上，这使得人们强烈地相信黑人种族是劣等的，甚至用武力强制执行这样的信条。①

杜波依斯的《美国黑人的重建》作为一部分析重建时期历史的皇皇巨著，与其博士毕业论文在叙述与分析上的保守不同，这是建立在一种历史理论上的分析，这种理论以经济分析和阶级斗争为基础。这本书既是对美国社会主义运动的批评，又是对马克思革命和阶级斗争理论的借鉴与修正。在《美国黑人的重建》第一章，黑人群体作为廉价劳动力，有了新的名称，即"黑人工人"，第十章的标题则是《南卡罗来纳的黑人无产阶级》。可以说杜波依斯是通过命名的方式来重新修正美国文明的历史。在杜波依斯看来，黑人工人是通过奴隶制进入现代世界体系中。美国的奴隶劳动力并不是凭空出现的一种现象，他们是与世界资本主义紧密联系的一种历史发展，世界资本主义发展是通过剥削黑人工人获得原始积累。美国奴隶制可以说是世界资本主义的派生系统。杜波依斯认为，黑人工人是 19 世纪和现代世界新经济系统的奠基石。黑人群体在新奥尔良、查理斯顿以及费城等地形成一处接着一处的劳动力团体，这样的团体是白人剥削廉价劳动力的资本体系中不可或缺的重要部分，但是黑人却因为种族歧视经常面临着失去谋生机会的困境。杜波依斯认识到了这一点，所以他指出："剩余价值源于对黑人无产阶级的剥削，窃取自人类胸中；在文明的土地上，机器和动力能源掩藏掩盖了这一切。人类的解放是劳动力的解放，劳动力的解放是对最主要的黄色、棕色以及黑色劳动力的解放。"②

杜波依斯从一开始基于自由主义信条提倡民主权利，进而开始意识到经济对于种族平等的重要性，并重视经济建设，这种思想的丰富和革命与他对马克思主义的阅读以及对社会主义国家的关注有着紧密的联系。

根据其自述及相关资料显示，在美国南方费斯克大学求学期间，他完全不知道卡尔·马克思。但在他读哈佛大学的时候，也就是他真正开始接触

---

①　W. E. B. Du Bois, *Dusk of Dawn: An Essay Toward an Autobiography of a Race Concept*, New York: Harcourt, Brace & World, 1940, pp. 129 - 130.

②　W. E. B. Du Bois, *Black Reconstruction in America*, New York: The Free Press, 1992, p. 16.

现代科学的时候,杜波依斯就接触到了马克思主义的相关理论。只是在那时,"社会主义作为哲学的梦想或者头脑发热者的幻想"①,并没有受到多少哈佛学者的重视。即便马克思的名字偶尔被提及,杜波依斯对其的印象也只是:他提出了新的思想,但是却从未被实践过。当时,社会学在哈佛也属于新兴学科,在德国接受过训练的爱德华·卡明斯(Edward Cummngs)是第一个在哈佛开设社会学课程的学者,但据杜波依斯回忆,他只是"顺便提及过马克思,并没有强调他的重要性"②。在哈佛的岁月里,杜波依斯并没有对马克思留下深刻印象,这也导致杜波依斯几乎没有花时间读马克思的书籍。直到毕业后工作了一段时间,他才意识到经济和政治之间的联系。③但他在这方面的思想启蒙并非源于马克思及其学说,更多的可能是受到他在哈佛大学的教授经济学家弗兰克·陶西格(Frank Taussig)的影响。杜波依斯工作后依然写信向陶西格请教资本相关的问题,但陶西格在哈佛课堂上"从未提及过马克思"④。

直到杜波依斯到德国柏林学习后才发现,马克思影响巨大,他的思想在德国社会民主党占主导地位。杜波依斯被这样一个新兴的党派吸引,并参加过几次会议。他开始将自己看作"社会主义者"。值得一提的是早在1911年,他跟随一些白人同事,如爱德华·罗素(Edward Russell)、玛丽·怀特·欧文顿,以及威廉·沃林就加入了美国社会党,但是由于在具体事宜上的看法存在分歧,他在第二年退出了社会党。杜波依斯选择支持民主党派伍德罗·威尔逊(Woodrow Wilson)竞选总统,一方面这位候选人很有可能会胜出,另一方面,威尔逊也许诺,一旦胜出会提名黑人担任其内阁成员。当然威尔逊让他失望了,虽然杜波依斯再也没有重新加入社会党,但此后他依然继续参加一些社会主义活动。他在柏林的"社会主义"活动显然也是出于对一个新型党派的好奇。

---

① W. E. B. Du Bois, *The Autobiography of W. E. B. Du Bois: A Soliloquy on Viewing My Life from the Last Decade of Its First Century*, New York: Oxford University Press, 2007, p. 84.

② W. E. B. Du Bois, *The Suppression of the African Slave-Trade to the United States of America*, 1638-1870, New York: Social Science Press, 1954, p. 328.

③ 参见 W. E. B. Du Bois, *Dusk of Dawn: An Essay Toward an Autobiography of a Race Concept*, New York: Harcourt Brace & World, 1940, p. 41.

④ W. E. B. Du Bois, *The Suppression of the African Slave-Trade to the United States of America*, 1638-1870, New York: Social Science Press, 1954, p. 328.

在柏林求学期间,学术上,他对社会学理论和方法都有了更为专业的认识,他也会在写作时偶尔讨论到马克思,但这一阶段对杜波依斯而言,马克思只是诸多重要的社会学学者之一,并没有突出的重要性。其中的缘由可以从大卫·刘易斯的传记评述中窥得一二,当时马克思认为工人无产阶级是社会变革的重要力量,但是杜波依斯在德国的老师们,"施莫勒(Schmoller)和瓦格纳(Wagner)都是精英人士,他们更期待普鲁士官僚机构里的精英们,大部分是由他们训练出来,能引导这个国家通过市场与公民的相互作用使得社会发生科学的变革"[①]。杜波依斯的老师对工人无产阶级的激进改革没有太多兴趣,显然就不会在课上多提及马克思主义相关学说。杜波依斯本人作为黑人精英,也会更认同其老师们的立场。

除了苏联的发展现状给了杜波依斯信心外,当时的共产国际公开支持并帮助亚洲被压迫民族和殖民地、半殖民地各国人民的革命斗争,倡导全世界无产阶级联合起来。亚洲的中国、印度也逐渐让杜波依斯看到了共产主义的积极面,这促进了他对马克思主义的信任与兴趣。学识广博如杜波依斯,在马克思主义领域,依旧是一个初学者。

在杜波依斯的思想意识里,种族是超越阶级存在的,尽管黑人问题和马克思主义诞生的土壤不一样,面临的社会问题也不一样,但有一点是共通的,那就是当下社会需要经过调整重组才能消除种族不平等及其他弊端,才能真正获得自由。在他深入学习马克思主义的过程中,他积极关注亚洲和非洲为争取独立自由的斗争。他两度访问中国,与印度的总理贾瓦哈拉尔·尼赫鲁和印度民族运动领导人拉拉·拉杰帕特·赖保持亲密联系。他的第二部长篇小说《黑公主》,就是从苏联回国后写就的,书中的女主角考蒂利亚是来自印度的黑肤公主,同时也是深肤色人种的领导人,在莫斯科受到世界革命理论的熏陶,认为美国南部的黑人是受到了压迫的少数族裔,决心领导并解救他们。这些想法显然不是凭空写就的,这是杜波依斯对布尔什维克运动的认可和支持。这部小说也充分地反映了他认为非洲和亚洲必须要联合起来,非洲要向亚洲学习的倾向。

1917 年俄国十月革命发生,英国、法国和美国出现了反对布尔什维克

---

①　David Levering Lewis,*W. E. B. Du Bois:Biography of a Race 1868 - 1919*,New York:Henry Holt and Company,Inc. 1993,p. 142.

的斗争。这个时候杜波依斯开始阅读卡尔·马克思,用他自己的话来说:"很震惊,我怀疑,在我接受广泛教育的日子里,还有什么领域的知识是被我的头脑忽视的。"①那时候,马克思主义就如"一束崭新的光"②射入他的思想。1926 年,杜波依斯得以在苏联逗留数月。在这里,他真切看到了社会主义社会对贫穷和种族的态度,他震惊于苏联坚决消除贫困的决心,因为其他国家甚至不敢承认贫穷的事实。并且,杜波依斯认为他所看到的苏联社会没人会歧视其他的群体、阶层和种族。他对所见所闻感到非常惊喜,激动地写道:"如果我在苏联的所见所闻就是布尔什维主义的话,那么我是一个布尔什维克。"③杜波依斯感叹,这次出访,使他实现了"行动与思想上的转变"④。此后,社会主义国家社会对公平与平等的重视成为他一直关注的方面。他认为追求共产主义的社会主义国家提倡要将权利交到民众手中,让民众去为国家和人民的利益而奋斗,这是非常正确的。这样的理念直击杜波依斯的内心,他甚至感叹:"这是我为黑人奋斗的基石,它解释了我。"⑤

尽管当时在苏联,许多孩子无家可归,食物紧缺,人们衣衫褴褛,但杜波依斯依然认为它是现代世界里最有希望的一片土地。因为在这里,他第一次见到曾经受到压迫的群众和工人,带着全新的意志和希望重新站起来。学校、博物馆和艺术长廊呈现出的是生机勃勃的景象,一切仿佛都充满活力,人们满怀理想。杜波依斯并不否认,在短短一个月的时间里,他所见到的只是苏联的一小部分。这样充满活力与希望的社会情景,他并不知道会是永恒的,或者仅仅只是过眼云烟,但有一件事情是肯定的,那就是他"相信马克思的名言,一个国家的经济基础在很大程度上会决定着其政治、艺术与文化"⑥。他后来在自传中描述苏联,虽然非常艰苦,但是充满了希望,美好

---

① W. E. B. Du Bois. *The Autobiography of W. E. B. Du Bois*: *A Soliloquy on Viewing My Life from the Last Decade of Its First Century*, New York: Oxford University Press, 2007, p. 184.

② W. E. B. Du Bois, "My Evolving Program for Negro Freedom", *Clinical Sociology Review*: Vol.8, Issue.1, 1990.

③ David Levering Lewis, ed., *W. E. B. Du Bois*: *A Reader*, New York: Henry Holt and Company, LLC, 1995, p. 582.

④ W. E. B. Du Bois, "My Evolving Program for Negro Freedom", *Clinical Sociology Review*: Vol.8, Issue.1, 1990.

⑤ W. E. B. Du Bois, *Dusk of Dawn*: *An Essay Toward an Autobiography of a Race Concept*, New York: Harcourt Brace & World, 1940, p. 285.

⑥ Ibid.

的未来"不是很快到来，却是肯定的"①。

离开苏联后，他清晰地认识到，美国黑人所认为的有了选举权后，才会有工作与可观的工资，才会降低文盲率、生病和犯罪率并不是完全正确合理的。其实事实是相反的，黑人只有在有了稳定独立的工作与生活后，才有可能拥有自主的选举权。是贫穷导致了黑人社会的无知、病态和犯罪，但是贫穷的根源又在于种族隔离与歧视。此后，他对马克思主义的兴趣愈加浓烈。在 1933 年的《危机》专栏《卡尔·马克思与黑人》中，他介绍了马克思的生平及其学说，并呈现了马克思关于奴隶制和自由劳工的探讨。1934 年，受亚特兰大大学校长约翰·霍普的邀请重新回到亚特兰大大学社会学学院从教后，杜波依斯设计了一门名为"卡尔·马克思和黑人问题"的课程，旨在探讨马克思主义在美国黑人问题中的应用。至此，杜波依斯已经很认真地要把马克思主义与黑人问题结合起来。需要说明的是，杜波依斯是在俄国十月革命后开始自学成长的马克思主义者，在此过程中，他甚至虚心地写信向学者亚伯拉罕·哈里斯（Abrham Harris）请教完美的马克思主义者应该读什么书，希望能获得一个推荐书单。

除了看到苏联蓬勃生气的一面外，这一趟出访和之后对马克思主义的理解也让杜波依斯领悟到，新的俄罗斯苏维埃联邦社会主义共和国并没有完全实现马克思的理想，并且，"苏联的共产主义道路在美国并不适用，对于占少数的美国黑人群体更不适用。"②他更是犀利地指出美国共产党的活动就是自杀式行为。这是因为杜波依斯看到了美国社会中种族情况的复杂性，他意识到黑人群体内部并未分化成资本家和劳动者这两大完全分离的阶级，"我们并没有跟上美国的阶级结构；我们没有经济和政治力量，不拥有机器和原料，没有引导进行工业进程的力量，缺乏对资金和债务的垄断"③。所以他进而意识到，"除了其自身的一些逻辑问题，马克思的哲学对于 19 世纪中期欧洲的情境而言，的确是真正的疗药，但是用到美国的事务上它必须

①　W. E. B. Du Bois. *The Autobiography of W. E. B. Du Bois：A Soliloquy on Viewing My Life from the Last Decade of Its First Century*，New York：Oxford University Press，2007，p. 16.

②　Ibid.

③　W. E. B. Du Bois，*Dusk of Dawn：An Essay Toward an Autobiography of a Race Concept*，New York：Harcourt，Brace & World，1940，p. 192.

得到修正,尤其当黑人问题被考虑进去时"①。

在杜波依斯看来,美国黑人只是理论上的世界无产阶级的一部分,因为他们都是被剥削的劳动阶级,但事实上,他们却"并非白色无产阶级的一部分,从任何层面上都不被白人无产阶级认可"②。杜波依斯认为,"……白人工人与黑人工人之间的分裂比白人工人与资本家之间的分裂更大"③,这样的分裂不仅仅建立在经济剥削上,还建立在几个世纪以来根深蒂固的种族歧视观念上。杜波依斯早就深谙黑白工人之间的分裂,正如他在《美国黑人的重建》中所阐释的那样,在内战之后,黑人工人和白人工人事实上因为种族界限而分离,无法团结,导致他们不能共同抗议资产阶级,这便是重建民主失败和吉姆·克劳等不公正法案兴起的原因。杜波依斯称那些给予白人工人以及他们后代的种族特权为"白色报酬"(wages of whiteness),一方面白人工人具有显而易见的物质利益,如他们的工资总会高出黑人工人。另一方面,除了显而易见的工资报酬之外,白人还有公共心理报酬。南方的穷苦白人工人,虽然在工资待遇上,相对黑人工人而言会更优越,但是作为资产阶级的剥削对象,他们的收入也拮据。但事实上他们通过一种公共心理报酬的方式得到了补偿。那就是,作为白色人种,白人工人可以免费进入各类对白人开放的公园,享受公共设施,获得警察的保护,通过选举实现自己的权益,不会像黑人那样在餐馆受到不公待遇,不用经常被靠边停车,不会抵押申请被取消。即使诸多利益不会通过物质形式表现出来,白人在内心总会因为白肤色而颇具优越感。白色所带来的心理优越感对白人劳动者起到了同劳动报酬一样的效果,赋予"白色"特别的社会地位和特权显然可以缓解由劳资关系所引发的纠纷,这是对白人劳动者的一种心理补偿。

白人工人的肤色使他们拥有"白色报酬",他们会因为同样的工作量而比黑人工人获得更高的工资,同时他们的心理上也会认为自己比黑人工人高出一等,而更向白人资本家靠近。所以,肤色产生的鸿沟使白人工人阶级无法和黑人工人阶级联合。白肤色的优越得以凸显之后,其实利益的最大

---

① David Levering Lewis, ed., *W. E. B. Du Bois: A Reader*, Henry Holt and Company, LLC, 1995, p. 543.

② Ibid., p. 555.

③ W. E. B. Du Bois, *Dusk of Dawn: An Essay Toward an Autobiography of a Race Concept*, New York: Harcourt, Brace & World, 1940, p. 205.

获得者显然只会是小部分白人，也即小部分白人资本家。尽管如此，对白色特权的维护却成为对普通白人在政治经济上失落感的一种心理与精神补偿。对白色优越性的共识显然维持了白人团体的稳定与团结。杜波依斯是最早注意到白色工人问题的学者之一。在《美国黑人的重建》中，他认为奴隶主并非仅仅是富裕的精英，他们更是资产的拥有者，是资产阶级，那么相对地，工人们则成了无产阶级。但是黑白分明的界限，使黑人工人与白人工人无法团结一致去对抗资产阶级。杜波依斯将马克思阶级理论与种族问题的讨论相结合，这不仅丰富了马克思理论，更是深刻地解释了种族问题背后的阶级关系和白色性（whiteness）①背后的利益谋略。正如马克思主义所指出的那样，资本主义不仅利用种族主义来剥削、掠夺与侵占，还利用其来分离工人群体，使一波工人对另一波工人产生仇恨，以此钝化阶级意识，来实现对他们长久的控制。事实上，诸多不同形式的压迫是绑定的、相互交叉的。物质决定意识，社会经济物质结构使一系列的意识形态产生，以维系已有的秩序。可以说，种族主义就是其中最重要的意识形态之一。

但杜波依斯相信，由于财富分配的不平等，社会等级已经出现。要想解决这一问题，需要有智慧的领导人通过引导人们秉承有消费者意识的发展观念，根据需求而不能纯粹为了追逐利益来生产与发展。生产财富分配的改革将会是一条缓慢的，但却是理性的发展道路，因为改革不会造成流血牺牲。杜波依斯原本计划通过《危机》将他的这一理念逐渐加以实施，但是，全国有色人种协进会的领导人却对这样的理念感到害怕和困惑，他们坚持走的依然是传统的"权利"斗争道路。杜波依斯认为黑人领袖大致可以分为三种，第一类就如白人一样，是"小资产阶级，追求财富"；第二类则是受过教育的人，一心帮助这个国家的发展，却不会注意到种族界限；第三类是一群理想主义者，他们努力提升黑人种族的地位，将自己与白人对立起来。但是他们之中却很少有人制订清晰而有针对性的计划使"劳动阶级在现代工业国家获得权利与主人翁地位"②。在杜波依斯看来，全国有色人种协进会的领

① whiteness一词在不同的文本中可以被翻译为白人、白色、白人的白、白等。这个单词在杜波依斯的文本中，用于阐释白人在社会中的特权地位、优势和偏见，以及这些因素如何影响个人、社会和制度等。白色，因而有了一种不言而喻的特性。考虑到以上，笔者将其翻译为"白色性"。

② W. E. B. Du Bois, *Black Reconstruction in America*, New York: The Free Press, 1992, p. 612.

导人对能够实现权利的建设性力量没有清晰的认识,他们太过保守谨慎。也正是因为看到了这样"致命的弱点",杜波依斯离开了他付诸数十年心血的《危机》杂志。① 杜波依斯的思想无疑是超前的,这种超前性,

> 在战后得到了充分体现,许多民权运动领导人的思想与杜波依斯的思想不谋而合。1963 年以后,以马丁·路德·金领导的 25 万人"向华盛顿进军"运动为标志,战后民权运动的策略与目标发生了明显的变化,由着重致力于摧毁法律上的种族歧视、争取宪法权利到更为关注黑人民众的经济与社会问题。②

在他最后一本自传中,杜波依斯也对当年他与布克·华盛顿的辩论有了新的理解,认为他们所提倡的两种推动黑人进步的理论,绝对不是相互矛盾的。但是他和布克·华盛顿"都不了解资本家剥削劳工的性质,不了解劳工地位刚刚上升,就应直接抨击剥削的本质的必要性"③。杜波依斯也通过马克思主义理论更加了解到民众力量的重要性,

> 如果我在俄国,我会是一个充满激情的共产主义者。如果美国的共产党有我们国情所需要的领导人和智慧,我肯定也会加入它。但是如今它对美国的现实和历史不了解,并忽视这样一个真理:有色人种的领导人,受过教育和训练有素的阶级与黑人群众有

---

① 杜波依斯在 1934 年时就离开了他工作 24 年的全国有色人种协进会,也辞去了《危机》杂志的编辑工作。这次离开的原因多少与其左翼倾向有关。在 20 年代末 30 年代初,杜波依斯开始青睐马克思主义,并转向了左派,这使得他在全国有色人种协进会的地位越来越受到威胁。再加上 30 年代初的经济大萧条,使得原本可以盈利的《危机》杂志也面临无法自给自足的尴尬,全国有色人种协进会领导人对杜波依斯左派政治观点的不满也越来越明显,杜波依斯选择了辞职。1944 年,他接受邀请,重返全国有色人种协进会,但是作为全国有色人种协会的领导人,沃特·怀特尽力将组织与任何有关共产党的事务划清界限。但是杜波依斯作为《危机》杂志的主编,却公开地参与到左翼运动中去。因为支持进步党的候选人亨利·华莱士,到 1948 年,杜波依斯与全国有色人种协进会领导人之间的矛盾越来越突出,他不得不再次离开。

② 张聚国,《杜波依斯对美国黑人问题道路的探索》,南开大学博士论文,1999 年,第 142 页。

③ 杜波依斯:《威·爱·伯·杜波依斯自传》,邹得真等译,北京:中国大百科全书出版社,1996 年,第 210 页。

着不一样的目标和利益追求。①

可见,杜波依斯通过自身经历已然逐渐理解马克思主义所阐释的经济剥削原理,也认识到了无产阶级的力量。

　　但是杜波依斯并不是完全认同马克思的所有论断,在给乔治·斯特里特(George Streator)②的信中,他写道:"我不认为马克思曾说,在任何情况下,任何时候,武力革命对于推翻资本主义势力是必要的。即便他确实曾说过,我也不认为这是正确的。"③杜波依斯认为他想要追求的是"对民主国家里现实可行的方法,使得劳动剥削可以停止,政权掌握在劳动者的手中"④。杜波依斯认为自己是一个和平主义者。在杜波依斯看来,黑人最有效的救赎就是"培养一批年轻、训练有素、勇敢无畏并且无私奉献的黑人来领导美国黑人度过危机,来带领他们走向即将在全球范围实现的社会主义"⑤。而这也是杜波依斯离开全国有色人种协进会后一直在践行的路。从另一方面来看,骨子里还是个社会科学家的杜波依斯,并不愿意被某一种学说束缚而相信它能解决一切问题,但是他愿意相信正义和平等,并用正确的方法去阐释它们。正如,尽管"上帝"这个字眼无数次地出现在他的文字中,但被问及是否相信上帝的存在时,他表示不相信有这样超能力者的存在,尽管他相信世间有神秘的力量,有意外和巧合,操控着生命与变化。

第二节　杜波依斯与亚洲

　　杜波依斯指出:"世界无产阶级不仅仅包括欧洲白人工人和美国白人工人,还包括了在亚洲、非洲、海岛上、美国南部和中部的黑人工人。他们支撑着上层结构的财富与奢华。只有当这些人得以崛起,世界才会崛起。20世

---

　　①　转引自 Cedric J. Robinson, *Black Marxism*: *The Making of the Black Radical Tradition*, Chapel Hill: The University of North Carolina Press, 2000, p. 197.

　　②　乔治·斯特里特(1902—1955),1925 年在费斯克大学读书时,他就是一名学生罢工运动的领导者。1926 年获得学士学位。1933 年底,杜波依斯招他进入《危机》杂志工作室。但在杜波依斯离开《危机》后不久,他也离开了。

　　③　W. E. B. Du Bois, *The Correspondence of W. E. B. Du Bois*, Vol. 2, Selections, 1934 - 1944, ed., Herbert Aptheker, Amherst: University of Massachusetts Press, 1976, p. 92.

　　④　Ibid.

　　⑤　Ibid.

纪的问题是肤色界限的问题。"①杜波依斯对种族阶级辩证的讨论,是对马克思仅仅将阶级列入经济讨论范畴的一种探讨和补充。他的泛非并非仅仅针对非洲,而是所有被压迫和殖民的全世界人民。社会主义在政治经济文化方面的各种思量对其所倡导泛非事业是有帮助的。所以在他看来,两者应该有机结合起来,为非洲国家的社会经济改革做一个好的模型。在他晚年的自传里,杜波依斯感叹:

> 从 1910 年到 1920 年,我把社会学作为社会改革的道路,把社会进步看作科学调查的结果。我一直设想能有一种能够代替单一美国文化的种族间的文化。在我设计出这样一条道路前,在经历了艰苦的种族奋斗的剧痛后,我开始加入泛非主义,期待由黑人来保护黑人世界,但是美国黑人对此并不感兴趣。②

对杜波依斯来说,共产主义和社会主义运动是一种很好的工具,可以帮助黑人以及其他有色族裔来摧毁殖民主义的压迫。

杜波依斯一直是非洲与亚洲独立自主的支持者,他对苏联、中国、日本以及印度等亚洲国家的命运都颇为关注,尤为关注的是中国与当时的苏联。杜波依斯分别于 1926 年、1936 年、1949 年和 1959 年四次到访苏联。1936年,杜波依斯到访过中国;中华人民共和国成立后,他又于 1959 年和 1962年两次来访。杜波依斯对社会主义的好感在于社会福利和社会平等方面,而不是在于市场规则上。他到苏联的时候,曾经震惊于它的贫穷落后。但是在杜波依斯看来,也许社会主义在社会公平与福利方面会做得比资本主义好。除了苏联的发展现状给了杜波依斯信心外,共产国际公开支持并帮助亚洲被压迫民族和殖民地、半殖民地各国人民进行革命斗争,倡导全世界无产阶级联合起来。亚洲的印度、中国也逐渐让杜波依斯看到了共产主义的积极面。杜波依斯一生对亚洲国家自由与独立的支持,可以说是其政治生涯中经常被忽视的一个方面,但同时,这又是最能体现其左翼思想的

---

① W. E. B. Du Bois, *Black Folk*: *Then and Now*, Cambridge: Oxford University Press, 2007, p. 273.

② W. E. B. Du Bois. *The Autobiography of W. E. B. Du Bois*: *A Soliloquy on Viewing My Life from the Last Decade of Its First Century*, New York: Oxford University Press, 2007, p. 184.

方面。

从 20 世纪 40 年代直至其去世，杜波依斯由于社会主义信仰一直被美国政府孤立。1948 年他被迫再次离开了全国有色人种协进会。很快，他加入了非洲事务会议（Council on African Affairs）①，在里面担任非洲协助委员会（Africa Aid Committee）的主席。他积极支持非洲国家反对种族隔离政策的斗争，积极参与反殖民主义与国际性的共产主义运动。在 20 世纪 40 至 50 年代，杜波依斯作为世界和平会议②的领导人，对抗麦卡锡主义。他参与竞选美国参议院议员，获得了超过 20 万选票，但最终依然竞选失败。1951 年，杜波依斯作为共产党和苏联"未登记的代理人"（unregistered agent），被美国政府扣押护照，并认为他的出国不符合"美国的最高利益"。作为反击，杜波依斯更加支持社会主义活动。在这样的情况下，很多黑人出版社拒绝刊发杜波依斯的文章，这使得他不得不通过很多左翼机构上来发表自己的看法。也正是在这一时期，中国共产党对美国帝国主义及西方势力的反击越来越获得杜波依斯的注意。

杜波依斯曾在《危机》杂志上赞扬中国的辛亥革命，肯定其能揭穿政府腐败的事实，并最终推倒清政府的统治。他也发表文章谴责欧洲和美国在中国实行的"门户开放政策"。杜波依斯是中国人民的老朋友。早在 1936 年，杜波依斯就已经到过北京和上海。古老的建筑物、光荣的纪念碑、百姓所遭受的苦难以及他们坚忍的意志，都使杜波依斯深感震惊。但他与当时许多黑人学者一样，支持日本在中国的统治。在《匹兹堡信使》（Pittsburgh Courier）中他提及，如果必须从西方帝国主义和日本帝国主义两者中选择一方来对中国实施统治，他倾向于后者。他认为日本如果能将中国从欧洲的手中"拯救"出来，就是正确的。他认为中国和印度的殖民化是必要的，这样才可以从封建主义到达资本主义，以及实现将来工人阶级对资本主义的

---

① 该组织是在麦克斯·业干（Max Yergan）和保罗·本森（Paul Robenson）的领导下，于 20 世纪 30 年代末在伦敦成立的，旨在推进反殖民斗争以及推广这种理念。第二次世界大战后，它逐渐被美国共产主义领导者接管，诸多之前的支持者包括麦克斯·业干便离开了。1955 年，该组织解散。

② 1949 年 3 月，杜波依斯帮助建立了世界和平文化与科学会议（Cultural and Scientific Conference for World Peace），还帮助组织其在巴黎与莫斯科举行会议，并亲自参与了 1949 年 8 月该组织在莫斯科的会议。该组织于 1950 年创立了和平信息中心（Peace Information Center），杜波依斯被选为其咨询会议主席。该中心促进了《斯德哥尔摩和平宣言》的发布。该宣言认为原子能武器是反人类的，并呼吁出台国际性的法律来禁止此类武器的使用。

反抗。他当时对日本与中国关系的判断显然是错误的。到了 20 世纪 40 年代,杜波依斯修正了他关于中国独立与日本帝国主义的看法,他批判了日本帝国主义,认为日本失败最大的原因就在于他对西方的模仿。日本战败,也结束了其在中国的统治,杜波依斯开始认识到中国成为重建战后秩序的决定力量。他批判国民党听从美国的指挥来对抗共产党。在 20 世纪 40 年代末期,他就是美国民主政策委员会的一名积极支持者。1948 年 1 月 23 日至 25 日,在纽约罗斯福宾馆举行的美国对中国和远东政策全国会议上,杜波依斯是三位主席之一。他也曾在美国为中国福利会筹募资金。他和妻子雪莉一直关心并支持着中国人民的解放事业。①

在杜波依斯接受美国政府调查期间(1951 年至 1958 年 7 月,杜波依斯一直被吊销护照),中国经历了抗美援朝战争(1950 年至 1953 年),这似乎让杜波依斯看到了中国不可被忽视的价值所在。1956 年中国曾正式邀请杜波依斯来华访问讲学,但是美国政府不予批准,杜波依斯无法出行。1959年 2 月初,应中国人民保卫世界和平大会主席郭沫若和中国人民对外文化协会会长楚图南邀请,杜波依斯夫妇从莫斯科来到北京。在华期间,他受到毛泽东、周恩来和宋庆龄的接见,并度过了自己的 91 岁生日。在美国进步记者安娜·路易斯·斯特朗(Anna Louise Strong)的安排下,杜波依斯与毛泽东主席会谈了数个小时。他们的交谈非常愉快,其间,毛泽东主席告诉杜波依斯:"你现在 91 岁,当你去见马克思的时候,他会认可你是同志的。当然,很有可能,我比你先走,如果那样的话,我很乐意介绍你入党。"②两年以后,杜波依斯在美国加入了共产党。访华期间,杜波依斯在北京大学发表面向全世界的演讲,题目为《中国与非洲》。他提出,中国是非洲和有色人种国家的肉中之肉,血中之血,并激情地呼吁:"说吧,中国,把你的真理告诉非洲

---

① 1955 年 2 月 13 日《人民日报》发表文章表示:美国人民反对美国统治集团侵略中国的行为,福斯特和杜波依斯斥责美国的侵略政策。1963 年 8 月 20 日《人民日报》发表文章表示,美国著名黑人学者杜波依斯博士的夫人对新华社记者说,全世界人民热烈欢迎毛主席声明支持黑人斗争,因为从来没有一个强大国家的领袖发出过支持黑人斗争的号召,杜波依斯博士和她都感谢毛主席。1964 年 8 月 9 日《人民日报》发表文章表示:杜波依斯夫人和美国黑人学生谈毛主席声明的巨大影响,美国黑人找到了真理开始反击,镇压"民权法"掩盖不了美国种族主义毒蛇的残酷本性。1968 年 4 月 18 日《人民日报》刊登文章表示毛主席的声明有力地鼓舞美国黑人斗争,罗伯特·威廉和杜波依斯夫人热烈欢呼毛主席支持美国黑人抗暴斗争的声明。

② Tracy B. Strong, Helene Keyssar, *Right in Her Soul: The Life of Anna Louise Strong*, New York: Random House, 1983, p. 302.

和世界。"①除此之外，杜波依斯还以"非洲的再生""非洲的历史"和"黑人文学"等为主题做了五次报告。他参观了北京、上海、南京等数个城市，与冰心、茅盾等诸多文化界人士见面会谈。经过约 8 周的参观访问，杜波依斯于 4 月 6 日返回莫斯科。就在 1959 年，杜波依斯的著作《黑人的灵魂》与《约翰·布朗》得以在中国翻译出版，甚至其夫人雪莉·格雷汉姆撰写的道格拉斯传记《从前有个奴隶》(*There Was Once a Slave*)也得以翻译出版，这也足见中国社会对杜波依斯的重视。

在华期间，杜波依斯也写下长诗《我向中国歌唱》献给郭沫若，此诗由袁水拍翻译，发表于 1959 年第九期的《世界文学》上。他还写下了《我们在中国的访问》一文，此文被翻译刊登在 1959 年第九期的《人民画报》上，并附有杜波依斯夫妇与周恩来以及陈毅夫妇交谈的合影。杜波依斯后来在自己的自传中坦言这次经历引人入胜，"没有一个国家像 1959 年的中国那样令我吃惊和激动"②。杜波依斯最后一次来中国是 1962 年，那是他在伦敦动完两次手术后，来中国休养了几个月。这一次在天安门城楼上，他与夫人得以站在毛泽东主席和周恩来总理身边观看国庆阅兵仪式。

1963 年 8 月 27 日，杜波依斯在加纳逝世。毛泽东主席和宋庆龄副主席向杜波依斯夫人致以慰问，悼念杜波依斯。冰心在《世界文学》1963 年 9 月号发表《悼杜波依斯博士》的文章；郭沫若写下《郭沫若：和杜波依斯博士问答》一文，并发表在 1963 年 9 月 8 日的《人民日报》第四版。1968 年是杜波依斯百岁寿辰，尽管当时中国正处于非常时期，但在周恩来总理的批示下，"杜波依斯百岁寿辰的纪念会于 8 月如期在北京饭店召开。杜波依斯夫人也从加纳赶来参加这次会议。第二天《人民日报》用头版整版的篇幅报道了会议开幕的消息"③，并全文刊登了郭沫若的讲话，陈毅副总理也出席了这次会议。

20 世纪五六十年代是美国黑人民权运动风起云涌的时代。这场争取黑人民权的群众斗争受到了世界人民的关注，也包括中国。在五六十年代，

---

① Bill Mullen, Cathryn Watson, eds., *W. E. B. Du Bois on Asia*, Jackson: University Press of Mississippi, 2005, p. 197.

② 杜波依斯:《威·爱·伯·杜波依斯自传》,邹得真等译,北京:中国大百科全书出版社,1996年,第 37 页。

③ 吴秉真:《我所了解的杜波依斯》,《西亚非洲》,1994 年第 1 期,第 8-9 页。

许多文艺界美国黑人如罗伯特·威廉夫妇,男中音歌唱家奥布雷·潘基,记者威廉·约蒂、路易士·惠吞①等都造访中国。同时诸多美国黑人与中国保持友好密切的交流,如著名男低音歌唱家保罗·罗伯逊经常用英文和中文演唱《义勇军进行曲》。大部分黑人文学表现出的"进步性"与"革命性"契合当时中国社会思潮,加上中国人民关注关心美国黑人民权斗争,于是大量美国黑人的著作被介绍到中国,特别是具有"现实主义的"或具有社会主义倾向的进步作品,其中包括罗伯特·威廉著,陆任翻译的《带枪的黑人》(世界知识出版社,1964);保罗·罗伯逊著,赵泽隆翻译的《我就站在这儿》(世界知识出版社,1958)等。就中国文坛而言,杜波依斯是这一时期受政治意识影响被介绍到中国的美国黑人作家的典型。

除了出访亚洲国家,杜波依斯也积极参与到亚非世界国家共同谋求合作与发展的政治与文化事业中去。1955年在印度尼西亚召开的万隆会议对于第三世界的国家而言意义非凡。杜波依斯因为护照原因没有参加,但是他给会议捎信表达了对会议的祝愿与支持。在1959年出访北京之前,杜波依斯参加了1958年10月在乌兹别克苏维埃社会主义共和国首府塔什干举行的亚非作家会议,当时中国代表团十余人参与了这次会议,由茅盾担任团长,巴金等担任副团长,团员有许广平、冰心、赵树理和季羡林等共20余人。根据杜波依斯的回忆,这次会议吸引了来自36个国家的140多名代表。会议时间从10月7日持续到13日。在开幕式上,大家起立对杜波依斯表示欢迎。会上大家反对将文化分为西方和东方,或者优等和劣等,他们提倡世界文化的共同繁荣。他们强调文学和创造性作品是对一个国家和民族命运与信仰的传递,所以第三世界国家的文学需要"人权、自由以及尊严"和"消灭殖民主义和种族主义"的气候。"会议有一个共同的主题:反对殖民主义统治,控诉殖民主义对民族文化的危害,保卫民族文化传统,加强平等互利的文化交流。"②亚非作家共同谱写了一份《告世界作家书》,他们向世界宣告:

---

① 1952年10月2日至12日亚洲及太平洋区域和平会议在北京召开,路易士·惠吞作为美国代表团团长来到中国。1953年7月30日的《人民日报》还刊载了他的文章:《一个美国黑人看新中国的少数民族情况》。

② 林绍纲:《亚非作家会议始末》,《红岩春秋》,2006年第5期,第46页。

我们这些国家的作家继承着伟大的人道主义的古代文化传统，继续对现代世界文化和人类进步事业做出贡献……我们大家一致深信：文学事业同我们这些国家的人民的命运有着不可分割的联系，在人民获得自由、独立和自主的条件下，文学才能真正地繁荣昌盛，消灭殖民主义和种族主义是文学创作充分发展的条件……人民的目标就是我们的目标，人民的斗争就是我们的斗争；我们同人民一道坚决反对殖民主义统治的毒害，反对核武器战争的威胁，争取和平和各民族人民之间的团结和友谊。①

与会的亚非作家们，用"文学的万隆会议""亚非文艺复兴的会议"②来形容这次塔什干亚非作家会议。

1900 年，伦敦召开了第一次泛非会议，杜波依斯作为秘书出席，这次会议使他开始注意到非洲与亚洲自由运动的联系。此后，他将美国的种族问题，放置世界范围内来讨论思考，并开始信仰泛非。之后亚洲的反殖民反帝国主义斗争，让他逐渐将亚洲也融入他泛非的想象中去。在 1904 年，日本战胜俄国，杜波依斯指出："俄日之战开创了时代……黄种人的觉醒是确定的，棕色人群和黑色种族会及时跟上，没有哪个公正的历史学者会怀疑这点。"③随着亚洲国家逐渐在对抗西方殖民的道路上取得成绩，杜波依斯对泛非的信念越来越强烈。"如今日本已经敲打着正义之门，半殖民化的中国将敲打下一个正义之门，印第安挣扎着等待自由来敲门，埃及在郁闷地抱怨着，在非洲西部和南部、西印度群岛和美国的黑人正从屈辱的奴隶身份中清醒过来。"④

杜波依斯对现代泛非与泛亚政治的热情在《黑公主》一书中一览无余。在《黑公主》故事的开篇，杜波依斯写道："大地丰盈多产。生命充满着苦痛、罪孽和希望。蓝色纽约的夏天；灰色柏林的夏天；世界红色心脏的夏天。"⑤

---

① 林绍纲：《亚非作家会议始末》，《红岩春秋》，2006 年第 5 期，第 46 页。

② 同上。

③ W. E. B. Du Bois, "The Color Line Belts the World," *Collier's Weekly*, 20 October 1906, p. 20.

④ W. E. B. Du Bois, *Darkwater：Voice from Within the Veil*, New York：Dover Publications, Inc.1999, p. 28.

⑤ 杜波依斯：《黑公主》，谢江南等译，北京：中国对外翻译公司，1998 年，第 1 页。

他对颜色的描写可以很快让人联想到 1919 年的"红色夏季"——从 1919 年夏季直至初秋,美国多达 34 个城市发生了一系列血腥种族骚乱,导致了大量黑人死亡。美国黑人作家詹姆斯·约翰逊称这一时期为"红色夏季"。同时放眼亚洲,1919 年也正是第三共产国际成立的时候,接着 1922 年和 1928 年莫斯科共产国际的大会召开。印度的民族解放运动开始,领袖甘地提出非暴力不合作政策。中国的新民主主义革命也拉开帷幕。杜波依斯的《黑公主》似乎是要把这一系列的世界大事件联系起来,也是将亚洲与非洲的命运联系起来。在黑公主所领导的国际性有色人种组织中,有中国人、日本人、印度人、埃及人和阿拉伯人等,并且黑公主甚至认为:"泛非在逻辑上属于泛亚。"[①]对杜波依斯而言,亚洲作为有色人种的一部分,是非洲及其流散后裔在寻求独立与自由道路上的同盟军。通过社会主义国家苏联与中国,杜波依斯看到了社会福利与公正平等,也仿佛看到了非裔的未来。

第三节　从精英主义到劳动阶级

1948 年,在韦伯福斯大学的一次演讲中,杜波依斯认为,卡尔·马克思强调的是这样的事实:人民群众而非仅仅上层阶级,才是这个世界真正的人民。他所谓的"有才能的十分之一"需要的不仅仅是天赋,不能仅仅为个人而奋斗。大卫·刘易斯认为杜波依斯"现在已经开始公开放弃'有才能的十分之一'的思想"[②]。

与前面的两部长篇小说相比,可以说"黑色火焰三部曲"体现了杜波依斯从种族罗曼史到马克思主义种族政治的转变。主角从女性变成男性,孟沙并不是一个叱咤风云的英雄人物,他与佐拉和黑公主相比,少了一些果敢与坚毅。在生命的最后,他作为一个平凡的家庭成员逝世,留下很多未竟的事业。赫伯特·阿普塞克认为,杜波依斯"在孟沙身上出现,也一次次直接以伯格哈特出现"[③]。诚然,孟沙身上有诸多杜波依斯的影子,但是两者又有非常明显的不同。孟沙的个性非常胆小,其能力常常受到环境的限制。

---

①　杜波依斯:《黑公主》,谢江南等译,北京:中国对外翻译公司,1998 年,第 19 页。

②　David L. Lewis, *W. E. B. Du Bois*, *1919–1963*: *The Fight for Equality and the American Century*, New York: Henry Holt and Company, 2000, p. 538.

③　W. E. B. Du Bois, *The Ordeal of Mansart*, New York: Mainstream Publishers, 1976, p. 7.

孟沙坦言:"心里总是隐隐有些怀疑,这种怀疑害得我麻木不仁、动弹不得。我从来也没有绝对拿定过主意。"①孟沙总是会对自己缺乏信心:"哪怕我知道自己对的时候,也老是担心恐怕多少有些不对头。我就是在这方面需要帮助和鼓励。"②孟沙总是会有各种各样的纠结:"遭到压迫,怎样才能保持清白呢? 碰到人家欺骗,自己要不要诚实呢? 碰到侮辱,要不要谦恭呢? 碰到打击,要不要自卫呢? 攻击和成就遭到人家轻视、诽谤和抹黑,怎么办才好呢? 碰到暴力要不要讲德行呢?"③的确,对于不同的人而言,遇见这类问题的概率大不相同,答案自然也就大相径庭。孟沙为了这类问题"不知苦思了多少个夜晚,多少个年月"④。

小说的结尾祥和平静,没有了《夺取银羊毛》的乐观积极,亦不像《黑公主》一般有着积极救世的弥赛亚预言,更多的是对未知的叩问。曼努埃尔·孟沙去世前看到两种截然不同的世界景象,前一种是混乱无序,后一种则和谐美好,但是在这两种情境中,纽约抑或"沉入大海",抑或是未知的,这也预示着,在美国,种族问题依然悬而未决,前途未卜。

> 我看到中国的群众用手抓起本国的泥土,筑堤堵住多年来淹没他们土地的河流。我瞧见莫斯科的金黄色圆屋顶在俄国群众的头上闪闪发光……我瞧见鸟儿在朝鲜、越南、印度尼西亚和马来西亚歌唱。我瞧见印度和巴基斯坦联合起来,自由了。胡志明在巴黎庆祝世界和平,但是在纽约……⑤

杜波依斯在最后的梦中寄托了他对亚洲国家未来的美好愿景,但却无法想象出美国黑人的美好未来,也许在他看来,只要资本主义追求剩余价值的本质不变,美国黑人的生活就得不到真正的改变。尽管如此,孟沙并未对他在生命最后看到的两种不同的景象做出选择和评价。正如杜波依斯所体悟的那样,历史的进程中有诸多的不稳定因素,没有哪一种规律可以绝对参

---

① 杜波依斯:《孟沙的考验》,蔡慧等译,上海:作家出版社上海编辑所,1966 年,第 401 页。
② 同上。
③ 同上书,第 352 页。
④ 同上书,第 353 页。
⑤ 杜波依斯:《有色人种的世界》,主万译,上海:作家出版社上海编辑所,1966 年,第 413 页。

透历史发展,某些不确定的概率和机会却会带来决定性的发展。那些如孟沙一般在历史洪流中行进着的人们,他们或被历史推着走,或在其中奋力挣扎,但他们又终将缔造历史。

杜波依斯的妻子雪莉·格拉汉姆在为杜波依斯写的传记《他仍在前行》中写道,最后的日子中,他在"完成三部曲的最后一本书,《有色人种的世界》,孟沙的一生通过三本书得以呈现,我确信,在这位临死家长床边的悲恸里体现的是杜波依斯自己的感受"①。的确,在小说的最后,琴轻轻合上孟沙的眼睛,他的女儿索裘娜为其弹奏小提琴——不和谐的抗议的火焰。男性与女性所代表的理性与感性,还有真理,都伴随着孟沙。索裘娜演奏的旋律显然不是意味着妥协与超越,而是代表着生命最后的抗争,热烈而永恒——"就像大批星星掠过月光,落到辉煌至极的阳光里去了"②。

在黑色火焰三部曲中,杜波依斯更多地把阶级的概念也融入种族问题中。无论是黑人、白人还是黑白混血人,他们都代表着不一样的社会阶层:没落的南方贵族、穷白人、曾经的奴隶、新兴的中产阶级和未来的共产主义者——孟沙和琴,黑人政治家、法官、罪犯、音乐家等,种族问题最后又卷入全球社会政治体系中。总体看来,三大力量汇聚在一起。南部老的种植园阶层,他们很快被来自北方的商业阶层控制,布雷坚立治上校就是典型的代表。于是劳动阶层开始拉拢他,寻求联盟和以后的发展方向。但是劳动阶层又分为两个派系,一个派系是穷白人,以史克洛格斯那一派为代表;另一派则是无依无靠的黑人,那就是曼努埃尔的父亲所代表的自由黑人派系。两派当然都知道自己只是贵族和种植园主阶层的利用工具。但是穷白人一派加入了三 K 党,压制了自由黑人。自由黑人则是廉价劳动力的输出者,他们的存在影响了穷白人的经济来源,进而威胁到他们的生存。只要穷白人不愿意和黑人并肩而战、共享机会,那么贵族和种植园主阶层就会一直有机会控制住这两个派系。而这种盲目的种族歧视带来的后果就是:贫穷、犯罪、私刑和无知等困境,这一切都源于金钱的力量,这一力量一直凌驾于种族问题之上。杜波依斯的黑色火焰三部曲其实一方面是对那些通过努力削弱资本主义力量来改变生活的人们的同情与赞赏,另一方面则是对那些沦

---

① Shirley Graham Du Bois, *His Day Is Marching On*, Philadelphia: J. B. Lippincott, 1971, p. 230.

② 杜波依斯:《有色人种的世界》,主万译,上海:作家出版社上海编辑所,1966 年,第 413 页。

为资本主义剥削制度工具的人们的鄙视。种族问题里混杂着其他的阶级问题、经济问题，就像孟沙渐渐明白的那样，"所谓黑人的'问题'，实质上多半是跟黑人同样处境的所有人们的共同问题"①。

通过对社会各个阶层命运的描写，杜波依斯揭示了反黑人的种族歧视的经济基础。真正的恶棍，不是某一个南方的贵族或者带有种族歧视的白人劳动者，而是资本主义本身，它主宰了世界经济与社会形势超过一个世纪。资本主义以及其多分支的权利体系是最大的罪恶。各种狡诈的阴谋和变相的种族歧视因为经济的竞争和商业运作肆意蔓延。这样的认识也促使杜波依斯产生意识形态的转变，从主张种族平等到强调既是美国人又是黑人，接着开始拥抱泛非文化民族主义、社会主义，最后加入共产党。在三部曲的最后，孟沙坦言："我憎恨，我厌恶白人的自命不凡。他们决不能继续统治下去——他们的结局很近啦。社会主义不是在暗地潜行，它是在大步进军，在它胜利的进军里，我看到了一切战争的消灭。"②

---

① 杜波依斯：《孟沙的考验》，蔡慧等译，上海：作家出版社上海编辑所，1966 年，第 154 页。
② 杜波依斯：《有色人种的世界》，主万译，上海：作家出版社上海编辑所，1966 年，第 401 页。

结　语

　　杜波依斯出生于《解放黑人奴隶宣言》发表后五年,于马丁·路德·金在华盛顿民权运动上发表《我有一个梦想》演讲的前夜去世。他生前最后的话,是对加纳总统恩克鲁玛说的,他为自己没有活得足够长久来完成《全非大百科全书》的编辑工作感到歉意;最后的文字,则是发送给即将在华盛顿进行游行的人们的电报,电报里他表示了对即将在华盛顿展开的游行的支持。正如大卫·刘易斯的普利策获奖作品《杜波依斯:一个种族的传记》所呈现的那样,作为20世纪美国非裔学者中最有影响力的思想和政治人物,杜波依斯身上的种族烙印典型而深刻。身为美国非裔人,"作为一个问题而存在,这的确是一种很奇怪的经历"①,杜波依斯的一生都渴望摆脱"帷幕"的束缚,追寻他所坚持的真理,并有着强烈的自省意识。他坦言:

　　　　被钉在时间的巨大车轮之上,我携着时代精神飞旋,挥舞我的手中的笔头,抬高我原本微弱的嗓音,去辨明、阐释和规劝;去观察、预知和预言,向着那少数听得到或者愿意听的人们。显然,对我和其他人来说,我所做的微乎其微,不足以创造或者很大地改变这个时代;但是我确实是时代的典型,从这种意义上来说,我的一生对于人类而言是重要的。②

　　杜波依斯历经近一个世纪的风云变幻,见证、参与并记录下了诸多重大

---

① 杜波依斯:《黑人的灵魂》,维群译,北京:人民文学出版社,1959年,第2页。

② W. E. B. Du Bois, *Dusk of Dawn: An Essay Toward an Autobiography of a Race Concept*, New York: Harcourt, Brace & World, 1940, pp. 3-4.

的文化、政治、自然科学变化与发展。杜波依斯与布克·华盛顿在黑人教育与政治权利方面的思想之争,他对黑人选举权的坚持,对黑人"有才能的十分之一"的提倡一直以来启迪着黑人群体。作为全国有色人种协进会的创始人之一及《危机》的主编,他一直用笔杆子使自己站在黑人民权运动的前线。在两次世界大战期间,他组织召开了四次泛非大会,保持了泛非运动的连续性,是当之无愧的泛非主义精神的传播者。作为成功编写多部黑人历史与社会巨著的作者,他从历史与社会的深度与广度将种族问题呈现,他对种族意义的有力解读无论是当时还是现在都引人注目。在哈莱姆文艺复兴运动中,他与诸多黑人学者一起,用自己的才艺与智慧使这场文学运动至今依然备受关注。他的科幻短篇在新的时代迸发出先锋意义,他开始被视为前非洲未来主义者;而其最著名的作品《黑人的灵魂》,涵盖了社会、政治、经济、宗教、历史、教育、心理、音乐、小说等各方面内容,无论是文体、语言还是思想内容都得到各领域学者的关注,一句"20世纪的问题是种族歧视下的肤色界限问题"直到今天依然如雷贯耳。

　　在文学创作领域,杜波依斯通过各种各样的文学体裁,诗歌、传记、散文、罗曼史、历史小说、历史剧和科幻小说等,展示了他所了解的世界以及他独特的审美理念与价值观。他从不试图逃避"双重意识"带来的尴尬身份,而是选择直面冲突与碰撞,并努力超越"帷幕"带来的桎梏。杜波依斯在创作过程中始终苛求艺术的真实与审美。他坚持艺术与历史现实的联系,强调艺术所应该承载的责任。在他看来,好的美国黑人艺术就必定是宣传,宣传是黑人文化发出的积极声音,同时宣传也是在真理基础上的科学演绎。杜波依斯积极地对黑人艺术应该走的道路进行探索实践,通过可能的文学体裁呈现黑人文化与历史的博大精深。正如杜波依斯在其长篇小说中所呈现的那样,他钟情于经过浪漫化的现实,在磨难中给予主人公以追求爱与权利的勇气,心怀天下的悲悯情怀以及渴望得到精神救赎的自省,最终杜波依斯会传达出希望、乐观和美好。尽管杜波依斯并未获得广泛公认的"小说家"或者"诗人"的称号,但无可非议的是,他在文学创作与思想领域的贡献已然受到学者们的肯定。从詹姆斯·约翰逊、兰斯顿·休斯、桑德斯·瑞丁到亨利·路易斯·盖茨等,无论是其同时代还是现代的小说家、诗人和批评家都肯定了杜波依斯的创作对他们的影响以及对美国非裔文学的贡献。杜波依斯在文学领域的贡献无疑与他在其他领域的成就一起,让世界更加了解美国黑人、黑人文化,甚至是人性的真善美,同时也更加理解美国非裔文学所肩负的特殊的社会责任和历史使命。

杜波依斯一直认为真正适合美国非裔文学发展的土壤与环境并未完全形成。因此,他为哈莱姆文艺复兴感到遗憾。直到 1960 年创作《有色人种的世界》时,他依然慨叹过去十年黑人艺术的贫乏。他所做的就是孜孜不倦地开垦出适合美国非裔文学发展的土壤,设定探讨黑人艺术的标准并通过实践来宣传他的理念。在这个过程中,他留下了丰硕的遗产。杜波依斯对 20 世纪的非洲思想界和非裔流散人群而言是意义非凡的。他的扛鼎之作《黑人的灵魂》可以说开创了美国非裔现代主义写作,影响着后来的美国非裔作家,如詹姆斯·鲍德温、拉尔夫·埃里森和基恩·图默等。他对美国黑人"双重意识"的阐释,提供给了美国非裔文学创作最深刻的社会心理动力和比喻。无论是詹姆斯·约翰逊的《一个前有色人的自传》(*Autobiography of an EX-coloured Man*),基恩·图默的《甘蔗》(*Cane*),还是理查德·赖特的《黑小子》(*Black Boy*),在诸多美国非裔作家的作品里都能看到"双重意识"笼罩下的影响与焦虑。对非洲的热爱,对非洲历史的探索,对非洲带给人类文明的贡献的认识,以及对埃塞俄比亚主义的宣传与文学演绎,奠定了杜波依斯在非洲历史与思想研究领域的重要位置。杜波依斯倾向于将非洲放在世界中心的位置,他相信非洲总会给世界带来新事物。尽管后殖民主义作为学术术语在 20 世纪 70 年代才开始受到广泛关注,杜波依斯却显然在 20 世纪初已经开始探讨相关的话题,他的创作已然具备后殖民批评的模式。杰出的非裔特立尼达学者詹姆斯(C. L. R. James)亦深受杜波依斯影响,他给予杜波依斯高度的评价:"我已经说过他是 20 世纪伟大的思想家之一——美国思想家,在今后的日子里,其他人的贡献会逐渐减弱,但是他所做工作的重要性会持续扩大。"①

学者王恩铭认为,杜波依斯的"政治思想不像其他黑人领袖那样相对一致,而是时常伴随着社会矛盾、种族关系和政治思潮的变化而修正、调整和变化"②。事实上,在杜波依斯漫长丰富的人生中,不仅仅是政治思想经历了多次的调整变化,他对于社会主义、共产主义的态度,对宗教的态度,对教

---

① C. L. R. James. *The Future in the Present*:*Selected Writings*, London:Allison and Busby, 1977, p. 211.

② 王恩铭:《美国黑人领袖及其政治思想研究》,上海:上海外语教育出版社,2006 年,第 93 页。

育的看法,小说的创作等都经历了修正与调整。本著述选择以杜波依斯的两次重要变化为节点——从社会科学家到宣传者的身份转变和从自由主义到马克思主义的宣传理念嬗变——系统呈现他在这个过程中对黑人艺术标准的探索与实践,也同时呈现出他做出的调整与修正。杜波依斯一直敏感地把握着时代脉搏,不断调整自我,精益求精。很难去评价,杜波依斯的改变与调整是否总是正确,是否总会引导黑人种族走向更加美好的未来,但从他不断矛盾变化的态度却可以看出杜波依斯本人的性情,他是务实的,同时也苛求完美,可以说,他是个脚踏实地的浪漫主义者。他的矛盾变换都是在现实基础上的变通和调整,是对未来的美好期许与信心。正如杜波依斯自己所言,他始终是随着时代的车轮飞奔,与时俱进,但不变的是他强烈的种族使命感与自我牺牲精神。他始终坚信,自我实现的最佳途径就是通过自我牺牲。这种理念淋漓尽致地体现在他的文字中,也体现在他对黑人艺术的思考上:在为艺术而艺术方面,美国非裔作家必须做出牺牲。当然,这样的牺牲会有回报,那就是杜波依斯所说的:"在今天这个考验他们心灵的年代,对于他们自己来说,能有机会在一片烟尘之上翱翔在蔚蓝的天空,这是对他们那高洁的心灵的赠礼和酬劳,足以弥补他们因为是黑人而在社会上所受的损失。"①

　　杜波依斯时而回溯,时而展望,关注美国,也放眼非洲与亚洲,通过对广泛时空的精巧把握,将种族记忆与历史、流散文化与传统、泛非与泛非的政治文化崛起杂糅在一起,这一切又在其社会历史与文学文本中通过埃塞俄比亚主义和黑人女性形象等隐喻传达出他的思想。杜波依斯使得种族、文化和政治等问题通过其文学文本获得重新阐释,他对黑人问题的阐释超越了文本体裁的限制,却又反过来丰富了文本本身的创作,为后来美国非裔作家的创作提供了想象空间。他颂扬非洲文化,却同时提倡文化多元主义。杜波依斯的生命跨越了两个世纪,他的身影留在了美洲、亚洲和非洲的诸多国家,他的大量作品跨学科、跨种族,至今吸引着大批的学者。本·琼生(Ben Jonson)认为莎士比亚"不属于一个时代,而属于世世代代"②,于笔者而言,杜波依斯不仅仅属于非裔族群,而属于全人类。

---

　　① 杜波依斯:《黑人的灵魂》,维群译,北京:人民文学出版社,1959 年,第 93 - 94 页。

　　② Ben Jonson. *The Works of Ben Jonson*, Vol. 3. London: Chatto & Windus, 1910. pp. 287 - 289.

参考文献

1. 英文部分

A. PRIMARY SOURCES

Du Bois，W. E. B. "The Pageant of the Angels"，*The Crisis* 30，September 1925.

——. "Gorge Washington and Black Folk：A Pageant for Bicentenary，1732 – 1932," *The Crisis* 39，April 1932.

——. *Dusk of Dawn：An Essay Toward an Autobiography of a Race Concept*，New York：Harcourt Brace & World，1940.

——. *The Correspondence of W.E.B. Du Bois*，Vol. 1，Selections，1877 – 1934，ed.，Aptheker，Herbert，Amherst：University of Massachusetts Press，1973.

——. *The Ordeal of Mansart*，Millwood：Kraus-Thomson Organization Limited，1976.

——. *Mansart Builds a School*，Millwood：Kraus-Thomson Organization Limited，1976.

——. *Worlds of Color*，Millwood：Kraus-Thomson Organization Limited，1976.

——. *The World and Africa：An Inquiry into the Part Which Africa Has Played in World History*，Millwood：Kraus-Thomason，1976.

——. *The Correspondence of W.E.B. Du Bois*，Vol. 2，Selections，1934 – 1944，ed.，Aptheker，Herbert，Amherst：University of Massachusetts Press，1976.

——. *The Correspondence of W.E.B. Du Bois*，Vol. 3，Selections，1944 – 1963，ed.，Aptheker，Herbert，Amherst：University of Massachusetts Press，1978.

——. *Against Racism：Unpublished Essays，Papers，Addresses*，1887 – 1961，ed.，Aptheker，Herbert，Amherst：University of Massachusetts Press，1985.

——. *Du Bois：Writings*，New York：Library of America，1986.

——. *An ABC of Color*, New York: International Publishers, 1989.

——. *The Souls of Black Folk*, New York: Random House, 1989.

——. "My Evolving Program for Negro Freedom", *Clinical Sociology Review*: Vol. 8, Issue 1, 1990.

——. *Black Reconstruction in America*, New York: The Free Press, 1992.

——. *W.E.B. Du Bois: A Reader*, ed., David L. Lewis, New York: Henry Holt and Company, 1995.

——. *Darkwater: Voices from Within the Veil*, New York: Dover Publications, 1999.

——. *The Negro*, New York: Dover Publications, 2001.

——. *W. E. B. Du Bois on Asia*, eds. Bill V. Mullen and Cathryn Watson, Jackson: University Press of Mississippi, 2005.

——. *John Brown*, New York : Oxford University Press, 2007.

——. *The Quest of Silver Fleece*, A Penn State Electronic Classics Series Publication, 2007.

——. *Dark Princess: A Romance*, London: Oxford University Press, 2007.

——. "A.D.2150", W.E.B. Du Bois Papers (MS 312) Special Collections and University Archives, University of Massachusetts Amherst Libraries. 1950, Retrieved December 17, 2019, extracted from https://credo.library.umass.edu/ view/full/mums312-b235-i045

——. Princess Steel, Introduction by Adrienne Brown and Britt Rusert, PMLA, Volume 130, 2015, pp. 819 – 829.

B. SECONDARY SOURCES

Andrews, William L. ed., *Critical essays on W. E. B. Du Bois*, Boston, Massachusetts: G.K Hall Co., 1985.

Appiah, Kwame Anthony. *Lines of Descent*, Cambridge: Harvard University Press, 2014.

Bell, Bernard W., Emily Grosholz, and James B. Stewart. eds., *W. E. B. Du Bois on Race and Culture: Philosophy, Politics, and Poetics*, New York: Routledge, 1996.

Bloom, Harold. ed., *Modern Critical Views: W. E. B Du Bois*, New York: Infobase Publishing, 2001.

Byerman, Keith E. *Seizing the Word: History, Art, and Self in the Work of W. E. B. Du Bois*, Athens: The University of Georgia Press, 2010.

Carby, Hazel. *Race Men*, Cambridge, Mass: Harvard University Press, 2000.

Cooper, Anna Julia. *Voice from the South*. Xenia, Ohio: The Aldine Printing House, 1892.

Dickerson, Vanessa D. *Dark Victorians*, Urbana: University of Illinois Press, 2008.

Drake, St. Clair. *The Redemption of Africa and Black Religion*, Chicago: Third World Press, 1970.

Douglass, Frederick. "Narrative of the Life of Frederick Douglass", in William L. Andrews (ed.), *Classic American Autobiographies*, New York: Signet Classics, 2003.

Fabre, Genevieve, Robert O'Meally. *History and Memory in African-American Culture*, Oxford: Oxford University Press, 1994.

Gates, Henry Louis, Jr., and Nellie Y. McKay. Eds., *The Norton Anthology of African American Literature*, New York, New York: W.W. Norton & Co., 1997.

Gillman, Susan. *Blood Talk: American Race Melodrama and the Culture of the Occult*, Chicago: The University of Chicago Press, 2003.

Gilroy, Paul. *The Black Atlantic: Modernity and Double Consciousness*, Cambridge: Harvard University Press, 1993.

Guy-Shelftall, Beverly. *Daughters of Sorrow: Attitudes toward Black Women*, 1880—1920. Brooklyn, New York: Carlson, 1990.

Gyorgy, Lukacs. *The Historical Novel*, Boston: Beacon Press, 1963.

Hill, Robert A. *The Marcus Garvey and University Negro Improvement Association Papers*, Berkeley: University of California Press, 1990.

Hegel, G. W. F. *The Philosophy of History*, Trans. J. Sibree, New York: Dover, 1956.

Hubbard, Dolan. ed., *The Souls of Black Folk: One Hundred Years Later*, Columbia: University of Missouri Press, 2003.

Jackson, Blyden. *A History of Afro-American Literature*, *Volume I: The Long Beginning 1746 - 1895*, Baton Rouge: Louisiana State University Press, 1989.

Lewis, David L. *W.E.B. Du Bois: Biography of a Race, 1868 - 1919*, New York:

Henry Holt and Company，1993.

——. *W. E. B. Du Bois：The Fight for Equality and the American Century*，1919 -1963，New York：Henry Holt and Company，2000.

Mandela，Nelson. *Long Walk to Freedom：The Autobiography of Nelson Mandela*，New York：Little Brown and Company，1995.

Marable，Manning. *W.E.B. Du Bois：Black Radical Democrat*，Boston：Twayne Publishers,1986.

Nora，Pierre. "Between Memory and History：Les Lieus de Memoire." Trans. M. Roudebush，*Representations* 26：7-25,1989.

Rampersad，Arnold. *The Art and Imagination of W.E.B. Du Bois*，Cambridge：Harvard University Press，1976.

Reed，Adolph L. Jr. *W.E.B. Du Bois and American Political Thought：Fabianism and the Color Line*，Oxford：Oxford University Press，1997.

Redding，J Saunders. *To Make a Poet Black*，Ithaca：Cornell University Press，1988.

Richard，Kostelanetz. *Politics in the African-American Novel*，New York：Greenwood Press，1991.

Roach，Hildred. *Black American Music：Past and Present*，New York：Crescendo Publishing Co.，1976.

Stepo，Robert B. *From behind the Veil*，Urbana：University of Illinois Press，1979.

Sundquist，Eric J. *To Wake the Nations：Race in the Making of American*，Cambridge：Harvard University Press，1992.

Wolfenstein，Eugene Victor. *A Gift of the Spirit：Reading The Souls of Black Folk*,Ithaca：Cornell University Press，2007.

Wright，William D. *Black History and Black Identity：A Call for a New Historiography*，Westport，Connecticut，London：Praeger，2002.

Zamir，Shamoon. *Dark Voices：W. E. B. Du Bois and American Thought*，1888-1903，Chicago：University of Chicago Press，1995.

——. ed.，*The Cambridge Companion to W. E. B. Du Bois*，Cambridge：Cambridge University Press，2008.

C. JOURNALS

Gibson，Lovie N. W.E.B. Du Bois as a Propaganda Novelist，*Negro American Literature Forum*，Vol. 10，No. 3，1976，pp. 75‐77,79‐83.

Lutz，Tom. Curing the Blues：W.E.B. Du Bois，Fashionable Diseases，and Degraded Music，*Black Music Research Journal*，Vol. 11，No. 2，1991，pp. 137‐156.

Morrison，Tony. "Rootedness：The Ancestor as Foundation"，in ed.，M. Evans，*Black Women Writers（1950‐1980）：A Critical Evaluation*，Garden City：Anchor Books：Doubleday，1984，p. 339‐345.

Nagueyalti Warren，W.E.B. Du Bois Looks at the Future from Beyond the Grave，*African American Review*，Vol. 49，No. 1，2016，pp. 53‐57.

Quirin，James. W.E.B. Du Bois，Ethiopianism and Ethiopia，1890‐1955，*International Journal of Ethiopian Studies*，Vol. 5，No. 2，2010‐2011，pp. 1‐26.

Stewart，James B. Psychic Duality of Afro-Americans in the Novels of W. E. B. DuBois，*Phylon*（1960—），Vol. 44，No. 2，1983，pp. 93‐107.

2. 中文部分

A. 作品译著

伯纳德·贝尔:《非洲裔美国黑人小说及其传统》,刘捷等译,成都:四川人民出版社,2000。

杜波依斯:《黑人的灵魂》,维群译,北京:人民文学出版社,1959。

杜波依斯:《孟沙的考验》,蔡慧等译,上海:作家出版社上海编辑所,1966。

杜波依斯:《黑公主》,谢江南等译,北京:中国对外翻译出版公司,1998。

杜波依斯:《孟沙办学校》,徐汝椿等译,上海:作家出版社上海编辑所,1966。

杜波依斯:《威. 爱. 伯. 杜波依斯自传》,邹得真等译,北京:中国大百科全书出版社,1996。

杜波依斯:《有色人种的世界》,主万译,上海:作家出版社上海编辑所,1966。

哈布瓦赫:《论集体记忆》,毕然等译,上海:上海人民出版社,2002。

路易·约斯:《南非史》,史陵山译,北京:商务印书馆,1973。

米海伊尔·里夫希茨:《马克思 恩格斯论艺术》,曹葆华译,北京:人民文学出版社,1960。

张京媛编译:《新历史主义与文学批评》,北京:北京大学出版社,1997。

B. 研究专著

程锡麟,王晓路:《当代美国小说理论》,北京:外语教学与研究出版社,2001。

黄卫峰:《哈莱姆文艺复兴研究》,北京:外语教学与研究出版社,2007。

庞好农:《美国非裔文学史(1619—2010)》,北京:中央编译出版社,2013。

盛宁:《二十世纪美国文论》,北京:北京大学出版社,1994。

谭惠娟、罗良功:《美国非裔作家论》,上海:上海外语教育出版社,2016。

王恩铭:《美国黑人领袖及其政治思想研究》,上海:上海外语教育出版社,2006。

王莉娅:《美国黑人文学史论》,哈尔滨:黑龙江人民出版社,2001。

郑家馨:《南非史》,北京:北京大学出版社,2010。

C. 期刊论文

骆洪:《"双重意识"问题与美国黑人的身份构建》,《学术探索》,2009 年第 4 期。

霍米·巴巴:《黑人学者与印度公主》,生安锋译,《文学评论》,2002 年第 5 期。

罗兰·巴尔特:《历史的话语》,李幼蒸译,见于张文杰等编译:《现代西方历史哲学
  译文集》,上海译文出版社,1984 年 11 月第一版。(原文首次发表于 *Social
  Sciences Information*,Vol. Ⅵ (1967),pp. 65 - 75.)

林大江:《西方文论关键词 非洲未来主义》,《外国文学》,2018 年第 5 期。

彭刚:《叙事、虚构与历史——海登·怀特与当代西方历史哲学的转型》,《历史研
  究》,2006 年第 3 期。

施咸荣:《美国黑人奴隶歌曲》,《美国研究》,1990 年第 1 期。

谭惠娟:《论拉尔夫·埃利森对神话仪式中黑白对立的解构——兼论拉尔夫·埃利
  森文学话语中的祖先在场》,《外国文学研究》,2007 年第 4 期。

谭惠娟:《斯芬克斯之谜——拉尔夫·埃利森对人性的剖析》,《浙江大学学报》,
  2008 年第 1 期。

张聚国:《杜波依斯对解决黑人问题道路的探索》,南开大学博士学位论文,南开大
  学历史研究所,1999 年 4 月。

曾梅:《新奇、瑰丽、多彩的乐章——非洲史诗传统》,《外国文学研究》,2006 年第
  5 期。

索　引